Lucas Guevara

Alirio Díaz Guerra

Introducción por
Nicolás Kanellos e Imara Liz Hernández

Recuperación de la Herencia Literaria Hispana en los EE.UU.

Recovering the U.S. Hispanic Literary Heritage

Arte Públi

Houston

Esta edición ha sido subvencionada por el generoso apoyo de la Fundación Rockefeller, cuyo apoyo hace posible el proyecto de Recuperación de la Herencia Literaria Hispana en los EE.UU. Nuestro más sincero agradecimiento a la fundacion, en especial, a Tomás Ybarra-Frausto y a Lynn Swaja.

Recuperando el pasado, creando el futuro

Arte Público Press
University of Houston
Houston, Texas 77204-2174

Diseño de la cubierta por Adelaida Mendoza

Díaz Guerra, Alirio, b. 1862.
    Lucas Guevara / by Alirio Díaz Guerra; introduction by Nicolás Kanellos and Imara Liz Hernández
        p. cm. — (Recovering the U.S. Hispanic Literary Heritage)
    Originally published: New York : York Print., 1914.
    Includes bibliographical references.
    ISBN 1-55885-325-1 (pbk. : alk. paper)
    I. Title. II. Recovering the U.S. Hispanic Literary Heritage Project publication.
PQ8179 .D57 2001
863'.5 — dc21   00-068988
                                                    CIP

1 2 3 4 5 6 7 8 9   0 9 8 7 6 5 4 3 2 1

Introducción
Lucas Guevara:

La primera novela de inmigración hispana a los Estados Unidos

La inmigración ha sido una de las bases fundamentales de la cultura latina en los Estados Unidos. No ha sido únicamente una realidad socio-cultural latina, sino también uno de los determinantes de la psicología y la visión del mundo del latino radicado en este país desde principios del siglo XIX hasta la actualidad. Sin restar importancia a la cultura hispana nativa de los Estados Unidos, se puede afirmar que el impacto de progresivas generaciones de inmigrantes hispanos, oriundos principalmente de México, el Caribe y Centroamérica—también en números menores de España y el Cono Sur—ha cimentado y reforzado durante dos siglos el carácter de las minorías hispanas en EE.UU. y ha renovado constantemente la cultura hispana en esta Metrópolis. No es de extrañar, por ende, que uno de los temas constantes y representativos del arte y de la literatura de los mencionados hispanos haya sido el tema de su inmigración a este país.

Como todo tema que surge de las bases de la sociedad y penetra en todos los aspectos de la vida, el tema del inmigrante hispano en la Metrópolis surge primero en la cultura oral mediante las historias personales narradas por los inmigrantes mismos, saturando después toda la expresión popular, desde el chiste hasta la canción y el teatro. Mucho antes de que apareciera en el siglo XX un creciente número de obras literarias basadas en la experiencia de los inmigrantes latinos, se cantaba sobre los infortunios de los pobres inmigrantes verdes[1] y se recogían anécdotas, cuentos y chistes de los mismos en los periódicos hispanos (Kanellos, 2000). No es de sorprender que el primer ejemplo de la novela de inmigración hispana apareciera en la ciudad de Nueva York en 1914, ya que desde principios del siglo XIX Nueva York ha sido uno de los destinos predilectos del inmigrante hispano; para finales del XIX casi la mitad de la población neoyorquina constaba de inmigrantes de todas partes del mundo (Gibson,

179). Así, la ciudad más cosmopolita de los Estados Unidos ha venido nutriendo y continuando una cultura de inmigración hasta la actualidad, y ha seguido alimentando una literatura escrita sobre la base de la inmigración hispana desde la aparición en 1914 de *Lucas Guevara*,[2] novela escrita por el inmigrante de origen colombiano Alirio Díaz Guerra. Entre las muchas novelas y dramas[3] de inmigración editados en los Estados Unidos se cuentan los siguientes: *El sol de Texas* (San Antonio, 1927) de Conrado Espinosa, *Las aventuras de Don Chipote, o Cuando los pericos mamen* (Los Angeles, 1928) de Daniel Venegas, *La factoría* de Gustavo de Alemán Bolaños (publicada en 1925 en Guatemala, pero escrita en Nueva York), *Trópico en Manhattan* de Guillermo Cotto-Thorner (San Juan, 1951), *La carreta* de René Marqués (pieza teatral presentada en Nueva York en 1952), *El súper* de Iván Acosta (Nueva York, 1977), *Odisea del Norte* (escrita en Washington, publicada en Houston, 1998) de Mario Bencastro, *The Big Banana* (escrita en Nueva York y publicada en Houston, 1998) y *Nunca entres por Miami* (escrita en Nueva York, próxima a ser publicada en Houston, 2002), ambas de Roberto Quesada.

Estas obras tienen en común la descripción de infortunios de un pobre hispano "verde" que ha venido a mejorar su vida—o más bien, a buscar su fortuna en el país de las oportunidades—pero que, al final de cuentas, se desilusiona como consecuencia de la sociopatía estadounidense: la opresión de la clase obrera, la discriminación racial, el hampa metropolitano y el capitalismo arrollador de los valores latinos más sentidos, como la religión, la familia, la hombría (machismo), la lengua y la cultura. Es así como en lengua española se construye un mito opuesto al del Sueño Americano, en oposición a lo que ocurre en la novela de inmigración escrita en inglés, la cual apoya este sueño como la esencia del *bildungsroman* americano y cuyos ejemplos más claros son *The American* de Howard Fast, *Studs Lonigan* de James Farrell, *America, America* de Elia Kazan y *Call It Sleep* de Henry Roth. De hecho, los mismos hispanos que escriben sus autobiografías étnicas en inglés siguen al pie de

la letra este *bildungsroman* que ilustra el mito del Sueño
Americano: Oscar Hijuelos, Edward Rivera, Esmeralda
Santiago, Victor Villaseñor, etc (Kanellos, 1988: 219-221).
Otra característica de las novelas escritas en español es que,
al contrario de lo que suele suceder en la novela de inmigración escrita en inglés, son los mismos inmigrantes
quienes la escriben y no sus hijos (ya más asimilados a la
cultura estadounidense).

Dentro de este contexto *Lucas Guevara* es considerada
la primera novela de inmigración escrita en español y por lo
tanto la que elabora el ethos y la estructura de la novela de
inmigración hispana que ha de repetirse en muchas de los
obras citadas:

1. Un hispanoamericano ingenuo, con grandes aspiraciones, se fascina por la gran civilización avanzada
   de la Metrópolis, desilusionándose después.
2. El "verde"—es decir, un ingenuo que carece de la
   sofisticación metropolitana—es víctima de toda clase
   de abusos tanto por parte de las autoridades civiles y
   los mayordomos de los lugares donde trabaja, como
   por parte de los pícaros que viven de estos inmigrantes ingenuos.
3. El rechazo al materialismo y la "superioridad" de la
   Metrópolis y el abrazo de los valores nacionales y culturales del latino devienen en la decisión del protagonista de regresar a su patria. Si no regresa, no puede
   sobrevivir en los Estados Unidos, como nos lo enseñan
   Lucas Guevara y *La carreta,* entre otras obras.
4. Frecuentemente la trama sirve de pretexto para una
   crítica, a veces mordaz, de la cultura metropolitana:
   la carencia de normas éticas, la discriminación racial,
   el sentimiento de superioridad y la hipocresía. La
   Metrópolis es Babilonia, Sodoma y Gomorra; los
   anglo-sajones son los corruptores de la inocencia
   latinoamericana. Su dinero lo pervierte todo. Las
   maravillas tecnológicas de su civilización "avanzada" acaban con el humanismo, la dignidad y el

respeto. El inmigrante es sólo una bestia de carga o
"camello" necesario para la construcción física de
esta maravilla tecnológica; los inmigrantes se com-
paran con los esclavos de Babilonia y Egipto, y hasta
con los esclavos negros de los Estados Unidos antes
de la abolición de la esclavitud.

5. En estas obras prevalece el nacionalismo cultural que
tiende a proteger o a conservar la religión, el idioma
y las costumbres de los hispanos amenazados por la
asimilación. Se critican los abusos por parte de los
mayordomos y las autoridades anglosajonas. Pero
muchas veces la crítica más acerba se reserva para
los traidores culturales que abrazan o se asimilan a la
cultura mayoritaria; para estos narradores, los asimilados, o los que pretenden serlo, son "agringados,"
"renegados," "pochos" y "pitiyanquis".

Lucas Guevara de Alirio Díaz Guerra

Aunque muchas de estas obras se centran en las andanzas
de un pobre obrero, *Lucas Guevara* narra la vida, en Nueva
York, de un joven que ha venido a estudiar a la gran ciudad
desde la provincia de un país hispanoamericano. El pobre
Lucas, un Cándido total, necesita desde el principio guías que
le orienten y le enseñen los hábitos de la gran ciudad babilóni-
ca. Desde el comienzo se establece una comparación entre
Santa Catalina, el pueblo de origen de Lucas (en país hispanoamericano jamás identificado y representante, por lo
tanto, de toda la América hispana), y la ciudad de Nueva
York/Estados Unidos. Esta comparación se lleva a cabo a
través del estudio de los valores en toda la novela. Nueva York
es Babilonia mientras que Santa Catalina es un edén; Nueva
York es la sede de la corrupción y Santa Catalina, aunque
pobre y atrasada, es reino de pureza e inocencia:

En qué error tan funesto se incurre en nuestros
países al enviar a estos jóvenes sin experiencia para
entregarlos al vicio. . . . Es ahora cuando puedo

apreciar el tesoro de moralidad cristiana que
poseemos en nuestra tierra. Nueva York podrá tener
más gente y más ferrocarriles y más casas y más
luz eléctrica y más hoteles y más teatros que Santa
Catalina, pero ¿qué vale todo eso si no tiene nuestra virtud? (214)

La única disonancia en el retrato de la patria que nos
presenta el narrador es la censura de la corrupción política
que reina en ella y en otros países hispanoamericanos, la
cual explica en parte el atraso económico-tecnológico y la
necesidad de emigrar de muchos paisanos. En su patria, "la
libertad ha sido invocada solamente para escudar los atropellos de los gobernantes y escarnecer los derechos de los
gobernadores" (14)—comentario acervo de la pluma de un
escritor, anónimo en la novela, que llegó a Nueva York en
condición de refugiado político. Esta crítica de los políticos
y gobernantes latinoamericanos se extiende a través de todo
el libro, a veces en pasajes largos que distraen de la trama,
pero que tratan de explicar el motivo de la constante emi-
gración hacia el Norte. Pero Nueva York es

la vorágine espantosa que todo lo avasalla, en
donde el mérito y valimiento de los individuos
dependen del mayor o menor número de monedas
que se lleven en el bolsillo; en donde nadie es conocido de nadie; donde se persigue al pordiosero con
más afán que al criminal; donde cada salario, no
importa lo insignificante que sea, tiene millares de
postulantes que se rompen las cabezas y se someten
a cuanta indiginidad es posible para lograrlo; en
donde los asilos de beneficencia no se abren sino
para las víctimas de accidente o enfermedad; en
donde, atestados en edificios mal sanos, sucumben
por centenares los desheredados de la suerte, en el
invierno de hambre y frío y en el verano de inanición y asfixia. Así veía a Nueva York, esta inmensa
masa heterogénea e híbrida, asiento de todas las
razas, asidero de todas las costumbres, centro de

todos los vicios, océano de todas las pasiones, mercado de honras, tonel en que se amasan todas las ambiciones, desierto en que se esterilizan todas las almas y con el calor de la fiebre mercantil se petrifican todos los corazones. (143)

Si Nueva York es Babilonia, su sector del Bowery es el Hampa, la Gomorra, y es donde el *cicerone* pícaro Jacinto Peñuelas lleva a Lucas a experimentar la esencia de la sociedad estadounidense. De día el Bowery, explica el narrador, es centro de la usura y por la noche de la orgía; es donde se regentean la prostitución, la droga, el juego y el crimen: "Allí el interés ruin, el engaño, la especulación, la codicia, la premeditación del crimen tienen cabida" (34). Es donde el pobre e inocente Lucas será seducido por los encantos de las Evas estadounidenses y se entregará al vicio hasta convertirse, primero en un mantenido, y después en un pícaro típico de este hampa. Es donde el incauto Lucas perderá su inocencia a tal punto que no logrará escapar para regresar a su mundo prístino e inocente de Santa Catalina: "El *Bowery:* a costa de la impotencia del desgraciado que allí acude y que, cuando menos lo piensa, después de ardua lucha, se ve humillado y vencido" (36).

Así como la patria de Guevara no es específicamente identificable en esta parábola moral, Lucas Guevara tampoco está definido como individuo, ya que es un ejemplo "de todos los Lucas Guevaras habidos y por haber" (17). Como en la mayoría de las obras de inmigración, el protagonista representa a toda una clase de hispanos involucrados en la gran epopeya del éxodo de sus países natales en busca de mejor vida en los Estados Unidos:

Casi a diario experimentó el deleite de tropezar con otros Lucas, . . . Lucas de otras nacionalidades, pero de catadura idéntica, . . . Lucas como él, desvalidos, cándidos, ignorantes de las condiciones en que venían a girar, víctimas de las circunstancias y de indisculpables imprevisiones, a quienes se les despacha de la parroquia natal, como fardos, sin marca ni contraseña . . . (249)

El aspecto físico de Guevara lo delata como un "verde" o rústico en la metrópolis, como un joven pobre e ingenuo recién llegado:

Las tijeras del peluquero no habían desempeñado sus funciones en la cabeza de Lucas desde hacía largo tiempo. Llevaba un vestido, con más arrugas que puntadas, de color gris chillón y de una tela que bien podría clasificarse entre los merinos y las zarazas; corbata roja, de un rojo desesperante, salpicada de lunares verdes; camisa blanca, de cuello caído, el que, debido al empaque para la exportación, mostraba a los lados dos quebraduras que, por uno u otro motivo, aparecían como dos líneas cuasi negras; los puños que exhibían los mismos distintivos del cuello, cualquiera los creería en abierta riña con las mangas del saco, pues éstas pugnaban por encogerse y aquéllos por alargarse; botines de paño azul oscuro, con botoncitos blancos en las partes laterales y punteras y talones de charol; a manera de cinturón, una delgada correa de cuero amarillo mugriento, cuya punta caía ensortijada sobre la abertura delantera del pantalón; y para abreviar este inventario, sombrero de fieltro, imitando piel de castor, de anchas y tendidas alas . . . (19)

Lucas, que sólo había recibido "una educación totalmente rudimentaria" (9) en Santa Catalina, queda completamente maravillado en su "rústica imaginación" al ver los tranvías, los rascacielos, "la balumba de los trenes aéreos" (16) que se precipitan unos en pos de otros y "la ola humana, en fin, atropellándose y comprimiéndose en las aceras" (16). El Lucas "verde," salido de la "aldehuela" poblada escasamente con dos mil almas se pierde de inmediato entre los templos de esta Babilonia:

. . . hallarse con escaleras de mármol, él, que no
había visto este mineral en otra forma que en la
modesta lápida que al pie del Altar Mayor de la
Iglesia de Santa Catalina . . . pisar alfombras, él,
que en este género de artefactos, no había conocido otra que la portátil . . . que su madre llevaba al
templo para arrodillarse y acurrucarse; verse atendido por sirvientes de casaca . . . encaramarse a los
diversos pisos de la fonda por medio de un aparato,
a manera de jaula . . . todo esto y muchas otras
cosas, capaces eran para dar al traste, no se diga
con la chaveta del bueno de Lucas Guevara, sino
con las chavetas de todos los Lucas Guevara
habidos y por haber. (17)

Este pobre mozo es destinado a ser el Adán despre-
venido de la Eva americana, encarnación de la corrupción
metropolitana y de la seducción que representa el país del
dólar para los hispanoamericanos. Esta visión misógina de
la mujer americana como personificación del pecado y de la
perdición se asimila a la de todas las Evas de la historia que
han destruido a los hombres incautos con una belleza seductora que esconde un alma fría y traidora. Su libertad de
movimiento y su poder económico en la sociedad mercantil,
en contraste con las madres y hermanas castas de Hispanoamérica, las hacen un peligro mortal para los inmigrantes hispanos no acostumbrados a la inmoralidad y la
agresión femeninas. En el desenlace de la novela, el narrador erige una efigie a esta diosa infernal, nada menos que
la Estatua de la Libertad, mejor dicho, del Libertinaje.

El pícaro Peñuelas, compatriota de Guevara que también
había venido a la ciudad para buscar su fortuna, pero quien
se dedica ahora a vivir de los "verdes," introduce a Lucas a
la vida nocturna del Bowery. Guevara queda estupefacto ante
la visión orgiástica que se le presenta en un prostíbulo del
barrio, visión que recibe el toque satírico del narrador
empeñado en mantener el contraste en este drama moral
entre el Edén y el Infierno, Santa Catalina y Nueva York:

Lucas Guevara permanecía absorto, con los labios entreabiertos y los ojos amenazando salirse de las órbitas. Creía que allí se aspiraba la esencia absoluta de la vida; que aquel mercado de desvergüenzas, cuya magnitud no alcanzaba a apreciar, era el desideratum de la dicha. El terrenal paraíso de la leyenda bíblica, de cuyos atractivos tenía idea merced a las definiciones del texto de la Historia Sagrada que había aprendido de memoria en la escuela pública de Santa Catalina, se reproducía en su imaginación con vivaz colorido . . . No podía comprender cómo aquellas cabezas femeninas, que exornaban sombreros cuajados de flores y plumas; aquellos bustos que se cubrían de cintas y encajes; aquellos talles que se contorneaban terciopelos y sedas, pudieran comprarse con dinero y a precios bajos. (79)

Desde este estreno en la vida nocturna hasta la perdición completa de Guevara, el narrador nos proporciona una riqueza de episodios detallados en que Lucas se entrega más y más a la carne convirtiéndose en un pícaro más, de la talla de Jacinto Peñuelas. Lucas es primero un Don Juan que logra conquistar a cuanta mujer se le presenta: "No sólo la contabilista, sino la doncella que hacía el servicio, y la misma modista, gozaron de las intimidades de Lucas" (112). En su odisea carnal Lucas sufre de una enfermedad venérea, se mete en un conflicto con un empresario pícaro y es arrestado, es blanco de insultos racistas cuando llega a ser sujeto de un artículo de la prensa amarilla neoyorquina, el cual provoca el grito de la turba: "Lynchenlo! Lynchenlo!" (162). Lucas es rescatado de la cárcel para ser el mantenido de una tal Señora Hendricks, quien se había "encaprichado" con él, ya que:

. . . ciertas pieles tostadas por el sol de los trópicos, ciertos ojos negros y adormecidos y ciertos rasgos anatómicos, no comunes en las razas del Norte, impresionan por lo general a las Evas de piel de

alabastro, iris azulosos y cabellos rubios. Cuestión
de contraste, probablemente. (196)

Al gastar todos sus fondos en el goce de las Evas, Lucas
acepta ser el mantenido de la viuda Hendricks. Si Lucas Guevara es un personaje tipo, también lo es la Señora Hendricks:

> . . . la señora Hendricks no era un ejemplar exclu-
> sivo, sino que, como ella, hallábanse centenares
> que hacían ofrenda de sus excentricidades y sus
> carnes a otros Lucas, obligados por motivos de
> hambre unos, de supina desvergüenza otros, a dar
> en alquiler lo único que en ellos puede ser codicia-
> do por tales hembras: el sexo. (240)

Mantenido por la Sra. Hendricks, Lucas se gana la vida
exactamente como lo hacía Peñuelas: de vividor y de chulo.
Así, los episodios centrales de la perdición total de Guevara
glosan el texto de *Don Juan Tenorio* en los cuales Lucas no
sólo se dedica a la conquista sexual sino que facilita las conquistas de las Evas a los hispanoamericanos recién llegados
a la urbe, quienes "llegan a Nueva York con la idea de que
rara hembra es capaz de resistir a sus embites pasionales"
(226) y, que después de "poner en evidencia sus aptitudes
donjuanescas" (240) se ven obligados a visitar "la farmacia
del vecindario para combatir los resultados de aquella victoria insigne" (240). El mismo Guevara reflexiona sobre sus
aptitudes y reconoce en otros lo que él llega a llamar "guevarismo clásico" (249).

Pero su triunfo no dura mucho, pues después de soportar el maltrato creciente de la celosa Hendricks, es brutal-
mente golpeado y echado a la calle. Oprimido por la ciudad
que ahora se le presenta como un "fantasma implacable,
asesino y sombrío" (260), trabaja de intérprete mientras
sigue desempeñándose como lazarillo, al estilo de Peñuelas.
Despedido del almacén en que trabaja, ni siquiera logra
hospedarse en los atestados lugares de beneficencia pública
y tiene que pasar el invierno padeciendo de "el frío, el hambre y el cansancio" (279). Lucas desciende al punto más

bajo y desolador de su odisea, forzado a sobrevivir entre los más miserables en la ciudad más rica:

> Jamás conjunto más hibrido, repugnante y lúgubre se había ofrecido a los ojos de Lucas; era un cuadro de desolación, de ruina moral, de congojas indecibles. La miseria se descubría allí en todas sus formas enloquecedoras: desde la que consume al picaruelo que principia a descender a los abismos del vicio, hasta la de la ancianidad abyecta, que sin valor para cortar el último hilo frágil que la ata a la vida, se empeña en continuar haciendo frente a la lucha, porque imagina, acaso, que todavía la degeneración humana tiene cimas más hondas . . ." (280-1)

Aunque la novela no presenta ningún modelo hispanoamericano de éxito sano y casto en Nueva York, Lucas como alma individual tiene tres momentos de desengaño en que se le ofrece la posibilidad de librarse de la ciudad pecaminosa, "para que saliera del engaño en que vivía y apreciara los hechos en su verdadero valor" (139) y volver a Santa Catalina. Incluso le escribe a su padre para informarle de su trágica situación. Pero los mismos agentes corruptos empleados por Don Andrés, el papá de Lucas, lo convencen de que ellos mismos cuidarán de Lucas y lo enderezarán. A pesar de su descenso a la vergüenza, la penuria y la miseria, nuestro protagonista trágico vuelve al pecado tan pronto como se le ofrecen los recursos monetarios para continuar su libertinaje. Como última oportunidad de escoger el camino de la redención, un amigo de Lucas lo coloca en un trabajo modesto que le permite ganarse la vida; pero, no obstante sus infortunios pasados,

> Las mujeres continuaban ejerciendo en él una influencia irresistible, un dominio de cuyas garras no podía liberarse por más propósitos de enmienda que hiciera y por más espíritus angélicos que, en las regiones celestes, se afanaran por conducirlo a las seguras playas. (301)

Todo empeora, cuando de repente, Lucas deja encinta a la única hija de la dueña de su casa de huéspedes. Lucas quiere obligarla a terminar el embarazo. Pero la intervención fulminante de la dueña determina el casamiento de Lucas, quien se convierte en el blanco de ataques constantes tanto de la esposa como de la suegra. En un mar de depresión, ve la Estatua de Libertad "señalándole, con dedo trágico, la senda del abismo redentor" (306). Es nada menos que la famosa maravilla tecnológica del puente de Brooklyn. Lucas resuelve suicidarse precisamente ahí para ahogarse en las aguas del East River.

Aunque Lucas recibe el castigo más cruel y definitivo que pueda recibir un personaje literario (morir en pecado mortal por sus transgresiones), el narrador aclara que Lucas fue "víctima del medio adonde fue lanzado por la ignorancia o imprevisión paternal, sin brazo honrado y cariñoso que lo sostuviera, sobre todo cuando le fue preciso dar los primeros pasos y sentirse protegido en su medio, el torbellino acabó por arrollarlo" (306). De esta manera Lucas se convierte en un ejemplo de los peligros que acechan a los hispanoamericanos que vienen a los Estados Unidos en busca de fortuna, atraídos por el brillo del dólar y los avances tecnológicos e industriales. Nueva York/Estados Unidos es una Eva tentadora, inhumana, sin capacidad de amor que utilizará al joven hispano como objeto sexual o bestia de carga en la construcción de su riqueza comercial o en la euforia de su orgía infernal. El puente de Brooklyn, categorizado en el primer capítulo como "una de las obras de más grandiosa concepción y mayor atrevimiento" (14), servirá de pedestal para el salto mortal de Lucas. La misma Estatua de la Libertad, descrita en el capítulo introductorio como "ídolo del pueblo americano" (14), se ve ahora como monumento a la agresiva libertad femenina en los Estados Unidos:

El vocablo "amor" lo conoce por las letras con que se escribe, y no exactamente por las fibras que agita; no ama, porque no podría covenir en esclavizarse a nada ni a nadie; la esclavitud murió aquí para ella desde los tiempos de Lincoln, y hoy aprecia sólo un sentimiento: el de la libertad, el cual gobierna con más rudeza y vigor, desde el momento en que el escultor Bartoldi modeló la efigie de la diosa con proporciones colosales y al Gobierno francés se le ocurrió regalarla a los Estados Unidos para que fuese erigida en la bahía de Nueva York. (255)

Los dos símbolos de Nueva York/Estados Unidos—la Estatua de Libertad y el puente de Brooklyn—reducen las tentaciones para el joven hispano a la dicotomía entre la libertad/libertinaje (la Estatua de la Libertad o del Libertinaje) y el puente al progreso (saber tecnológico o muerte), un progreso creado por "una generación de cíclopes y titanes" (14), y Lucas es la víctima de esos dioses paganos, diremos infernales. Así Díaz Guerra desacredita el Sueño Americano no sólo por medio de este drama pasional, sino invirtiendo los mismos símbolos de la superioridad anglo-americana—la libertad y el progreso (industrial, comercial, tecnológico)—este último la fuente de su riqueza y poder.

Como en la mayoría de las novelas de inmigración hispanas, la moraleja explícita para los lectores en América Latina es que deben quedarse en la patria y no dejarse engañar por el mito de los Estados Unidos, porque la Metrópoli, en vez de ser el camino a la perfección, es el camino a la destrucción. La Metrópoli del Norte es seductora; parece ofrecer oportunidad, libertad y capital a los hispanoamericanos desprovistos de éstos en sus patrias. Pero, al mismo tiempo, esta Metrópoli es la devoradora de hombres incautos. Dado que la distribución de *Lucas Guevara* tuvo que ser más extensa en Nueva York que en Hispanoamérica—y que su lector ideal era el inmigrante hispano más que el emigrante potencial—la tragedia de su protagonista es una advertencia doblemente pertinente para los hispanos radicados en las entrañas del monstruo. La sátira mordaz y moralizante en esta novela refuerza el rechazo de la cultura anglo-americana y la conservación de la identidad hispanoamericana de los inmigrantes, propósito compartido por la mayoría de las obras de inmigración escritas en lengua castellana.

Alirio Díaz Guerra

El autor Alirio Díaz Guerra, nacido en Sogamosa, Colombia, en 1862, experimentó ilusiones y desengaños toda su vida. Hijo de una familia prominente dedicada a la política, ya que su padre era Tesorero General de la República de Colombia, Díaz Guerra se lanza a la vida política desde joven.[4] También cultiva la literatura como afición, publicando poesías en diversos periódicos de Bogotá. A los veinte años publica su primer poemario, *Ensayos literarios,* de marcado carácter romántico. En el poema "Páez," de esta colección, se nota su temprana preocupación por el destierro, agüero de sus futuras desventuras políticas y de su propia muerte lejos del suelo natal:

Al peso de sus lauros agobiando
cuando su misma fama lo lastima
y es grande entre los grandes aclamado:
Exhala, de su patria desterrado
su último aliento en extranjero clima. (11)

Esta prefiguración es repetida en el último poema de la colección, "Última Página," donde las "manos del destino" llevan al sujeto "para morir en playas extranjeras" (55).

En 1884, Díaz Guerra funda el periódico *El Liberal* que se opone al régimen de Rafael Núñez y en 1885 el joven editor se une a la revolución liberal. Después de la malograda batalla de La Humareda, Díaz Guerra se ve obligado a huir a Venezuela perseguido por los agentes del gobierno colombiano. Según sus memorias, *Diez años en Venezuela,* no publicadas hasta 1933, su contacto con los liberales venezolanos resulta en su nombramiento al cargo de Secretario Privado del Presidente de la República de Venezuela. Mientras sirve al presidente con distinción, Díaz Guerra publica poesías en los periódicos de Venezuela, además de artículos que atacan al gobierno colombiano. Esta actitud agresiva e incendiaria obliga al gobierno a a despedirlo de su cargo en el gabinete presidencial. Ya fuera del gobierno, desde 1887 hasta 1890, Díaz Guerra trabaja en la Compañía Inglesa, comisionada para la construcción de la vía férrea entre Caracas y Santa Lucía. Se piensa que si no habla inglés al entrar a la compañía, lo habrá aprendido antes de salir de ella. También durante esta época ejerce la profesión de médico, que se supone ha aprendido durante su estadía en Venezuela. En 1892, Díaz Guerra se rehabilita políticamente y asume nuevamente el cargo de Secretario Privado del presidente venezolano. Al año siguiente publica en Caracas su segundo poemario, *Versos.*

A pesar de que la vida de Díaz Guerra se hallaba en una situación privilegiada debido a sus cargos políticos y a su matrimonio con la hija de una distinguida familia de Venezuela, su decisión de apoyar desde la misma oficina del presidente de Venezuela a las fuerzas revolucionarias colombianas perjudica esa situación. En 1895, se ve obligado a huir de Venezuela con su familia y exiliarse en Nueva York, donde radicará hasta su muerte treinta años más tarde (se desconoce el año de su fallecimiento y el lugar donde se encuentran sus restos mortales).[5]

Ya en Nueva York, se cree que para sostener a su familia, Díaz Guerra trabaja de propagandista de artículos farmacéuticos.[6] Aún antes de su llegada a Nueva York, Díaz Guerra había mantenido correspondencia con los intelectuales hispanos de la Metrópoli (ver la sátira que hace de éstos en *Lucas Guevara* [248]), publicando poesías en periódicos y revistas de la ciudad,[7] como *La Revista Ilustrada.*[8] En 1901 publica dos libros de poesías en Nueva York: *Nuevas poesías* y *Ecco homo.* El primero de éstos refleja su destierro de Venezuela y abre con el poema "Ofrenda" en que lamenta no haber podido acudir al entierro de su padre recién fallecido:

> Profundo mar y extrañas latitudes
> de ti me separaron cuando apenas
> El sol de mi existencia derramaba
> rayos de juventud sobre mi frente

....

La libertad, en mis nativos lares,
envolvióse en sudario de tinieblas;
empuñé mi bastón de peregrino,
y fui a buscar en extrañas playas
Seguro abrigo a mis anhelos de hombre. (6-7)

La amargura por ser perseguido y exiliado se advierte
también en el poema "Voces íntimas":

y hube de ser víctima expiatoria
que aceptara en silencio el sacrificio.
De llanto y de pasar tupida venda
nubló el perfil de mis nativos montes,
y fui a clavar mi desolada tienda
bajo otra luz y en otros horizontes. (140)

Pero la tienda más desolada que tuvo que clavar fue
depositar a su hijo Hernando en la fría tierra de Nueva York,
entierro documentado en *Nuevas poesías.*

Publicado como parte de *Nuevas poesías* y por separado
el mismo año de 1901, *Ecco homo,* el segundo libro publicado en el exilio, consta de un largo poema narrativo de índole
filosófica y religiosa, e indicando tal vez la nueva dirección
moralista que ha de formar la base de *Lucas Guevara* en
1914. Según Leavit y Prada, Díaz Guerra publicó un poemario, *Albores,* y un drama, *El veredicto social,* durante su
carrera, pero éstos, hasta ahora, no han podido ser localiza-
dos (ver Leavit).

En la página "Obras de Guevara," incluida en la edición
de *Lucas Guevara,* se anotan, además de las obras ya men-
cionadas: *La Madre Cayetana* (poema), *La Inundación y
Rosalía* (poemas), *Alberto* (poema), *Poesías, May* (novela—
estudio social), *De los periódicos* (artículos varios), *Últimas
Rimas* (poesías) y, en preparación, *Libro de las Canciones.*
Beltrán Guerrero (121) agrega otro título al repertorio de

Díaz Guerra, *Otoñales* (versos), publicado en Maracaibo en 1925. Como se puede apreciar, Alirio Díaz Guerra parece ser un autor mucho más prolífico de lo que indican los escasos vestigios que hemos podido localizar. De sumo interés, suponemos, será la perdida novela *May* (un título aparentemente en inglés) que podría agregar un documento más a la creciente lista de novelas de inmigración.

La biografía de Alirio Díaz Guerra demuestra el proceso de transición (y transculturación) que han experimentado muchos autores que vienen a los Estados Unidos como refugiados políticos y deciden quedarse e integrarse a las comunidades de inmigrantes hispanos; como Díaz Guerra, muchos de ellos han dejado un legado literario que sólo se puede entender como literatura de inmigración—y no del exilio, ya que el fin de ésta es el de comentar la cultura y la política internas de la patria. *Lucas Guevara,* de Díaz Guerra, retrata su país de adopción y, sobre todo, detalla el vía crucis del inmigrante hispano al tratar de acomodarse a esta gran Metrópoli.

Nicolás Kanellos
Universidad de Houston

Imara Liz Hernández
Universidad de Houston

Notas

1. "Verde" era el mote que se le aplicaba en la literatura escrita y la oral al inmigrante recién llegado a la Metrópoli; significaba su poca experiencia con los avances tecnológicos y los modales sofisticados de la ciudad. Para información sobre el folklore de los inmigrantes mexicanos, ver Américo Paredes.

2. El primer ejemplar de *Lucas Guevara* fue descubierto por Nicolás Kanellos en 1976 en la Biblioteca Pública de Nueva York, pero no fue hasta después de más de diez años de investigación de otras novelas de inmigración que pudimos concluir que la obra es (hasta que se encuentre otra de fecha más temprana) la primera de un género cultivado en los Estados Unidos por muchos autores hispanoamericanos de diversas nacionalidades. Gracias al proyecto de Recovering the U. S. Hispanic Literary Heritage, tuvimos los recursos para montar un equipo de investigación que nos permitió encontrar otros textos de Díaz Guerra y sus datos biográficos para escribir una introducción a esta novela.

3. El tema de la inmigración también se hizo patente en el teatro de *vaudeville* en las comunidades hispanas en los Estados Unidos. Ver Nicolás Kanellos, *A History of the Hispanic Theatre,* donde se encuentra un análisis al respecto.

4. La mayoría de los datos biográficos provienen de sus memorias, *Diez años en Venezuela.*

5. José Beltrán Guerrero, en "Ha Vuelto Alirio", documenta la visita de Díaz Guerra a Caracas en 1931 y en 1933, por lo que sabemos que vivió más de treinta años en Nueva York.

6. Según una entrevista del Dr. Pedro Díaz Seijas, sobrino nieto de Díaz Guerra, hecha por Liz Hernández en enero de 1995.

7. Según el informante Dr. Pedro Díaz Seijas, op. cit., Díaz
Guerra recibió muchos honores literarios en Centroamérica, incluyendo homenajes en Nicaragua. En el periódico
panameño *Daily Star and Herald,* (12, 13, 14 junio 1895),
publicó una serie de cartas involucrando al gobierno de
Venezuela en la causa revolucionaria cubana, lo cual precipitó su destierro. En la *Gaceta Oficial Estados Unidos
de Venezuela* (27 junio 1895), p. 1, se anunció la expulsión
"del territorio nacional al doctor Alirio Díaz Guerra,
debiendo proceder el Gobernador del Distrito Federal a
notificarle el deber en que está de embarcarse por el puerto de La Guaira en la primera oportunidad que se presente". Ver también Mario Torrealba Lossi, "Alirio Díaz
Guerra y Nuestra Historia".
8. Ver "A un arroyo", *La Revista Ilustrada* (11 noviembre
1883).

Obras Citadas

Beltrán Guerrero, José. "Ha Vuelto Alirio". *Candideces.* Caracas: Editorial Arte, 1988. 118-121.

Díaz Guerra, Alirio. "A un arroyo". *La Revista Ilustrada* 11 noviembre (1883).

———. *Diez años en Venezuela.* Caracas: Editorial Elité, 1933.

———. *Ecco homo.* New York: Imprenta Hispano-Americana, 1901.

———. *Ensayos literarios.* Bogotá: Imprenta de González & Co., 1882.

———. *Lucas Guevara.* New York: York Printing Co., 1914.

———. *La madre gayetana.* Bogotá: Imprenta de Gaitán, 1883.

———. *Nuevas poesías.* New York: s.d., 1901.

———. *Poesías.* Caracas: Imprenta Bolívar, 1893.

Gibson, Campbell J., and Emily Lennon. *Historical Census Statistics on the Foreign-born Population of the United States: 1850-1990.* Washington DC: Bureau of the Census, Population Division Working Paper No. 29, 1999.

Kanellos, Nicolás. *A History of the Hispanic Theatre in the United States: Origins to 1940.* Austin: University of Texas Press, 1990.

———. "Cronistas and Satire in Early Twentieth Century Hispanic Newspapers," *Melus* 23/1 (1998): 3-25.

———. "La literatura hispana de los Estados Unidos y el género autobiográfico". *Hispanos en los Estados Unidos.* Eds. Rodolfo J. Cortina y Alberto Moncada. Madrid: Ediciones de Cultura Hispánica, 1988. 219-230.

Leavit, Sturgis E., y Carlos García-Prada. *A Tentative Bibliography of Colombian Literature.* Cambridge: Harvard University Press, 1934.

Paredes, Américo. "El folklore de los grupos de origen mexicano en los Estados Unidos". *Folklore Americano* 14/4 (1966): 146-63.

Torrealba Lossi, Mario. "Alirio Díaz Guerra y Nuestra Historia". *El Universal* (17 Mayo 1995):1-5.

Lucas Guevara

POR

ALIRIO
DÍAZ GUERRA

✿

1914

NEW YORK
YORK PRINTING COMPANY
EDITORES

Alirio Díaz Guerra

I

Al Este de la calle
9a., en una antigua
casa de aspecto exte-
rior algo más que de-
mocrático, halló Lu-
cas Guevara aloja-
miento y comida en
Nueva York, median-
te la pensión semanal
de cinco dólares y
medio, siendo cues-
tión convenida entre posadera y huésped, que si éste
tomaba en algún día feriado los alimentos fuera del
Boarding House—que así se llaman estas posadas en
Norte América—aquélla le haría una rebaja de quince
centavos en la estipulada pensión.

La dicha casa, como lo sabe al dedillo quienquiera
que haya vivido en Nueva York, y como es preciso
que lo sepa quien no conoce la gran Metrópoli, no está
situada en un barrio muy recomendable. Su proximidad al Río del Este; la nube de italianos, turcos y
polacos que en aquellos vecindarios pululan, y las no

pocas docenas de individuos de mala catadura que por
allí se escurren en persecución de la propiedad ajena,
contribuyen á que las gentes extrañas á tales sitios se
vean obligadas durante el día á hacer frecuente uso
del pañuelo para taparse las narices, y busquen, en
las horas de la noche, la sombra protectora de los
Agentes de Policía, encargados de velar por la moral
de las costumbres y la seguridad individual, en barrios
de la naturaleza del que á Lucas Guevara le tocó en
suerte habitar.

El cuarto adjudicado á Lucas en la aludida casa de
pensionistas, más que cuarto era un pasadizo tan
estrecho, que difícilmente hallaba campo para espa-
ciarse en él, el escaso rayo de luz que penetraba por
una abertura, mitad rendija, mitad ventana. El mobiliario lo constituían una cama de hierro plegadiza, una
mesa que desempeñaba el triple oficio de escritorio,
velador y aguamanil, y, por último, un taburete que en
épocas anteriores fue compañero de algún piano. De
las paredes colgaban en dos marcos que la edad, el
polvo y las moscas habían ennegrecido, sendas viñetas
de femeninas figuras al desnudo, á las cuales aquellos
mismos tres destructores elementos envolvían en una
como á manera de túnica amarillenta, para no ofender,
sin duda, el pudor de Lucas Guevara y el de los inquilinos que á éste habían precedido en el uso de la habitación.

Las comidas de que Lucas disfrutaba en esta *Pensión de Familia*—como modestamente llamaba á su
casa de huéspedes, Madama Bonfati, alsaciana de carrillos abotagados y talante bonachón, y la cual á estas
condiciones agregaba la de hablar, malísimamente ha-

blados, cuatro ó cinco idiomas, entre ellos el español—
no competían con las de Delmónico ó Savarín, pero á
decir verdad, si se tiene en cuenta lo módico del precio
que por ellas se cobraba, eran suficientes para procurar
entretenimiento al estómago, bien que fuese necesario
contribuir de cuando en cuando á la limpieza y actividad digestiva del órgano, con dosis de Aceite de Castor
ó de Bicarbonato de Soda.

Lucas Guevara, era un mozalbete de veinte años de
edad. Oriundo de Santa Catalina, humilde villorio
de una de las Provincias de la República de***,
había pasado la mayor parte de las primaveras de su
vida entregado á labores de campo y negocios de comercio, como ayudante de su padre, el señor Don Andrés Guevara, quien además de ser propietario de una
productiva hacienda de café, lo era igualmente de un
almacén en el poblado; almacén en el que se hallaban
de venta artículos de toda especie: mercancías secas,
granos, licores, drogas, ferretería, pan, queso, dulces
y cuanto, en fin, es indispensable á satisfacer las necesidades de los habitadores de aquellas comarcas.

Aun cuando Lucas Guevara sólo había recibido una
educación totalmente rudimentaria—ya que á la ins-
trucción pública no le han prestado la suficiente atención los Gobiernos de la República de***, por juzgar,
probablemente, que las escuelas son peligroso asidero
para los espíritus infernales y por lo mismo amenaza
continua contra los instintos religiosos y las costumbres patriarcales de los habitantes—preciso es reconocer que poseía clara inteligencia para los negocios y
temperamento observador y activo, en vista de lo cual
no faltaron amigos bien intencionados que aconsejaran

á Don Andrés hacer en favor de su hijo cualquier sacrificio para procurarle mejor educación. Y tan continuas y juiciosamente razonadas las observaciones fueron, que el complaciente papá—á despecho de sus parroquiales preocupaciones—acabó al fin por aceptarlas. Y es así que en cierta mañana, caballero en su mula predilecta, se puso en camino para la capital de la Provincia con el objeto de ir á conferenciar con un compadre suyo, el Doctor Melchor Galindez, abogado de nombradía, político de campanillas, partidario incondicional de todos los Gobiernos, y, según era voz corriente, muy relacionado en el extranjero, á juzgar por las cartas y periódicos que le llegaban con sellos postales del exterior.

Como es de suponerse, y si no se supone, como es del caso decirlo, el Doctor Galindez, después de haber escuchado con majestuosa calma de jurisconsulto la consulta educacionista que se le hacía, aplaudió con furor el proyecto; y puesto que su dictamen se solicitaba, opinó que ninguna educación era comparable á la de los Estados Unidos, por ser la más práctica, sobre todo. Comprobó citando ejemplos y haciendo gala de erudición enciclopédica, que no otra ciudad en el mundo posée colegios comparables á los de Nueva York; y. acabó asegurando al alelado Don Andrés que estaba dispuesto á ayudarle á obviar cualesquiera dificultades; que abastecería los bolsillos de Lucas con cartas de recomendación, y se encargaría, por último, de atender á las remesas de fondos para el sostenimiento del mozo en el colegio; servicios éstos que el abogado aseguraba á boca abierta serían absolutamente gratuitos, debido á las naturales consideraciones de

familia y á su incuestionable interés por el porvenir
de Lucas; píldora, bueno es decirlo entre paréntesis,
que fácilmente podría tragar el señor Don Andrés,
pero que no la tragaría ni en forma dosimétrica, persona alguna que medianamente conozca el calibre de
los no muy cristianos sentimientos en que se inspiran
los profesionales del carácter y condiciones del Doctor
Galindez.

Resuelto, pues, el viaje, y hecho y vuelto á hacer el
presupuesto de gastos, llegó el día en que Lucas, después de haberse despedido de los habitantes del poblado, abandonó el hogar paterno llevando consigo si
bien escaso ajuar de ropas, en cambio cargamento
abundante de escapularios, camándulas y otras za-
randajas piadosas, artículos éstos con los cuales, además de salvar el alma de las tentaciones de Satanás,
ponía á cubierto su existencia de los malos caminos, de
los resabios de las cabalgaduras, de las inclemencias
del Dios Neptuno y de las compañías corruptoras.

———

Después de varios días de navegación, sin otro espectáculo que el siempre monótono de celajes arriba,
y olas, ora tumultuosas, ora apacibles abajo—imagen
del destino humano que ignora lo que habrá de encontrar tras de la negra franja que en el horizonte trazan
al unirse los cielos y el mar, y corre en pos de ilusiones que se van desvaneciendo para abrir campo á
nuevas esperanzas—la mirada del piloto descubrió al
fin, en la brumosa lejanía, una línea indecisa y dió
el fausto anuncio de que el buque se acercaba á tierra.

Qué de emociones tan variadas hicieron palpitar el corazón de los pasajeros! El gozo de los unos se pintaba en los semblantes con colorido vivaz: en breves horas se hallarían, tal vez, en brazos que los esperaban ansiosos, juntarían los pechos y estallarían en explosiones de cariño; la tristeza de los otros nublaba las pupilas, y el ave negra de los recuerdos amargos batía sus alas sobre la cabeza de quienes en playas distantes y queridas habían dejado, sumidos en profunda tristeza, pedazos del alma en el santuario de los más dulces afectos.

Aquéllos sonreían ante la esperanza: atrás dejaban lo incierto, lo indiferente, lo fácilmente olvidable; éstos sufrían y temblaban ante lo doloroso y lo sombrío: espesas sombras velaban su existencia, sin que fuesen capaces de disiparlas las claridades de su ventura herida y abandonada allá, bajo otro sol y en otros climas!...

El día estaba nublado, y el panorama que principiaba á dilatarse á los ojos de los pasajeros ocultaba sus contornos entre los girones flotantes de la neblina. Sin embargo, á medida que el vapor, enseñoreándose en la bahía, acercaba su penacho de humo á las riberas de la gran ciudad, la admiración de todos—no importaba que entre ellos viniesen algunos que en más de una vez habían hecho el viaje—iba revistiendo las formas de lo inmensamente grande y de lo absolutamente desconocido. Aquello era el vértigo de la vida; la última y más alta expresión del movimiento; la manifestación más completa de la grandeza; lo inconcebible, lo majestuoso, lo imposible de describir.

Centenares de navíos de todas las naciones del mundo entran á la bahía y salen de ella ostentando en

sus mástiles los variados colores de sus banderas y
atronando el espacio con el silbato del vapor, cuyo ronco grito parece ser el saludo del universo al espíritu
del progreso encarnado en este país coloso de Norte
América que ha realizado en pocos lustros de existencia las mayores conquistas de la civilización; millares de embarcaciones de distinta forma, unas como
ligeras gaviotas cortan el agua al empuje de hinchadas
velas; otras con el esfuerzo de hélices ó ruedas se
cruzan en todas direcciones; ruedas, hélices, velas,
remos, en torbellino fantástico y deslumbrador, giran,
se revuelven, se enlazan, flotan, avanzan, golpean, y
dejan en el ánimo del absorto viajero la impresión de
los infinitos cambiantes de un kaleidoscopio gigantesco.

Un cielo gris, uniforme en sus matices, como atónito
de tanta agitación, como mareado con tanto movimiento, recoge afanoso el humo que despiden innumerables
chimeneas: lo dispersa en nubes, se viste con ellas y
las desvanece lentamente para recibir las nuevas oleadas de ese incienso con que la humanidad oficia en los
altares del trabajo.

Por todos lados vénse islas que semejan jardines
flotantes; riberas pintorescas, cubiertas de exuberante
vegetación, pobladas de edificios de cuantos estilos y
tamaños se puede concebir, cruzadas por locomotoras
que las atraviesan en sucesión vertiginosa; un hervi-
dero de gentes de todas las razas y de todas las costumbres, entregado á sus labores con tal actividad y
tal entusiasmo, que infunde en el espíritu de quien por
primera vez lo contempla, sentimientos de orgullo,
respeto á la virtud y glorificación al trabajo.

En el fondo de tan incomparable panorama muéstrase Nueva York, cuya superficie inmensa piérdese á la vista. A sus pies se extiende como infranqueable muralla la tupida red de mástiles de las embarcaciones ancladas que reciben y dejan los mil productos con que alimenta su comercio la metrópoli imponente; como eslabón de la maravillosa cadena con que enlaza sus industrias, proyecta su silueta de multiplicados encajes de alambre el Puente Brooklyn, una de las obras de más grandiosa concepción y mayor atrevimiento, que parece que en sí resume el simultáneo esfuerzo de una generación de cíclopes y titanes; y como última pincelada de luz en aquel cuadro magnífico, severa, imponente, majestuosa, sobre su soberbio pedestal de granito levántase la estatua de la Libertad, ídolo sagrado del pueblo americano, á cuya sombra ha alcanzado todas sus victorias y marchado al porvenir guiado por la antorcha inextinguible que para él ha encendido, y cuya luz aviva con el amor que inflama su pecho al sentirse comprendida y respetada.

Al pasar el vapor frente á la estatua, los pasajeros agolpáronse sobre cubierta y no hubo uno solo quizás que no se sintiera emocionado en presencia de la inmortal efigie, y no tornase los ojos de la imaginación á playas dejadas allá lejos, muy lejos, en donde la libertad ha sido invocada solamente para escudar los atropellos de los gobernantes y escarnecer los derechos de los gobernados.

Y el vapor siguió avanzando en dirección al muelle, y la bruma fue borrando los perfiles de la estatua. Poco rato después, el tropel de pasajeros saltaba á tierra y se perdía entre el tumulto de la inmensa ciudad.

Un agente del Hotel Norte Americano, refugio de
la mayor parte de los hispano-americanos que, sin
conocer á nadie ni hablar una jota del idioma inglés,
llegan por primera vez á Nueva York, se hizo cargo
de Lucas Guevara; obtuvo de los empleados de Adua-
na la pronta revisión y pase del baúl, forrado en hoja
de lata de colores, que constituía el equipaje del viajero; lo entregó al empleado de una compañía de
Expresos y agarró á Lucas por un brazo para conducirlo al hotel.

II

Naturalmente, el trayecto del muelle á la posada no lo recorrieron á pie viajero y agente: la distancia es larga entre uno y otro lugar, y por otra parte este gasto de locomoción era imposible que dejase de figurar en la larga lista de los extras que, con interés compuesto, los hoteleros hacen pagar á sus parroquianos. Qué de impresiones se agolparon á la rústica imaginación del recién llegado cuando, pasajero en uno de los tranvías, principió á rodar por calles y avenidas y á contemplar la no interrumpida serie de edificios de la gran ciudad; la balumba de trenes aéreos que se precipitan unos en pos de otros; de carros y carretas que se atascan; de músicos ambulantes que no dan descanso á los pulmones; y la ola humana, en fin, atropellándose y comprimiéndose en las aceras.

Salir de pronto de Santa Catalina, aldehuela que escasamente cuenta con 2,000 pobladores, y verse, casi de repente, en el corazón de la gigantesca metrópoli, es bastante para enloquecer á cualquiera; llegar luego al Hotel Norte Americano, que si no es en verdad uno de los llamados á dar honra á Nueva York, representa, sin embargo, para la fantasía de un hijo de Santa Catalina ú otro lugar por el estilo, la última expresión del progreso humano en este género de industrias; hallarse con escaleras de mármol, él, que no había visto este mineral en otra forma que en la de la modesta lápida que al pie del Altar Mayor de la Iglesia de Santa Catalina, cubre los despojos mortales de un viejo prelado fugitivo de la tierra al seno de Abraham en olor de santidad; pisar alfombras, él, que en este género de artefactos, no había conocido otra que la portatil, contorneada de flecos, que su madre llevaba al templo para arrodillarse y acurrucarse; verse atendido por sirvientes vestidos de casaca, él, que no había supuesto que la moda hubiera inventado semejantes atavíos; y, para no decir más, encaramarse á los diversos pisos de la fonda por medio de un aparato, á manera de jaula, dentro del cual la prole de Adán bien podría—si la humanidad no estuviese tan civilizada—hallar su exacta similitud con las fieras ó aceptar sin discusión la teoría darwiniana, todo esto y muchas otras cosas, capaces eran para dar al traste, no se diga con la chaveta del bueno de Lucas Guevara, sino con las chavetas de todos los Lucas Guevaras habidos y por haber.

Entre las cartas de recomendación con que el abogado, compadre de Don Andrés, favoreció á Lucas, había una, la más importante, dirigida á un compatriota suyo, Don Arnulfo Jimeno, miembro de la casa comisionista que giraba bajo la razón social de Jimeno, Marulanda & Co., en la cual se autorizaba á Don Arnulfo para que mensualmente suministrara al portador la suma de $30 hasta nueva orden, á la vez que se le suplicaba lo favoreciese con sus indicaciones y consejos; mediando para ello la circunstancia de que Don Arnulfo se había anunciado particularmente á sus amigos, como guardián de jóvenes que desearan educarse en los Estados Unidos.

El agente del Hotel, tan pronto como se cercioró que el nuevo huésped estaba convenientemente instalado, ya como medida de precaución—pues el equipaje no indicaba que el dueño de éste trajera en el bolsillo suficientes águilas americanas—y ya porque semejantes detalles no se escapan á los instintos de los agentes de hotel, quienes hasta en la misma fatídica portada del Dante ven fulgurar una esperanza que apellidan *Comisión,* preguntó á Lucas si traía cartas que deseara entregar, letras de cambio que presentar ó documento alguno de interés que quisiera hacer valer, puesto que al ser así, estaba á su disposición é incondicionalmente se ponía á sus órdenes para servirle de báculo y guía en el tumultuoso laberinto de la ciudad.

El ojo de lince del agente,—ojos que parecen fabricados por encargo especial—al leer las direcciones escritas en los sobres de las cartas que Lucas sacó del bolsillo y puso en manos de aquél, animado por el extraordinario instinto de la profesión adivinó cuál era de ellas la que podía reclamar atención preferente; y es así que media hora después se presentaban en la oficina de los aludidos comisionistas.

Suspendió su trabajo y levantóse de su asiento para recibir á los visitantes é indagar el por qué de la presencia de ellos allí, una arrogante muchacha, cuyos

labios, lo mismo que los de otra compañera suya de
escritorio, se animaron por burlona sonrisa al clavar
las pupilas en Guevara. Y no faltaba razón para esta
manifestación labial; el talante del mozo, lo característico del vestido y su aspecto físico, revelador de la
impresión que le causaban las primeras ráfagas del
Otoño que ya comenzaban á hacer sentir sus consecuencias, no podían menos que excitar la curiosidad y
provocar la burla de estas hijas de Eva, no acostum-
bradas aún, seguramente, al trato y comunicación de
personajes semejantes. Las tijeras del peluquero no
habían desempeñado sus funciones en la cabeza de
Lucas desde hacía largo tiempo. Llevaba un vestido,
con más arrugas que puntadas, de color gris chillón y
de una tela que bien podría clasificarse entre los merinos y las zarazas; corbata roja, de un rojo desesperante, salpicada de lunares verdes; camisa blanca, de
cuello caído, el que, debido al empaque para la exportación, mostraba á los lados dos quebraduras que, por
uno ú otro motivo, aparecían como dos líneas cuasi
negras; los puños, que exhibían los mismos distintivos
del cuello, cualquiera los creería en abierta riña con
las mangas del saco, pues éstas pugnaban por encogerse y aquéllos por alargarse; botines de paño azul
oscuro, con botoncitos blancos en las partes laterales
y punteras y talones de charol; á manera de cinturón,
una delgada correa de cuero amarillo mugriento, cuya
punta caía ensortijada sobre la abertura delantera del
pantalón; y para abreviar este inventario, sombrero de
fieltro, imitando piel de castor, de anchas y tendidas
alas, uno de los que llegados, precisamente, al almacén de Don Andrés pocas semanas antes de la partida

de Lucas, se los disputaba el furor de la moda en la población de Santa Catalina.

El agente manifestó a la muchacha que deseaba hablar con el señor Jimeno para entregarle una carta de importancia; pero dió la mala suerte que dicho señor se hallaba ausente de la oficina.

—Debe llegar de un momento á otro—añadió la joven—y es así que si lo tienen á bien pueden ustedes sentarse y aguardarlo.

El agente hizo saber á Lucas lo que pasaba, y después de breve consulta, en la que aquél insistió en la conveniencia de ver al comisionista, aceptaron la hospitalidad que se les ofrecía.

La muchacha volvió á su escritorio, y al cabo de pocos instantes resonó de nuevo en la oficina el interrumpido martilleo de las máquinas de escribir que las dos operarias al parecer manejaban con habilidad. En otra pieza contigua, el número de dependientes era mayor; y ya con un pretexto, ya con otro, asomaron las narices á la puerta y lanzaron mirada escudriñadora sobre los dos visitantes.

Guevara iba de asombro en asombro. Su *cicerone* se apresuró á explicar, ya para matar el tiempo, ya para poner de relieve sus conocimientos en la materia, que esas muchachas eran simples empleadas que ganaban de $8 á $10 por semana, quizás menos; que los aparatos que golpeaban y hacían sonar con un *taquetaque* continuo, eran máquinas de escribir; que el negocio de comisión se consideraba como uno de los más lucrativos, de tal modo que así se explicaba que, sin muchos clientes, pudieran los comisionistas darse el lujo de sostener tales oficinas y tal tren de emplea-

dos; y como dió la casualidad que en esos momentos
sonó la campanilla del teléfono y una de las muchachas se apresuró á atender al llamamiento y principió
á conversar con un invisible interlocutor, el agente,
que adivinó en los espantados ojos del mozo la sorpresa que lo embargaba, lo sacó de su curiosidad letár-
gica explicándole, si no de un modo netamente cientí-
fico, á lo menos en consonancia con las capacidades
intelectuales de un agente del Hotel Norte Americano,
el maravilloso invento del electricista Bell.

Habían transcurrido más de dos cuartos de hora
cuando al cabo se presentó el señor Jimeno en la
oficina.

Bajo de estatura y abundante en carnes, pelo arisco,
y mostacho en punta, rebeldes uno y otro al peine y
al cosmético, la color del cutis reveladora de sangre
indígena, se hacía de imprescindible necesidad tener
á la vista la partida bautismal para saber exactamente
la edad de Don Arnulfo. Según se murmuraba, tuvieron sus padres la idea de dedicarlo á la carrera
eclesiástica, pero las dificultades con que tropezaron
los profesores del Seminario para meterle en el caletre
las declinaciones del Nebrija, privaron al gremio sacer-
dotal de una sotana más.

Este contratiempo educacionista dió por resultado
que se pensara enviarlo á los Estados Unidos á una
Escuela de Agricultura, ya que era voz corriente que
en las comarcas en que había visto la primera luz,
bastaba echar una papa al surco para que el labrador
se hiciera millonario. Probablemente sus aprendizajes
agrícolos no fueron muy satisfactorios, pues es lo cierto que, cuando al cabo de varios años, regresó á su

país, no se atrevió á guiar yunta de bueyes alguna, ni los periódicos locales lo saludaron siquiera con las frases que son de ordenanza en semejantes casos.

Hizo más tarde nuevo viaje á Norte América, unido en matrimonio á una hembra bonachona que había aportado al tálamo, además de su robustez osea y muscular, dote de no despreciable consideración, elemento de que se valió Don Arnulfo para establecerse como comisionista y fundar la casa de Jimeno, Marulanda & Co.

Se tomaba la libertad de considerarse financista de alto coturno y político adiestrado á lo Tayllerand, por el sencillo hecho de sostener correspondencia con varios personajes de nombradía en las esferas gubernamentales de la República de***. Y, para abreviar, completaba los méritos del señor Jimeno un espíritu religioso, tan abultadamente exagerado, que cargaba en la cadena del reloj un crucifijo de no diminutas proporciones y oía misa con frecuencia, sin que esto se opusiera, como sucede por regla general con muchos mortales, á que con sobrada liberalidad violase más de uno de los preceptos del Decálogo de Moisés.

Hizo Don Arnulfo rara mueca en forma de saludo pedante y empalagoso á los desconocidos. Impuesto de quiénes eran y habiendo leído de un vistazo, puede decirse, la carta que le fué entregada, los instó para que pasaran á su despacho particular, les ofreció asiento, ocupó su cómodo sillón giratorio, y después de dar nueva y más cuidadosa lectura á la epístola de presentación, significó á Lucas que tenía mucho placer en conocerlo, que se ponía á sus órdenes y desde luego podía contar con que al fin de cada mes le sería pagada la correspondiente pensión. Comprimió el botón de un timbre eléctrico y uno de los dependientes se presentó en la puerta del despacho.

—Llame Ud. al cajero—exclamó con voz severa el señor Jimeno.

Y el cajero no tardó en aparecer.

—Tome Ud. nota de esta orden—dijo al empleado, entregándole la carta—y conozca al caballero Guevara para lo que en lo sucesivo pueda interesar.

El cajero miró al soslayo y con glacial indiferencia al mozo; giró sobre los tacones, y sin chistar palabra salió del cuarto, á tiempo mismo que Don Arnulfo, alegando sus múltiples y perentorias ocupaciones, se puso de pie, y extendiendo la mano á sus interlocutores en señal de despedida, dió por terminada la entrevista. Anotó la dirección del hotel en que Lucas se hospedaba, acompañó á los dos visitantes hasta la puerta, y al verlos alejar, volvió á ocupar asiento en el sillón, encendió un cigarro, montó los pies sobre el escritorio y dedicóse á hacer coronillas de humo que él mismo desbarataba con soplidos silenciosos y prolongados.

III

Otra de las cartas de recomendación de que Lucas venía provisto, estaba dirigida á un caballero, paisano suyo, Don Cesareo de Albornoz, residente en Nueva York hacía 11 ó 12 años.

En sus mocedades, Don Cesareo fue un exaltado político rural. Esta ingrata profesión no correspondió á sus aspiraciones, y decepcionado y bajo solemne juramento de que no volvería á pisar las riberas patrias, pues sus compatriotas—á quienes consideraba faltos de sentido común—no habían sabido estimar sus talentos, emigró de su parroquia natal y vino á parar la carrera de expatriado voluntario en Nueva Orleans. Allí vivió cerca de dos años, y durante ese tiempo ganó escasamente la vida dando lecciones de guitarra, instrumento que si no tocaba con propiedad, á lo menos estaba íntimamente persuadido de que ningún artista lo manejaba mejor: persuasión muy racional y justa, si se tiene en cuenta, sobre todo, que, ciudadano el señor Albornoz de la República de***, no podía estar en oposición con la índole natural de sus compatriotas, quienes generalmente por el solo hecho de sacarle són á la bandurria ó de poseer alguna gracia por el estilo, viven en la dichosa é inocente convicción de que son insignes estadistas, Maquiavelos consumados, astros de primera magnitud en los cielos del comercio, del arte y de la literatura, no importa que la ola de la ingratitud popular ó emulaciones rastreras los obliguen á renunciar, como el señor de Albornoz renunció, á los halagos de una gloria parroquial bajo los horizontes patrios.

Cansado, sin embargo, de la enseñanza musical y de la vida en aquel puerto, resolvió hacer viaje á Nueva York; y en esta ciudad, sin que nadie se explicara ni supiese nadie de qué medios disponía para atender á sus necesidades personales, llevaba vida al parecer holgada, pues no sólo vestía con decencia, sino que por la contextura física revelaba que no carecía de los necesarios alimentos.

Espíritus escudriñadores, que no se satisfacen con saber las cosas propias, sino que también han de meterse en las ajenas, descubrieron, ó á lo menos aseguraban haber descubierto, que el señor de Albornoz vivía bajo el ala protectora de una robusta jamona, viuda, no mal parecida, dueña de un *boarding house* frecuentado por actrices y actores de tercer orden, y con la cual tuvo la suerte de relacionarse por uno de tantos medios como ofrecen los grandes centros al estilo de

Nueva York, especialmente cuando las amistades no se solicitan entre los millonarios de la Quinta Avenida y se prefieren las dueñas de posada, por regla general viudas ansiosas de aventuras, sin patrimonio ni sucesión.

No quiere decir, por supuesto, que el hecho de que la amable amiga del señor de Albornoz figurase en el catálogo de las viudas, significara que aquel con quien había compartido las delicias del tálamo nupcial en años anteriores yaciera en el camposanto envuelto en el sudario del olvido: para llamarse viuda en los Estados Unidos no es menester tal requisito: el problema se resuelve de otro modo menos lúgubre y acaso menos trágico: el divorcio.

La dama á que se alude pertenecía al número de las divorciadas; y de acuerdo con la costumbre del país, se la reputaba como viuda, y ella se complacía, aparentemente á lo menos, en considerarse como tal. Su divorcio no lo decretaron los Tribunales; tuvieron marido y mujer el buen criterio de evitar el escándalo: fue un divorcio de hecho, por acuerdo común, sin gasto de abogados ni publicidad en los periódicos. Caracteres heterogeneos—por parte de ella demasiado apego á la vida conyugal dentro y fuera del hogar doméstico; por parte de él, especial deleite por las trasnochadas, por las amistades de contrabando en el opuesto sexo y un si es no es de afición por las bebidas espirituosas—dieron por resultado el consabido divorcio.

En tales condiciones, no era absolutamente indispensable que los lazos de la cortesía social se rompiesen también; en ello no había marcado objeto, puesto que ninguno de los dos cónyuges pretendía hacer nuevo uso de los servicios de la iglesia y en muchas ocasiones guardar las apariencias sociales no sólo es conveniente sino que demuestra gran fondo de filosofía y cordura por parte de quienes así proceden. Y es por esto que nadie estrañaba que una ó dos veces al mes, Mr. James Austin, nombre del divorciado marido, fuese á visitar á la amable amiga del señor de Albornoz, Mrs. Agnes Long, nombre de la divorciada esposa, visita de carácter puramente social, como es de suponerse. Empero, no siempre se encontraba la señora en disposición de recibir al visitante, y en esos casos, que eran los más, Don Cesareo, como persona atenta y comedida, suplía la falta de aquélla. Entonces, como dos buenos camaradas, pensando el uno del otro lo que á bien se les ocurría, en soñolienta plática dejaban trascurrir una media hora más ó menos, al fin de la cual se calaba el sombrero Mr. Austin y estrechando y sacudiendo amigablemente la mano de Don Cesareo, ganaba la puerta de la calle, después de haberle recomendado, eso sí, que presentara sus cumplidos respetos á la señora. Es preciso, sin embargo, dejar constancia de que los rumores que circulaban con respecto á las intimidades del señor de Albornoz con la apreciable señora Long, podían muy bien ser hijos de la maledicencia y de la envidia, estas enemigas intransigentes de ciertas virtudes, de ciertas cimas y de ciertos genios.

El señor de Albornoz recibió por el correo urbano, al siguiente día de la llegada de Lucas, la carta de que éste era portador; y sin pérdida de tiempo, ya que sus ocupaciones diurnas le facilitaban todo el que pudiese necesitar para atender á las exigencias sociales, se apresuró á ir al hotel para ponerse á las órdenes del recién llegado.

Don Cesareo, en determinadas circunstancias, era
hombre ceremonioso; y á semejanza de muchos de
sus compatriotas, gustaba de darse humos de importancia con las personas que no lo conocían. De ahí
que su actitud para con el pobre mozo fuese un tanto
estirada, y que los abrazos y otras manifestaciones
usuales en casos semejantes, se echasen á un lado y
reinara durante los primeros momentos, una á manera
de cómica etiqueta.

El señor de Albornoz hizo uso de la palabra con
notable desembarazo, casi casi con elocuencia. Después de haber dirigido á Lucas las preguntas de ordenanza: "Cuándo llegó Ud.?", "Trajo Ud. buen viaje?",
"Le ha gustado Nueva York?", etc. etc., creyó oportuno darle idea general del medio en que venía á
vivir: le habló de los "Trusts" (monopolios), de los
automóviles, de los progresos de la electricidad, de los
aeroplanos, de la arquitectura americana, del Puente
de Brooklyn y de otras muchas menudencias, salpi-
mentando la conversación con unos cuantos vocablos
en inglés, pues según lo manifestó varias veces, estaba
olvidando su propio idioma. Y es de cajón advertir
que con tal olvido no ganaba cosa apreciable su aprendizaje de la lengua de Shakespeare. Lucas, durante
aquella no interrumpida peroración, era la imagen de
la Esfinge: no parpadeaba. Para él, en ese instante,
Don Cesareo de Albornoz representaba la más avanzada nota de la sabiduría humana, y sin vacilación
alguna colocaba en su imaginación el nombre de esta
anónima gloria nacional al lado de las otras glorias
nacionales que, en estado anónimo también, permanecían encerradas en el cascarón patrio, pero cuyos aplau-

didos nombres habían herido sus oídos con voz de trueno en las mismas goteras de Santa Catalina. La visita se prolongó por más de dos horas. Sin embargo, antes de darla por terminada, creyó prudente Don Cesareo dar al mozo algunas lecciones sobre higiene, encareciéndole, en primer lugar, que se proveyese cuanto antes de sobretodo, si no lo tenía, puesto que los cambios atmosféricos en Nueva York eran terriblemente peligrosos para los extranjeros.

Y, como, en efecto, no le agradaran á Lucas los cortantes airecillos que soplaban, venciendo su natural timidez se atrevió á suplicar á su compatriota le indicara en qué almacén podía conseguir la vestimenta requerida, siempre que fuese barata, puesto que los recursos que para el objeto le habían suministrado en Santa Catalina eran bastante limitados.

—Oh! nadie mejor que yo—exclamó en el acto Don Cesareo—puede hacer á Ud. el servicio. Si así lo desea, venga Ud. conmigo; aquí cerca hallaremos todo lo que necesite. Y es de importancia que haga esto cuanto antes, pues nadie está exento de atrapar una pulmonía. Venga Ud., venga Ud. conmigo, y le aseguro que me procurará un positivo placer si en algo le soy útil.

—Muchas gracias!—le contestó Lucas; y automáticamente se encaminó á la puerta del hotel en pos de Don Cesareo.

Mas apenas puso el pie en la acera de la calle, tropezó de manos á boca con el Agente.

—Cómo! va Ud. á salir?—le preguntó el empleado.

—Sí, señor—respondió el mozo;—voy con el caballero á comprar un sobretodo y algunas otras cositas.

Una repentina pescozada en plenas narices, habría
producido impresión menos ingrata al Agente; de sus
más acariciadas ilusiones una se desbarataba: un in-
truso desalmado le venía á hacer competencia.

—Pero—balbuceó el Agente, dirigiéndose á Don
Cesareo—no tiene Ud. necesidad de molestarse; yo
iré con mucho gusto á acompañar á *Mister* Guevara;
tal vez Ud. tenga que hacer y.....

—Oh!—interrumpió el señor de Albornoz, hombre
veterano en estos asuntos—este joven es miembro de
una familia que estimo como propia, y por ningún motivo dejaría de darme la satisfacción de servirlo en
todo y por todo. Agradecemos á Ud. mucho sus in-
tenciones, y esté seguro que el joven Guevara sabrá
aprovecharlas cuando no esté yo presente. Y haciendo
una ceremoniosa cortesía, asió Don Cesareo el brazo
de Lucas y se alejaron del hotel. El Agente lanzó
sobre el estirado señor de Albornoz una mirada de rayo, mascujeó una imprecación ferozmente grosera, y,
como la estatua de la mujer de Lot, permaneció inmó-
vil en la puerta, y de allí no se retiró hasta que Don
Cesareo y Lucas doblaron la esquina. De esta circunstancia hizo provecho el señor de Albornoz para explicar á su compañero las mañas y triques de que se
valen los Agentes de los Hoteles para explotar á los
forasteros.

—Ud. ve—le dice—ese hombre, por ejemplo, lo lleva
á un almacén; sobre todo lo que Ud. compra reclama
él comisión del comerciante, y, como es natural, éste
para compensar una cosa con la otra, vende más cara
la mercancía. Eso es precisamente lo que yo quiero
evitar. Por qué ha de ir á pagar Ud. más por lo que
puede conseguir por menos?

Y continuó en una larga disertación sobre el mismo tema, y en ella habría seguido indefinidamente si no llegan al almacén.

Este establecimiento de comercio estaba situado en las inmediaciones del *Bowery,* esto es, en las narices del barrio en donde amasan su fortuna los hijos de Israel que no pertenecen á la aristocracia hebrea, y á donde, según las crónicas lo rezan, no es prudente ir de noche por el peligro que corre el transeunte de hallarse, cuando menos lo piensa, sin reloj y sin cartera.

IV

Si nó el primero, uno de los primeros vocablos que oye el extranjero al llegar á Nueva York es el de *Bowery*.

Bowery es el nombre de una de las secciones de la gran Metrópoli; la comprendida al Este entre el puente de Brooklyn hasta la calle octava, es decir un trayecto de casi dos millas de extensión.

El *Bowery* es un barrio netamente comercial y al propio tiempo barrio en que se asilan ó habitan centenares de familias, unas directa ó indirectamente relacionadas con los mercaderes que tienen sus establecimientos de comercio en los primeros pisos de los edificios, y otras aglomeradas en esas originalísimas construcciones conocidas con el calificativo de *tenement houses,* las que han realizado una de las mayores hazañas del siglo: la esclavitud de la libertad ó viceversa.

El *Bowery* es un barrio cosmopolita en grado superlativo. A darle animación y existencia característica, contribuyen desde la numerosa colonia china que pulula en *Mott Street,* hasta los más exagerados modelos de la raza hebrea; y entre aquéllos y éstos, figuran súbditos de todas las monarquías y ciudadanos de todas las democracias de la tierra.

Si aparece en las calles de la ciudad algún sér maquiavélico ó ridículo, se le traza el origen á las regiones del *Bowery;* si se consuma un crimen monstruoso, es más que probable que alguno de los sindicados pertenece á la gerarquía de los pobladores del *Bowery;* si se desea conseguir una mercancía barata—casi siempre de pésima calidad—los cicerones aconsejan que se la busque en el *Bowery;* si un desheredado de la suerte dispone sólo de unos pocos cuartos para atender á las imperiosas necesidades de la vida, el *Bowery* le ofrece alojamiento y comida á la altura de sus circunstancias pecuniarias: vivienda con todos los rasgos distintivos de los calabozos, y alimentos que son el producto de preparaciones químicas y residuos de establecimientos gastronómicos de más alta alcurnia; si se habla de Evas confinadas por la voluntad suprema de la policía entre las cuatro paredes de una celda correccional, no se incurrirá en error al pensar que son tentadoras sirenas del *Bowery;* si se solicita un prestamista de conciencia de fariseo y mano angosta, en el *Bowery* se encuentran por centenares; si se busca lo cómico, lo dramático, ó lo trágico, en las encrucijadas del *Bowery* se hallan desde el bufón que desespera con sus necedades, hasta la miseria que enloquece con sus dolores; allí se alojan médicos de pacotilla que han

comprado al más bajo precio el derecho de poner en
la ventana de su oficina la placa en que avisan el ejercicio de su profesión; tinterillos de la peor ralea, desde
los que se encargan de buscar novias y se valen luego
de mil ardides para desbaratar los matrimonios, hasta
los que, en vista de la propina que se les ofrezca, no
tienen escrúpulo en hacer llevar á la cárcel á sus mismos primogenitores; farmacéutas que en la trastienda
de la botica venden sin reparo toda especie de drogas
y no vacilan en practicar criminales operaciones de
obstetricia; hoteles para alquilar camas á mendigos de
alma y cuerpo, con lechos sobre cuyos colchones de
paja, que rara vez se ventilan ni mucho menos asean,
se han tendido cuan largos son, ebrios consuetudina-
rios, tísicos insipientes, escrofulosos, sifilíticos, herpé-
ticos; y quienes durante el día tienen derecho de asi-
larse en el salón principal á discutir ó roncar, á fumar
pipa ó leer periódicos trasnochados; allí el interés ruín,
el engaño, la especulación, la codicia, la premeditación
del crimen tienen cabida. En fin, el *Bowery* es lugar
por todos temido, pero á la vez visto por todos con
natural curiosidad.

Tiene un doble aspecto; su fisonomía es una durante
el día; otra, totalmente distinta en el trascurso de
la noche.

En este barrio no se descansa; mientras hay luz de
sol se trabaja; mientras perdura la tiniebla nocturna no
se duerme. Desde la mañana hasta que desaparece el
último arrebol de la tarde, se siente el ardor de la fiebre mercantil; todos los resortes del medro y la ava-
ricia entran en juego; el comprador ha menester contar con fuerzas iguales á las del vendedor; como dos

adversarios que mutuamente se temen, al hallarse el
uno en frente del otro, se examinan de pies á cabeza,
se aprecian, se analizan y se preparan al ataque y la
defensa. El comprador está perdido casi siempre; imposible competir con un adversario atrincherado y poseedor de las más poderosas baterías. El extranjero
que recorre las calles del *Bowery* parece que llevara
un letrero anunciador de su nacionalidad, y por más
avisado y listo que sea, está condenado á sucumbir;
puede suceder que no deje girones de la camisa en el
sin número de trampas prontas para apoderarse de él,
pero en ningún caso sacará ilesa la cartera.

Y si no cae en manos del escamoteador atrevido que
lo fascina y engaña, difícilmente escapa de las mujerzuelas de dudosa ortografía ó de los salteadores de bolsillo que inundan las aceras y se asilan en las cantinas.

Los comerciantes principian por ofuscar la vista y
tentar la debilidad y la ignorancia del público con los
precios halagadores de infinidad de artículos que exhiben en las vidrieras de los almacenes. El incauto se
entusiasma con la muestra, la examina, la compara con
artículo análogo que ha visto en los establecimientos
de Broadway ó la Sexta Avenida, y la encuentra igual,
con la circunstancia que en el *Bowery* puede conse-
guirla por la cuarta parte de su valor. Entra al almacén; inquiere por la mercancía; cinco ó seis vendedores rodean al solicitante; le informan que hace un
momento se vendió el último ejemplar que les quedaba y no pueden disponer de la muestra; pero en
cambio, lo obligan á que vea mil otros artículos diversos, y á tal punto llega la impertinencia, que, en un
arrebato de desesperación, resuelve el desdichado comprar á precio de oro su avasallada libertad.

Y así se vive en el *Bowery*: á costa de la impotencia del desgraciado que allí acude y que, cuando menos
lo piensa, después de ardua lucha, se ve humillado y
vencido por un enjambre de salteadores que, por razón
incomprensible, gozan de los privilegios que el Código
de Comercio acuerda á los negociantes de conciencia
más sana. Empero, las escenas de que es teatro el
Bowery en plena luz meridiana, no son en manera alguna comparables á las que, en sucesión no interrumpida, se ocultan bajo el negro pabellón de la noche.
Los teatrillos, cuya entrada cuesta de 10 á 15 centavos, se llenan de espectadores. Instalados alrededor
de mesas mugrientas, con la hedionda pipa rellena de
tabaco de Virginia y enormes jarrones de cerveza por
delante, á los obreros medio soñolientos se mezclan
los buscadores de aventuras, los saqueadores de bolsillo, los galanes despechados y, en fin, un ejército de
tipos sospechosos, magníficos modelos de estudio, de
narices abiertas, barba y cabeza desgreñadas, ojos qué
infunden miedo y boca animada por mueca despreciativa. Y á manera de mariposas nocturnas que revo-
lotean en torno á la luz, las mujerzuelas de mala vida,
sedimentos que la misma corrupción social expulsa de
los grandes centros hacia los callejones malsanos, pululan en esos salones que el humo de las pipas oscurece,
contentándose con atrapar aquí una mirada maliciosa,
allí un sorbo de cerveza ó una copa de wiskey, ó más
allá una promesa que, por lo general no se cumple.
Y en tanto, en el escenario, las bailarinas hacen toda
suerte de piruetas; las cantatrices desafinan á más y
mejor y los actores cómicos se entregan á las más insufribles y vulgares payasadas. Museos que de tales

sólo tienen el nombre, ostentan en la puerta enormes cartelones pintarrajeados por artistas de brocha gorda, con el fin de dar idea de las sorpresas que el visitante debe hallar en el interior: pero sucede que las sorpresas no existen; y si el curioso á quien duele el dinero que ha pagado y rabia por la burla que ha sufrido, se aventura á hacer reclamo alguno, entonces el empresario le invita para que avance por callejón oscuro en cuyo fondo hallará lo que busca; instancia á la que, por razón natural, la prudencia se resiste; de modo que no le queda otro recurso que tocar retirada y conformarse con volver á contemplar los cuadros caricaturescos que figuran á la entrada.

Con los codos apoyados sobre los mostradores de las cantinas, en actitud meditabunda ó entregados á charla locuaz, muchos de ellos, si no todos imposibilitados para dar un paso sin el auxilio de amigo lazarillo, los infalibles parroquianos de estos establecimientos opuestos á los preceptos de la temperancia, no dan descanso á los vendedores; al propio tiempo que en los saloncillos que disponen de entrada especial para damas, y que unos de otros están separados por frágiles tabiques, responden al retintín de las copas que se escancian, frases de amor carnal y ósculos prolongados y sonoros. Y afuera, en la calle, el torbellino humano se empuja y comprime con nerviosa agitación; y vense escuadrones de desdeñosos Romeos y tentadoras Julietas; vendedores ambulantes y sirvientes de figones ahumados catequizando comensales; sectarios incondicionales de Baco, que se abren camino por entre la multitud desgozándonse á uno y otro lado de la acera y dirigiendo groseras galanterías á las hembras con quienes tropiezan; pedidores de oficio que con voz meliflua y compunjido semblante asaltan al transeunte cuando conocen que es extranjero, y principian mendigando una peseta y acaban haciendo transacción por un centavo; policías que redoblan la vigilancia y cacos que extreman la audacia, y ancianos y jóvenes y niños, aquéllos recordando los buenos años en que tanto descaro no existía, los segundos buscando el camino del presidio ó el hospital y los últimos aprendiendo lo que eternamente deberían ignorar.

Y á cada momento, á la vuelta de las esquinas, esquivando la claridad de los faroles, se verifica el encuentro convenido por medio de una mirada que se cruzó pocos momentos antes; y la romántica pareja sale del escondrijo y confundida entre el tumulto se encamina al próximo hotelillo, en cuya oficina principal, para dar cumplimiento á lo prescrito por la ley, obliga el Gerente á que en libro reglamentario inscriban sus nombres, con el carácter de cónyuges, los transitorios huéspedes. Y en los mal alumbrados pasillos del establecimiento, las parejas que entran se codean con las que salen; los mozos que acuden al llamamiento de unos de los alojados, se cruzan con los que han suministrado bebidas á otros de los habitadores de las desmarteladas alcobas; el propietario corre de arriba á abajo apaciguando temperamentos excitables y sirviendo de árbitro en las disputas; no son pocos los parroquianos que salen renegando por haber visto sus ilusiones desvanecidas y se preocupan ante la idea de verse compelidos á tener que solicitar más tarde las indicaciones terapéuticas de algún boticario; y si por casualidad reina un momento de quietud y silencio, óyense en el interior de las habitaciones cuchicheos intraducibles y ruidos sospechosos.

Para completar aquella como explosión de carnaval, siéntese sin cesar el estruendo de los ferrocariles elevados que van á uno y otro extremo de la ciudad; el resonar vibrante de las campanas de prevención de los tranvías que, en direcciones opuestas, se precipitan atestados de pasajeros, muchos de los cuales ciñen con amoroso brazo el talle de la vecina Dulcinea y recuestan lánguidamente la cabeza en los hombros de ésta. en tanto que al lado ronca apaciblemente, con el cigarro apagado aprisionado en los labios y el machucado periódico caído sobre las piernas, algún obrero que regresa del trabajo ó de la cantina y que poco se preocupa de tener tan cerca el descarado grupo de enamorados que cuchichea en el vecino asiento palabras que no se escuchan pero que fácilmente se adivinan; y para completar el bullicio, carreteros que gritan y maldicen, carros que se amontonan, máquinas de incendio que van precipitadamente á apagar la llamarada que prendió mano criminal ó tuvo origen en algún descuido; y, por último, organillos de músicos ambulantes que, con la mayor audacia, hacen pedazos trozos de ópera y se encarnizan, particularmente, en *Trovador*, *Traviata*, *Rigoletto* y *La Fille de Madame Angot*.

Las horas de la noche avanzan, y el *Bowery* no se sosiega. Tumultuoso, desvergonzado, enloquecedor, espera á que las primeras luces de la mañana disipen las últimas sombras; y entonces al desenfreno de la orgía, sucede el desenfreno de la especulación y de la usura.

V

Varios dependientes, siguiendo el ejemplo del que parecía dueño del almacén, se avalanzaron sobre los nuevos parroquianos antes de que hubiesen éstos acabado de entrar al establecimiento, y casi á empujones los llevaron delante de un gran mesón, sobre el cual estaban apiladas docenas de vestuarios de toda clase, color y condición; pues era imposible que se escapasen á estos veteranos de la industria las necesidades de los presuntos compradores. Don Cesareo, valido de su relativo conocimiento en el idioma inglés, antes de proceder á ejercer las funciones de intérprete tuvo la precaución de estipular con uno de los vendedores lo relativo á la comisión que devengaría en el negocio que traía á la casa; y una vez acordados en el particular, se procedió á la compra.

—Antes que nada un sobretodo—indicó el señor de Albornoz.

Pero como el dependiente manifestase que estando próximo el rigor del invierno y no siendo adecuado

para la estación el vestido que el mozo llevaba, le sería
indispensable proveerse de uno apropiado, pues de lo
contrario, además del peligro de enfermarse, correría
el riesgo de que el que usase con ropa tan delgada le
quedara estrecho al ponérselo con otra más gruesa,
Don Cesareo halló justa la observación y con atinada
dialéctica puso á Lucas entre la espada y la pared.
Y éste rindióse ante los argumentos, una vez que informado acerca de los precios, hizo mentalmente sus
cálculos y sumó y restó del mismo modo; ya que en
cuestión de intereses, el joven ciudadano de Santa Catalina era más avisado de lo que el señor de Albornoz
imaginaba.

Bien que el vendedor se esforzara en llevar al ánimo
de sus parroquianos, la creencia de que el primer vestido y el primer sobretodo que entresacó del montón,
é hizo que Lucas se midiera, eran, precisamente, los
que le quedaban como mandados á hacer, el sentido
común de éste y el mismo gusto estético de Don Cesareo rebeláronse contra tales imposiciones, y no se con-
formaron hasta hallar los artículos que, al cabo de
buscar, rebuscar, y volver á medir, les pareció que llenaban los requisitos indispensables.

Don Cesareo, atento á la previsiva sugestión del vendedor y á consideraciones de índole diversa, indicó á
Lucas que debería comprar también sombrero, botines,
camisas, ropa interior etc. etc., pero contra tales insi-
nuaciones sí protestó aquél decididamente. Llegó el
momento de pagar la mercancía comprada. Lucas, al
saber por boca de Don Cesareo lo que ya él más ó menos sabía, arrugó el ceño y le exigió que pidiera rebaja;
pero el señor de Albornoz se apresuró á manifestarle

que los precios eran fijos; que la costumbre del regateo
no se conocía en el país. El mozo se desconcertó y
hubo un instante en que estuvo á punto de renunciar al
negocio, es decir, pensó en desnudarse del nuevo ajuar
que conservaba puesto y continuar con el antiguo hasta que encontrara otro almacén en donde le hicieran la
rebaja, puesto que según era voz corriente en Santa
Catalina, todo en los Estados Unidos se compraba de
balde, merced á esos grandes descuentos de exportación que, para compradores al estilo de Lucas, constituyen la rebaja.

Buen trabajo y no pocas gotas de sudor costaron á
Don Cesareo convencer á Lucas que no diese semejante espectáculo; éste meditaba y volvía á meditar, y
pasaban los minutos sin que tomase resolución alguna.
El vendedor aparentaba sentirse profundamente indignado; el señor de Albornoz seguía sudando y tragando
saliva; los otros dependientes lanzaban sobre el grupo
miradas de curiosidad y extrañeza, y el mismo dueño
del almacén, advertido de lo que acontecía, estiraba
el pescuezo y por sobre las gafas que se le agarraban en
la punta de la nariz, despedía con ojos enrojecidos y
coléricos, rayos que hubieran carbonizado organismos
más susceptibles de ser carbonizados que los de Lucas
Guevara y Don Cesareo de Albornoz.

Al fin adoptó Lucas una resolución suprema. Del
bolsillo del pantalón de su viejo vestido, cuyas piezas
sostenía en el brazo izquierdo y apretaba contra el
estómago, sacó una bolsa de seda verde, con anillos
de plata; desató cuidadosamente el nudo que en ella
tenía hecho y dejó escurrir sobre la palma de la mano
cuatro monedas de oro, que contó y recontó diversas
veces y las entregó luego al dependiente.

Don Cesareo preguntó á Lucas si quería que le enviaran al hotel el vestido que se había quitado, pero aquél contestó que nó, pues prefería que se lo envolviesen en un papel para llevarlo él mismo, porque eso era más seguro.

Terminada la negociación, salieron del establecimiento. A pocos pasos de la puerta, el señor de Albornoz, alegando cualquier pretexto, pidió á su compañero que lo aguardase un segundo; entró de nuevo al almacén, se avistó con el dueño, le reclamó la comisión acordada y devengada; la embolsó cuidadosamente y no tardó en reunirse con Lucas, á quien halló embebido en la contemplación de una vitrina en la que se exhibían sobretodos, vestidos, etc., con los precios marcados en tarjetas blancas con grandes cifras negras.

—Vea Ud.—exclamó el mozo al ver á Don Cesareo—aquí todo es mucho más barato. No sería mejor desbaratar el negocio y comprar la ropa en esta tienda?

Y miraba y volvía á mirar la que tenía puesta, la comparaba con la del muestrario, hacía y volvía á hacer cálculos mentales, y una como ola de inconformidad y desesperación le inundaba el rostro.

—No comprendo—añadió—por qué no quisieron rebajarnos nada. En Santa Catalina nadie compra un comino por lo primero que le piden. Sería bueno que fuéramos otra vez á esa tienda y que Ud. haga que nos devuelvan la plata porque aquí en ésta haremos mejor las compras.

Poco faltó al señor de Albornoz para perder la chaveta y estallar; pero la prudencia, que es madre de la sabiduría, según es sabido, contuvo la explosión de su enojo y se limitó á entrar en otras tantas persuasivas explicaciones, las que debieron ser de mucho peso, puesto que Lucas acabó por aceptarlas y desistir del proyecto temerario.

Cuando llegaron de regreso á la posada era ya hora de almorzar. Don Cesareo creyó conveniente declararse invitado; y tan pronto como llenó el vientre con apetito que haría honor á un prelado dominicano después de misa mayor, ofreció á Lucas que al siguiente día á las 9 de la mañana en punto volvería á buscarlo á fin de hacer las diligencias precisas para la consecución del colegio y casa de huéspedes que se amoldasen á las necesidades y recursos de un estudiante. Estrechó efusivamente las manos del joven amigo y con aire majestuoso se alejó del hotel.

No acababa de salir Don Cesareo, cuando el consabido agente de la fonda, que estaba en espectativa de la ocasión, se acercó á Lucas, le hizo minucioso examen de la ropa, inquirió sobre los precios que por ella había pagado, y satisfechos sus deseos de información,

—Qué barbaridad!—exclamó con acento revelador de indignación la más profunda;—lo han robado á Ud. miserablemente, es una porquería lo que le han hecho comprar: no vale la mitad de lo que ha pagado Ud. Ya yo me lo suponía; ese es el resultado de ponerse en manos de gentes que no tienen práctica ni conocen nada, y sólo andan á caza de comisiones.

Y el enojado agente, dándole la espalda al mozo, lo dejó solo en el corredor del hotel sumido en hondos y dolorosos pensamientos.

VI

Marcaba las 9 de la mañana el reloj que exhibe la desmantelada oficina del Hotel Norte Americano, cuando Don Cesareo de Albornoz apareció en la puerta de la hospedería. Informado de que Lucas se encontraba en el comedor tomando el desayuno, se dirigió al lugar indicado. Cambiadas las salutaciones de ordenanza, y excitado, sin duda, su apetito merced al olor característico de los guisos del hotel, creyó con-

veniente hacer provecho de la oportunidad y engolosinarse en un beefsteack, una ración de huevos en
cacerola y una taza de café, capricho éste que, naturalmente, iba á aumentar el montante de la cuenta de
Lucas Guevara.

Vacíos los platos y sin otro pretexto que los retu-
viese en el comedor, el señor de Albornoz manifestó
á su amigo que era preciso aprovechar el tiempo, pues
las distancias en Nueva York eran largas y en un
abrir y cerrar de ojos se acababa el día.

Poco rato después Don Cesareo y Lucas se dete-
nían en frente de la casa marcada con el número***
al Este de la calle 9a. Al sonido de la campanilla,
abrióse la puerta, y al encuentro de los visitantes se
presentó Madama Bonfati, dueña del *Boarding House*,
quien, según todas las apariencias, conocía desde tiempo atrás al señor de Albornoz.

—Este joven amigo—dijo dirigiéndose á Madama
Bonfati—cuyos padres me lo han recomendado para
que lo encamine y ayude en los estudios que va á hacer en este país, desea hospedarse en una casa de familia en donde no le falte el calor del hogar—pues
es la primera vez que se separa del regazo materno—
y que al propio tiempo le ofrezca ventaja en cuanto
á baratura. Creo que en ninguna parte puede hallarse
mejor que al lado de Ud., y por lo tanto desearía saber en qué condiciones estaría dispuesta á recibirle y
qué clase de alojamiento puede proporcionarle.

Hecha un almíbar y un dengue, y en el español
más torcido que humana lengua pueda articular, la
dueña del *Boarding House* se expresó más ó menos
en los siguientes términos:

—Oh! sí, señor, el joven hallará aquí lo que necesite; las personas que viven en esta casa pueden decir si están ó no contentas y satisfechas. Por cinco dólares y medio á la semana le puedo dar las tres comidas y una habitación suficientemente confortable.

—Y el día en que no coma aquí me hace rebaja?— inquirió Lucas con cierto aire de ansiedad.

—No son esas las reglas de la casa—respondió la hostelera—y esa no es costumbre en Nueva York.

—Entonces—replicó Lucas—no hacemos negocio.

Don Cesareo creyó prudente intervenir, y trató por todos los medios posibles de convencer al mozo de lo contrario. Pero en esta vez la decisión de Lucas cambió la faz del asunto y reformó el reglamento.

Perder semejante clientela, pensó para sí la señora Bonfati, cuando la competencia en Nueva York en la industria de los *Boarding House* es aterradora, sería inexcusable disparate; y es así que después de refunfuños, cálculos mentales y observaciones orales, acabó por convenir—á condición *sine qua non* de que el asunto se tratase como secreto de confesión—en que le haría una rebaja de 15 centavos en la pensión, y esto en caso únicamente de que dicha concesión se limitara á los domingos y otros días feriados. Examinada la habitación, aceptadas mutuamente las bases del negocio y ratificadas por la posadera las protestas que había hecho á Lucas sobre el esmerado trato, excelencia de los alimentos, comodidades que hallaría en la casa etc. etc., quedó convenido en que desde esa misma tarde principiaría el nuevo huesped á disfrutar de las gollorías ofrecidas en la *Pensión de Familia.*

Una vez en la calle, juzgó Don Cesareo, puesto que
estaba próxima la hora del almuerzo, que la prudencia
aconsejaba regresar al hotel para disponer la mudanza
del equipaje; y sin detenerse en el trayecto, excepto
por breves instantes para poner de manifiesto ante
Lucas sus conocimientos acerca de la ciudad, ya en
presencia de algún edificio que el mozo observaba con
interés, ó de algún otro detalle digno de atención, no
tardaron en hallarse frente á frente en el comedor del
hotel dando al sirviente las órdenes respectivas para
que éste dejase satisfechas las necesidades gastronómicas de los dos comensales.

Excusado es decir que Don Cesareo no había recibido invitación de Lucas para el efecto; pero ¿cómo iba
á pararse en simple cuestión de fórmula, acostumbrado,
sobre todo, á la vida de Nueva York, en donde ciertas personas y en ciertas circunstancias tan pocas fórmulas gastan?

Terminado el almuerzo, y notificado el Gerente del
Hotel de la partida del huesped, abrió el libro, el temible libro en el que, con tenedor de cuatro dientes, y
no con pluma, se anotan en el Debe las partidas de
gastos en que incurre cada parroquiano.

Llegaba el momento solemne. Iban á sumarse los
varios *items* que constituían la deuda de Lucas Guevara. Dos días de posada y comida, á tanto, según
el reglamento:..... pero no paraba en esto la contabilidad; seguían las partidas siguientes: Expreso del
muelle al hotel para la conducción del baúl; gastos de
locomoción del huesped y del agente; (esta partida
no se pormenorizaba, pero el total hacía suponer que,
en vez de hacer uso de los medios ordinarios de trans-

porte, habían apelado á carruajes con tres parejas de
caballos ó á automóviles) ; tiempo consagrado por el
agente al servicio de Lucas, á tanto por hora; una
comida, un desayuno y un almuerzo extra; gastos de
movilización del equipaje á la habitación de la calle 9a.; total de los extras: algo más del doble de la
pensión diaria, la modicidad de la cual se anunciaba
en guías, en periódicos y... en todas partes. De tales anuncios y de resultados tales, se aprovechó, sin
duda, algún ingenio inventivo para establecer los fun-
damentos prácticos y matemáticos de las trampas para cojer ratones.

Un escalofrío, acompañado de palidez visible sacu-
dió los miembros de Lucas y se reflejó en la tostada
piel de su cara cuando vió el montante de la cuenta.
Quiso protestar, pero le faltaron las palabras, y las
pocas que pudo haber pronunciado las ahogó la zala-
mería de uno de los propietarios del hotel, quien para
el efecto y en todas estas circunstancias críticas, acertaba á encontrarse á la mano, como vulgarmente se
dice.

Echando el brazo al cuello de Lucas y atrayéndole
hacia sí, el melifluo propietario exclamó:

—Cuánto siento, chico, que te marches! (El tuteo
era de ordenanza en este director de fonda, y ni el rey
siendo rey, ni el proletario siendo proletario, de tales
confianzas se libraban). Pero—añadió—el colegio y
los hoteles son incompatibles; ya verás que en pocos
días te pones práctico en Nueva York, y tu papá va á
sentirse absolutamente tranquilo cuando sepa que lle-
gaste al Hotel Norte Americano, pues así está seguro
que no has pagado el noviciado. Te deseo muchas

felicidades; no dejes de volver á vernos y recomienda
siempre que puedas el establecimiento á tus paisanos.
Y dando al mozo un golpecito en el hombro lo dejó
en libertad para que sacara del bolsillo del pantalón la
característica bolsa de seda, de la cual dejó escurrir
sobre el mostrador unas pocas monedas de oro y plata
con las cuales satisfizo las imposiciones de lo irremediable.

El Hotel Norte Americano contó con un transeunte
menos.....

VII

A las 6 y treinta minu-
tos de la tarde del mismo
día en que abandonó Lu-
cas el hotel, entraba por
primera vez, guiado por Madama Bonfati, al comedor de la *Pensión de Familia.*

Ya para esa hora todos los comensales de la fonda,
en número de siete, ocupaban sus respectivos puestos
en la mesa; y mientras llegaba la sopa, entretenían el
apetito atacando las rebanadas de pan que á cada cual
correspondían.

La presencia de Lucas, á pesar de la presentación
que de éste hizo á sus parroquianos la aludida hostelera, no despertó en ellos mayor curiosidad. Se le
asignó asiento entre dos al parecer estiradas damas
yankees pur sang: la una regordeta y aunque con fisonomía de perro dogo, un si es no es provocativa, y la
otra menos abundosa en carnes, pero en cambio con
narices más prominentes. La primera trabajaba como
modista, y la segunda desempeñaba el empleo de Secre-
taria de una sociedad distribuidora de Biblias.

En una de las cabeceras de la mesa, con la barba
metida dentro de los pliegues de la servilleta, que se
enrollaba al cuello á manera de bufanda, se observa-
ban los ojillos penetrantes, movedizos y escudriñadores
de un hombrecillo ya bastante avanzado en años, cuya
fisonomía acusaba buena dosis de sangre hebrea. Este personaje, que miraba al soslayo, no pronunciaba palabra y se contraía únicamente á engullir la comida con
avidez frailuna, era dueño de un pequeño establecimiento en cuya puerta se exhibían colgantes tres grandes bolas doradas, lo que indicaba que allí se daba
dinero á rédito, sobre prenda. A la derecha de éste,
seguía una probable doncella de 23 á 25 años de edad,
de conplexión clorótica, ojos azules y cabello hirsuto
y blondo, la que ganaba el pan cotidiano llevando
los libros de contabilidad en una panadería del vecindario. Al lado de la doncella ocupaba asiento un mocetón de 26 á 28 años, alto, narigudo como la dama que
le quedaba al frente, y cuya locuacidad era bastante
para evitar que los otros comensales pudiesen hacer
uso de la palabra. Este individuo, á quien cariñosa-
mente llamaban *Bob* los demás parroquianos, y cuya
ocupación no era conocida, vivía en la *Pensión de Familia* con la madre, una de esas ancianas acartonadas,
de aspecto melancólico, cuya redondez craneal cubría
una peluca que parecía pegada á las sienes con goma
y le ocultaba las dos terceras partes de las orejas. Casi sobre la punta de las narices se apoyaban unas gafas
con aros imitación de carey; y al menor movimiento
de los labios, dejaba ver, solitario en las encías, un
diente largo y amarilloso. Esta buena señora sentá-
base al lado de Bob. Finalmente, la otra cabecera la

ocupaba el señor Bonfati, esposo de la ama de la casa, italiano de nacimiento, quien á despecho de su larga permanencia en los Estados Unidos, apenas mascujeaba unas pocas frases del idioma del país. Dábase humos de pintor y músico; pero tan poco afortunado ó mal comprendido, que sus dotes artísticas no le habían permitido ganar ni gloria ni dinero, y había resuelto el problema de la vida haciendo que su consorte trabajara, mientras él comía, dormía, leía los diarios italianos y se entregaba á concienzudos estudios sobre el socialismo moderno, traducible para él en una especie de anarquismo temperado.

Tal era la sociedad en que iba á girar Lucas Guevara.

Los parroquianos de la *Pensión de Familia,* lanzaron sobre el recién llegado una mirada, mitad indiferente, mitad escudriñadora, tan pronto como ocupó el asiento que le señalara Madama Bonfati; pero no pasó de ahí la novedad, quizás porque la presencia de Lucas Guevara les importase bien poco, ó porque, para satisfacción de los estómagos, la robusta irlandesa que á la mesa servía, principiara á distribuir entre los comensales sendos platos de caldo oloroso y humeante.

Estaba ya para concluirse la vespertina merienda, á la que, como de costumbre, la imperturbable charla de Bob había animado, cuando éste mismo, no pudiendo contener su curiosidad, osó al fin dirigir la palabra á Lucas.

Madama Bonfati, que se hallaba en el comedor en ese momento, explicó á Bob que el nuevo comensal no hablaba inglés; declaración ésta que produjo entre los circunstantes un estremecimiento de consternación y asombro. Las dos damas que á los lados le quedaban, giraron majestuosamente en los asientos sobre sus respectivas posaderas, como quien da un cuarto de conversión, y con insistencia particular clavaron los ojos en el mozo, cual si se preguntasen á sí mismas: qué clase de animal será éste? Una de ellas llevó la impertinencia á tal extremo que agachó la cabeza y miró por detrás á Lucas, como si quisiera convencerse de que no exhibía prolongamiento del apéndice coxal. El prestamista sacó el cuello de entre la servilleta, atisbó también, y persuadido, sin duda, de que Lucas no entraría á figurar en el número de sus clientes, volvió á engolosinarse en los últimos restos de la comida; la joven contabilista abrió desmesuradamente los ojos y quedó en suspenso; la madre de Bob desplegó los labios y dejó ver el solitario diente en toda su kilométrica longitud. El señor Bonfati fue el único que se mostró impasible.

—Entonces qué lengua habla?—inquirió Bob.

—Español—contestó la Madama.

—Español!!—exclamaron en coro los presentes.

—Sí, señores—agregó Madama Bonfati—este joven es oriundo de la República de***

—Ahhhhh!—dijo la dama de las biblias.

—Ohhh!—murmuró la modista.

—Y dónde queda esa República?—interrogó Bob.

Hubo turbación y silencio general. Los conocimientos geográficos de los comensales de la *Pensión de Familia* no eran bastantes como para aclarar el punto.

—Ud., madama, que habla español, averíguelo—añadió Bob.

Y la señora Bonfati no se hizo de rogar.

Lucas, que comprendía que aquellos movimientos, exclamaciones y voces, se relacionaban con él, sentíase un tanto nervioso y avergonzado. Pero cuando oyó á la intérprete dirigirle la imperdonable pregunta, una á manera de ola de indignación y sorpresa circuló por sus venas; miró á uno y á otro lado, como si no pudiera ó no quisiera convencerse de que semejante ignorancia existía, ya que no era posible imaginar que en los Estados Unidos y en la *Pensión de Familia,* especialmente, no resonase á cada instante, con ímpetu de trueno, el nombre de su país natal; que conocido no fuese el sitio en que alza la aguja de su torre el templo de Santa Catalina, y, sobre todo, que las figuras nacionales, descollantes en la política, la literatura, la milicia, etc., que en Nueva York tenían émulos y representantes de la talla de Don Arnulfo Jimeno y Don Cesareo de Albornoz, vejetasen sin herir con los ecos de su gloria y de su fama los tímpanos del universo.

Instigado por el amor patrio herido tan rudamente, suministró Lucas cuanto dato pudo recoger en el bien poco abastecido almacén de sus conocimientos en Historia patria.

Todos estos datos, traducidos por la señora Bonfati á sus oyentes, dieron margen para que el esposo de ella rompiese el silencio que hasta entonces había guardado; y en inglés italianizado, ó, mejor dicho, en italiano inglesado, hiciera luminosa disertación acerca de los horizontes que á las doctrinas socialistas abren los pueblos de Hispano-América.

La dama de las Biblias, afectados sus sentimientos religiosos, protestó con energía ante semejantes desafueros; tal protesta fue secundada por el prestamista;

la empleada de la panadería se levantó del asiento y dejó el comedor; la costurera y la madre de Bob, permanecieron neutrales; la señora Bonfati, parecía decir para su capote:

—El socialismo está aquí en casa; duerme conmigo y yo soy la víctima.

Sólo el parlachín de Bob, aplaudía con pies y manos cada disparate del señor Bonfati, especialmente cuando éste hacía referencia á la pésima manera cómo el capital está distribuido entre la prole de Adán.

Y si no da la circunstancia de que el expositor de las doctrinas socialistas se queda sin más auditorio que el de Bob y Lucas, quien no sabía qué camino tomar ni á dónde dirigirse, la apasionada y elocuente disertación habría durado toda la noche.

VIII

Con movimientos casi automáticos salió Lucas del comedor; subió lentamente la escalera apoyándose en el pasa-mano, y una vez que hubo llegado á su habitación, cerró tras sí la puerta y sentóse en la orilla de la cama.

Sus ideas todas en masa hetereogénea é híbrida, agolpáronse á su imaginación. Rememoraba su pasado, en el cual palpitaba aquel "olor de helechos," de que habla el poeta; tornaba el pensamiento á los arrabales de Santa Catalina, y en ellos veía aparecer la silueta de la zagala que ayudaba á las faenas del hogar doméstico, y que, en más de una ocasión, á la sombra amiga de las tapias del corral, le había dejado comprender y aun sentir, en forma hasta cierto punto pudibunda, la diferencia de sexos en la especie humana; le parecía escuchar el inarmónico cacareo de sus gallinas preferidas; oír con notas de bajo profundo, el largo rebuzno del cuadrúpedo de piel gris que le servía de elemento de locomoción entre el cafetal de

Don Andrés y la población de Santa Catalina; creía
sentir la voz atiplada del Cura de la Parroquia, á cuyas misas ayudaba con frecuencia, á quien había con-
fesado sus primeras culpas y contra cuya cristiana
virtud no habían lanzado dardos demasiado agudos las
siempre alevosas lenguas de los feligreses, puesto que
á todos constaba que era su vida patriarcal y sencilla,
sin más lunares, si es que lunares llamarse pudieran
tan sutiles nimiedades, que ser un tantico solícito y
afectuoso con sus hijas espirituales, un si es no es
confianzudo con la señora Juliana, abnegada y fiel
ama de llaves, y, por último, partidario más entusiasta
del licor nacional que del mismo vino que al Santo
Sacrificio se destina.

Y no acertaba á darse cuenta de lo que había visto
en Nueva York; creía que todo era un sueño informe,
una pesadilla de cerebro calenturiento. Don Cesareo
de Albornoz se le representaba como un sér mítico; el
señor Jimeno le inspiraba cierto sobresalto con su figurilla avinagrada y petulante; el Hotel Norte Americano se le ocurría ser palacio de hadas; sus recientes
compañeros en la *Pensión de Familia* los clasificaba
en la más alta gerarquía social; á Madama Bonfati
la estimaba como dama de airoso y distinguido porte,
al igual de aquellas que sobresalen en las historietas
de los libros primarios de lectura con el fin de poner
de relieve á los ojos de los aprendices el valimiento de
los modales cultos; y entre recuerdo y recuerdo, entre impresión é impresión, apretaba con mano con-
vulsa la bolsa de seda verde, en cuyas extremidades
reposaban las monedas sobrantes de las que recibiera
para atender á sus primeros gastos, y contra las cua-

les tanto el acusioso Don Cesareo como el sagaz agente del Hotel Norte Americano habían intentado heróicas arremetidas.

Y en esta actitud y en meditaciones tales lo habría sorprendido el alba, si Madama Bonfati, ya para cumplir con el maternal deber que había contraído, y ya por económica prudencia en cuanto al consumo del alumbrado, no hubiese abierto la puerta y entrado al cuarto de Lucas. Indicóle que era hora de que se acostara; lo instruyó en la manera de apagar el mechero de gas, pues seguramente la buena señora había comprendido que en Santa Catalina no se apelaba á estos rudimentarios métodos de iluminación; le hizo saber que á las 8 de la mañana se servía el desayuno, y le dió las buenas noches.

Desde la ventanilla que suministraba luz natural y aire á la habitación de Lucas, se dominaba el fondo de las casas cuyos frentes dan á la calle 8a., la mayor parte destinadas al negocio de *Boarding House*, y, por consiguiente, atestadas de moradores de toda edad, condición y sexo. Merced á excusable descuido, el que, por regla general, es más frecuente de lo necesario en la estación de verano, muchos de los inquilinos de las habitaciones traseras no bajaban las persianas, lo que daba lugar á que cualquier curioso pudiera, al hallarse situado en posición análoga á la que ocupaba Lucas, observar no pocas de las escenas íntimas de que eran teatro aquellas alcobas.

De ahí que para asombro y estupefacción de Lucas, apenas hubo apagado el gas y quedado á oscuras, principiara á ser testigo de actos de la vida privada de sus vecinos de la calle opuesta. Y hubo momentos en què sintió estremecimientos de pudor, sobre todo cuando alguna avanzada jamona ó alguna despreocupada *miss* iban dejando caer al suelo, sin escrúpulo ni miramiento, las piezas del vestido; y quedando totalmente despojadas de indumentaria, se contemplaban ante el espejo en diferentes posturas; ó bien parejas unidas por los lazos de Himeneo ú otros menos apretados, que, sin apagar del todo la luz, se preparaban á cumplir los preceptos del Santo Sacramento; ó chiquillos á medio vestir, que brincaban de cama en cama y atentos á las indicaciones maternales, para evitar accidentes á media noche, satisfacían, con el sublime *sans façon* de la inocencia, las más apremiantes necesidades corporales; ó rubicundos ó empergaminados espécimen del sexo fuerte, envueltos en densa nube de humo de pipa, apurando jarro tras jarro de cerveza, hasta quedarse dormidos en el asiento ó prorrumpir en querella tempestuosa; en una palabra, cuanto detalle es susceptible de ocurrir en la vida privada de los individuos ó de las familias que no imaginan ó no se preocupan en imaginar que indiscretas miradas observan sus intimidades.

Al cabo de más de dos horas de insomnio, soportado en la oscuridad y estimulado por los continuos é inconsiderados picotazos de ciertos insectos que, en los hoteles de segundo orden y por regla casi absolutamente general en los *Boarding Houses* de Nueva York, eligen las camas de los huéspedes para procrear y darse buen vida, sueño compasivo entornó los párpados de Lucas.

A las 7 y media de la mañana, Madame Bonfati desempeñaba el oficio de despertador golpeando á la puerta de su joven parroquiano, quien poco después, sin haber hecho, probablemente por falta de costumbre, uso del aguamanil ni prestado esmerada atención á la vestimenta, estaba en disposición de hacerle honor al desayuno, no tanto, quizás, por las deficiencias observadas en la comida del día anterior, sino por la debilidad que le ocasionara la copiosa sangría de que fue víctima, y de la cual daban elocuente testimonio multitud de manchas purpureas diseminadas en las sábanas y almohadas de la cama y número no menor de ronchas que le cubrían el cuerpo y lo obligaban á ejercitar las uñas con febril actividad.

En el comedor no se hallaban, cuando en él entró Lucas, sino la dama de las Biblias y la apergaminada madre de Bob. Engullían tranquilamente sus raciones respectivas sin pronunciar palabra; y el silencio augusto que reinaba en torno de la mesa, lo interrumpían únicamente el ruido de platos en la cocina y los poderosos ronquidos del señor Bonfati, quien dormía en una pieza contigua y cuyas doctrinas socialistas le enseñaban que las horas más propicias para agasajar el sueño son las comprendidas entre las 4 de la mañana y la 1 ó las 2 de la tarde.

A las 9, con exactitud inglesa, llamó á la puerta de la *Pensión de Familia* el señor de Albornoz.

IX

No creyó Don Cesareo—y en este particular pensaba juiciosamente—que Lucas debería matricularse en colegio alguno. Sin conocer el idioma, le sería imposible aprovechar las lecciones que recibiera. Lo natural y prudente, era principiar por el aprendizaje del inglés, para cuyo efecto sugería la idea de que se buscase un profesor y, bajo la dirección de éste, se dedicara Lucas en cuerpo y alma, por espacio de cuatro ó seis meses, al estudio y práctica de la lengua, evitando, sobre todo, la comunicación con individuos de la raza que le harían olvidar en pocos minutos la labor de unas cuantas semanas.

Este plan, que, seguido en debida forma, era evidentemente acertado, flaqueaba sólo por un lado: el de la parte que en su ejecución tomase Don Cesareo, quien aspiraba, como es de presumirse, á ser él quien escogiera el profesor, y seguramente dicha elección correría parejas con la de la *Pensión de Familia.*

La amiga de Don Cesareo, esto es, la señora Long, era madre—asunto conocido apenas por muy limitado número de personas—de William Roberts, individuo de 28 á 30 años de edad, fruto del primer matrimonio de aquélla con el capitán de una goleta que hacía viajes entre Cardiff y Nueva York, y el que meses antes de que William viniera al mundo tuvo á bien desatar el nudo matrimonial, movido á ello, según gentes indiscretas lo murmuraban en aquel tiempo, por el hecho de haber encontrado á su joven esposa compartiendo el lecho nupcial con otro personaje á quien las leyes eclesiásticas no habían dado autorización para ello. En medio de las heterogéneas peripecias de una vida bohemia, el muchacho había crecido, y en el momento en que esta historia comienza, hallábase en plena edad madura ocupando el puesto de celador nocturno en una escuela pública, oficio que, además de darle ocasión para educarse, procurábale un salario suficiente apenas para que se sostuviera alimentado á medias y vestido á cuartas.

Las relaciones entre William y su madre carecían de cordialidad por motivos largos de enumerar, y que, hablando en justicia, lejos de deshonrar, enaltecían, hasta donde enaltecerse cabe, los sentimientos del joven Roberts; y aun cuando con Don Cesareo no deberían ser mejores, éste, como buen filósofo, que piensa que en la vida humana hasta lo que parece inútil puede ser aprovechable, distinguía á William con su amistad, y William, por su parte, utilizaba estas relaciones para aprender el español, en lo que estaba interesado, pues se le había dicho que si lograba poseer tal idioma, tendría mayores oportunidades para conseguir más lucrativo empleo.

Mediante los oficios de Don Cesareo, convino William en destinar dos ó tres horas diarias para dar lecciones de inglés á Lucas Guevara en cambio de una retribución pecuniaria, efectivamente módica, pero que, dadas sus circunstancias, le caía como maná celeste en su vida de abstinencia y dolorosas necesidades.

En oposición á lo que era de esperarse, el profesor elegido por Don Cesareo tomó á pechos el cumplimiento de sus deberes de institutor; y si es verdad que no encontró Don Cesareo modo de derivar, como lo pretendía, provecho práctico en el servicio que había prestado, no lo es menos que Lucas sí principió á lograr beneficios en el aprendizaje, puesto que al cabo de pocas semanas estaba en capacidad de coordinar algunas frases, y de memoria sabía un vocabulario relativamente extenso.

La modista que vivía en la *Pensión de Familia,* lo mismo que la contabilista de la panadería y el parlachín de Bob, contribuían en no pequeña escala á complementar los esfuerzos del profesor; y hasta Madama Bonfati se complacía en prestar su contingente educacionista, bondad que, realmente, no era de codiciarse, pues la pronunciación de la alsaciana, más que deplorable era absolutamente inaguantable.

Don Cesareo, quien sin falta alguna visitaba á Lucas el último día de cada mes, especialmente con el objeto de concurrir á atestiguar el pago de la mensualidad que hacía la casa de Jimeno, Marulanda & Co., y no desmayaba en el propósito de que Lucas lo hiciese depositario de los fondos, en consideración al peligro que de perderlos corría si los cargaba consigo; ofrecimiento que, con inteligencia suma, Lucas se negó siempre á aceptar por juzgarlos más seguros en su propio bolsillo, cuando se convenció que William no le abonaba comisión por el salario que, como maestro del idioma recibía de Guevara, empeñóse decididamente en que se buscase nuevo profesor; mas en este particular también corrió con desgracia, ya que no solamente William comprendió la trama y se preparó para derrotarla, sino que Lucas, á su vez, un poco despierto y con menos pelo de la dehesa á cuestas, insistió en continuar bajo la dirección eficiente de su primitivo maestro.

Estos incidentes contribuyeron á que el acusioso Don Cesareo principiara á sentir que su aprecio por Lucas se entibiaba, ó, hablando en otros términos, que sus deseos de ver con la antigua costumbre al recomendado del Doctor Galindez disminuyeran de un modo sensible, en cierto modo para contentamiento de Lucas, á quien las protectoras pláticas del señor de Albornoz empezaban á fastidiar, y para beneplácito de la misma posadera, sobre cuyos intereses industriales pesaban unos cuantos desayunos y almuerzos gratis.

No obstante el retraimiento del señor de Albornoz, la correspondencia epistolar entre éste, el Doctor Galindez y Don Andrés, comenzada en el tenor y forma que se verá más adelante, continuaba sosteniéndose, sin que Don Cesareo, por razones de orden personal, dejara comprender en ella que se iban debilitando los sentimientos de paternal cordialidad que debían existir entre él y Lucas Guevara.

X

Los primeros meses que pasó Lucas en Nueva York, se deslizaron sin incidente personal digno de mencionarse. Asistía con regularidad á las clases de inglés; cobraba puntualmente la asignación mensual en la casa comisionista de los señores Jimeno, Marulanda & Co., diligencia á la que, según antes se dijo, siempre empeñábase en acompañarlo el señor de Albornoz; oía misa los domingos, atento al consejo de su buena madre; estrechaba relaciones amistosas con los huéspedes de la *Pensión de Familia,* especialmente con la joven contabilista, con la costurera y con Bob, quien de vez en cuando actuaba para ciertas cosas como suplente de Don Cesareo, y, por último, vivía en armonía perfecta con Madama Bonfati, cuyas indicaciones seguía y sus cuasi maternales observaciones respetaba.

Hacía progresos en el aprendizaje del idioma, y se daba la satisfacción de intercalar en las cartas que escribía á sus padres, frases inglesas, acaso no perfecta-

mente bien deletreadas, pero suficientes para que en
Santa Catalina produjesen efectos magnetizadores; á
tal punto que en las respuestas que recibía de Don Andrés, de su mamá y de sus hermanitos, se traducía el
orgullo que experimentaba la familia y descubrían el
universo de esperanzas y de gloria que en el educando
cifraban parientes y amigos.

La excelente esposa del señor Guevara, arrebatada
por disculpable entusiasmo maternal, le espetaba en
sus cartas renglones como los siguientes: "Ya me ima-
gino cómo se sorprenderán en Nueva York oyéndote
hablar inglés"; "estamos orgullosos de tu talento";
"daría un ojo de la cara por oirte discutir en inglés
con los 'musius' de allá", y otros tantos desahogos
por el estilo, más elocuentes, conmovedores y apasio-
nados que todas las epístolas juntas de Lord Chester-
field á su hijo.

Y á completar la dicha de los amorosos primogenitores, contribuían otros detalles dignos de ser mencionados.

La casa comercial—comisionistas, exportadores, im-
portadores y banqueros—que así rezaba el membrete
del papel que usaban para su correspondencia mercantil los señores Jimeno, Marulanda & Co., contestó, como era de esperarse, la carta de presentación que el
Doctor Galíndez dirigiera al socio señor Jimeno; y en
esa misiva, en la que se echaba á un lado en cierto modo la sequedad del negocio, apeló el corresponsal—ci-
ñéndose á las instrucciones que, para el efecto, recibiera de Don Arnulfo—á ciertas frases y giros de
retórica que, para casos semejantes, guardaba no en
la masa cerebral, sino, en una á manera de cartulina,
en el fondo de la gaveta del escritorio.

Principiaba la carta aplaudiendo el noble y civilizador pensamiento de Don Andrés de educar á su hijo en horizontes más vastos que los de Santa Catalina, pues la República de*** necesitaba de hombres prácticos, que pudieran, llegado el caso, dar impulso acertado á las industrias nacionales, lo cual sólo se conseguía abriendo las alas de la inteligencia en metrópolis como Nueva York, en donde la electricidad y el vapor habían dado al traste con las guerras civiles y hecho de los hombres, no entes empíricos sino instrumentos positivos del progreso. Y en seguida de otra caterva de vocablos de relumbrón, de lugares comunes y de necedades sin ton ni són, se ponía de manifiesto el especialísimo placer que habían tenido los socios de la casa, particularmente el que la carta firmaba, en estrechar la mano del inteligente y simpático joven Don Lucas; se hacía referencia á las visitas que éste había hecho á las oficinas de la firma; á la cordial manera como fue recibido; á las diligencias que la casa había practicado para facilitarle medios adecuados y convenientes á su instalación de colegial; á lo que se prometía continuar haciendo en favor del recomendado; al esmero con que se le pasaría la mensualidad; y, por último, á otras tantas cosas análogas, vaciadas en molde preparado de antemano para la confección de tales epístolas.

Antes de la firma, había escrito un párrafo que merece citarse. Era el consagrado á las salutaciones que enviaban los miembros de la casa comercial al padre de Lucas, de quien tenían las mejores referencias y cuyas relaciones mercantiles solicitaban, asegurándole que sus órdenes serían atendidas con esmeradísima atención.

El efecto que produjo en el ánimo de Don Andrés
la carta de Don Arnulfo Jimeno al Doctor Galindez,
puede deducirse por el hecho de que, á vuelta de pocas semanas, escribió anunciando una importante remesa de café y cueros, y ofreciendo que, en lo sucesivo,
serían de mayor consideración las consignaciones, á
la vez que le faltaban palabras para expresar su gratitud por tantos y tan oportunos servicios como se habían servido prestar á su hijo Lucas.

Don Cesareo de Albornoz, contestó á su turno,
igualmente, la carta que recibiera de su viejo amigo y
condiscípulo el Dr. Galindez; y este documento que
hacía honor á la ciencia de las epístolas interminables,
pues no dejaba punto que no tocara, ofrecimiento que
no hiciera, servicio, entre los que enumeraba como
hechos ya, que no ponderara, si no interesó particularmente al abogado, en cambio, en el ánimo de Don
Andrés, á quien el Dr. Galindez daba traspaso de esta
correspondencia para poner aun más de bulto su importancia y sus relaciones en el extranjero, alcanzó
el resultado que el señor de Albornoz se proponía,
porque además de numerosas manifestaciones de agradecimiento de que fue portadora la misiva que vino
á vuelta de correo, en ella le anunciaba Don Andrés
el envío de unos *cacharros* de oro de ciertas minas
de que era condueño, y los cuales le suplicaba encare-
cidamente se dignase aceptar en testimonio de amistad
y aprecio, súplica á la cual con tan recomendable solicitud accedió el señor de Albornoz, que no bien acabó
de recibir el paquete que contenía la dádiva, cuando ya
había vendido las tales pepitas de oro por algo más
de $50.

XI

Nueva York es una gran ciudad, una ciudad inmensa, ciudad vorágine, mar humano en donde nadie se conoce, pocos se buscan y raras amistades se encuentran. La fiebre mercantil todo lo absorbe, sobre todo se impone y todo lo avasalla; el descanso de que se disfruta es limitado; y con demasiada frecuencia se observa el caso de que, aun viviendo ó comerciando en el mismo edificio, pasen meses sin que dos camaradas se vean ni se entiendan.

Y, sin embargo, á despecho de esta peculiaridad, á despecho de esta condición natural en la vida de la gran metrópoli, hay un hecho originalísimo, que sería absolutamente inexplicable, si no tropezara con ciertas idiosincracias de la raza que siente circular en sus venas sangre de Cides y de Andantes caballeros.

No importa que el Hispano Americano arribe á Nueva York con nombre supuesto, bajo el velo del

incógnito y se consuma en el más recóndito abismo de
la ciudad, porque tarde ó temprano es descubierto por
sus compatriotas; y aun cuando éstos jamás le hayan
visto, ni sepan qué cielo de parroquia cobijó sus primeras mocedades, ni en las entrañas de qué buena
madre se rebulló los primeros nueve meses, tan pronto
como se le descubre, es discutido, analizado, y si carece
de biografía se acaba por confeccionarle alguna para
comentarla luego con lengua bien poco caritativa.

Nadie habría supuesto que persona alguna en Nueva York pudiera dar con el zaquizamí de Lucas Guevara: de vista lo conocía únicamente el señor de Albornoz, quien, por razones fáciles de comprender, buen
cuidado tenía de revelarlo, y puede decirse que lo
ignoraban los señores Jimeno, Marulanda & Co. porque como á éstos bien poco les interesaba el mozo,
menos interés tenían en hallarse al corriente de tal
detalle. Con todo, á pesar de las circunstancias apun-
tadas, no faltó quien al cabo hiciera el al parecer imposible descubrimiento.

Jacinto Peñuela era un compatriota de Lucas, residente en Nueva York desde años atrás, á quien sed
de aventuras, exceso de ideas descabelladas y la creencia muy generalizada que priva en la República de***
y en las otras Repúblicas de la raza, de que las morro-
cotas americanas saltan en forma de cascada al encuentro de los forasteros, lo habían arrastrado á las
playas de Norte América, en condiciones más ó menos
análogas á las que privaron á la República de*** de
las brillantes dotes intelectuales y financieras de Don
Arnulfo Jimeno y de las artísticas de Don Cesareo
de Albornoz.

Peñuela no había logrado formar casa mercantil como Jimeno, á pesar de considerarse, no profesor de Agricultura, sino electricista, ni hallar acomodo fijo en ningún *Boarding House* bajo el ala protectora de la hostelera como el señor de Albornoz, pero en cambio se había dado sus artes y mañas para ejercer otra industria: la de *cicerone;* industria que disfrazaba con el expresivo título de *Corredor de Comercio.*

Y en pugna diaria con los agentes de los hoteles concurridos por la raza, vivía siempre á caza de todo viajero para relacionarse con él y convertirse en piloto de la nave que lo condujera sobre las ondas procelosas del océano Neoyorkino.

Peñuela servía para todo, ó á lo menos aspiraba á servir: hacía mandados; ejecutaba compras; desempeñaba oficios de amanuense y se paraba en la cabeza si era necesario. Sobre todas las virtudes tenía una en grado superlativo: la paciencia.

Sucedía muy á menudo que el recién llegado, á quien de lazarillo servía, deseaba ir al teatro: Peñuela compraba el billete de entrada, lo acompañaba hasta la puerta del coliseo, y como no era invitado á la función, esperaba recostado contra algún poste de teléfono á que ésta concluyera y su inconsiderado compatriota tuviese á bien salir, para conducirlo al hotel, arreglarle la cama y darle las buenas noches; otras veces se le veía en los restaurantes, sentado en uno de los rincones, aguardando á que diera término á suculenta comida el acompañado, cuando no era trabajoso advertir en el rostro de Peñuela un apetito capaz de engullirse de un bocado al propietario de la fonda; en una palabra, para no decir más, extremaba su condescencia hasta tal punto, que buscaba á los novicios casas cuya industria social peca contra las leyes de la policía de Nueva York; los llevaba á ellas, arreglaba los términos del negocio, era testigo pasivo y respetuoso de las escenas poco edificantes que en dichos establecimientos se sucedían, y entre despierto y dormido, esperaba replantigado en un sofá, ó si las circunstancias lo exigían, afuera, en la acera de la calle, á que terminaran en sus zambras los parroquianos á quienes había facilitado la entrada á tan conspicuos lugares.

Con lo que á éste le pescaba y á aquél le rasguñaba, vivía el servicial Jacinto Peñuela, quien al propio tiempo que se mostraba humilde y abnegado según la naturaleza del cliente que tenía entre las garras, aparecía altivo, energúmeno y con humos de gran señor cuando algún reconocido majadero le salía al paso entre la turba de viajeros que visitan á Nueva York.

El maravilloso olfato de Peñuela descubrió la presencia de Lucas Guevara en el laberinto de la ciudad; y en cierto día en que los vapores de los puertos Sur Americanos trajeron poco cargamento humano y pocas ocasiones de ejercitar su profesión ofreciánse á los *cicerone,* se presentó Peñuela en la *Pensión de Familia* é inquirió por Lucas. Acertó éste á hallarse en la casa, y pocos minutos de conversación bastaron para que visitante y visitado se estimaran como dos viejos y excelentes camaradas.

Jacinto, decía, aunque ello no era cierto, que cuando niño había estado en Santa Catalina; que conocía á Don Andrés de nombre y tenía en aquella población algunos amigos cuyos apellidos por el momento no recordaba.

Oír en lejanas latitudes brotar de labios desconocidos el nombre de la patria, el de la parroquia natal, el de los progenitores etc. etc., es asunto que hasta en el salvaje corazón de los osos polares despierta sentimientos de cariño; hallar un compatriota, aquende los mares, que diga que lee la prensa nacional y ve figurar en ella los nombres de las lumbreras patrias, es cosa capaz de enloquecer de regocijo y entusiasmo á una estatua de azucar de leche.

Jacinto Peñuela fue para Lucas una revelación; Don Cesareo de Albornoz no le daba al tobillo al nuevo compatriota amigo, y ni á la suela de los zapatos le daría dentro de poco, cuando Jacinto principiara á hacer la autopsia del ilustre relacionado del Dr. Galindez, á quien no podía ver ni pintado.

Peñuela conocía á Don Cesareo, no sólo de trato, vista y comunicación, sino de fama. Y, por su parte, el señor de Albornoz conocía á Jacinto de idéntica manera, y tampoco lo podía masticar. Pero como es axioma incontrovertible que el que da primero da dos veces, en esta ocasión Peñuela iba á llevar consigo mayor número de ventajas.

El cuerpo de Don Cesareo, tanto en lo físico como en lo moral, tendido fue en mesa de anfiteatro, y con sutil escalpelo le hizo Jacinto una disección que habría envidiado el más hábil de los preparadores anatómicos. Y tras el señor de Albornoz, cayeron los demás compatriotas residentes en Nueva York bajo el filo de la tijera de luminosa disertación.

Después de dos largas horas de visita, que habían ilustrado á Lucas más de lo que pudiera hacerlo el estudio detenido de la Enciclopedia Británica, Peñuela

se separó de Guevara, dejando á éste con la dulce
ilusión en perspectiva de que volvería á verlo en el
curso de la semana.

Y cumplió religiosamente su promesa.

Al caer la tarde del tercer día, á la hora en que suena
la campanilla que llama al comedor, Jacinto Peñuela
se presentó en la *Pensión de Familia;* y convencido de
que Lucas podía disponer de unos pocos cuartos, lo
invitó á un paseo nocturno con el pretexto de hacerle
conocer la ciudad en las horas en que al tumulto comercial de ciertos centros sucede la fiebre industrial
de otros distintos.

Y los dos compatriotas salieron á la excursión.

A la vida futura de Guevara se abrían nuevos horizontes.

XII

Con el propósito
de hacerse apare-
cer ante Lucas co-
mo uno de los gran-
des conocedores de
la vida Neoyorki-
na, condujo Jacin-
to á su joven compañero á los cafés cantantes que pululan al Este de la calle 14 y á inmediaciones de la
Tercera Avenida.

A pesar de los peligros que en ellos se corre, eran
estos sitios los que Peñuela frecuentaba, ya porque allí
solía encontrarse con numerosos miembros de la colonia Hispano-Americana—por regla general los novicios ó recién llegados—y ya porque semejantes encuen-
tros le facilitaban los medios de aparecer como experto
en su oficio y llenar el estómago con unos cuantos vasos de cerveza sin sacrificio para su propio bolsillo.

Y entraron en el primero que hallaron al paso.

Era éste un vasto salón, en cuyo fondo alzábase uno
á manera de proscenio, y en el que, al compás de orquesta soñolienta, se ofrecían al público diversos espectáculos: acróbatas, bailarinas, cantores de cancio-

nes de desesperante vulgaridad, necias y ridículas pantomimas; en fin, cuanto se puede alquilar á bajo precio en el mercado de artistas de cargazón.

Y en medio de una atmósfera saturada de humo de pestilentes cigarros y de pipas nauseabundas, al rededor de centenares de mesitas, hombres y mujeres de toda edad y condición, agrupábanse en una mezcla soez, licenciosa y hasta repugnante aun á la mirada del poco meticuloso observador.

En el cutis de todas las concurrentes al café, se ponían de manifiesto los múltiples tonos del carmín, desde el lánguidamente pàlido, hasta el profundamente subido; espaldas desnudas, senos palpitantes y lascios, brazos en descubierto, todo esto cargado, á falta de colores naturales, de preparaciones químicas para fingir lozanía y robustez. Al lado de la muchachuela de 18 abriles, lanzada poco tiempo antes en el camino de la disipación y de la orgía, abundaban hembras que desde años atrás habían principiado á descender la escala de la vida, de dientes postizos, arrugas pronunciadas que se esforzaban en velar con emplastos de polvos de arroz y de *cold cream,* en estado de ebetamiento por falta de sueño y de comida y exceso de licor; muchas en cuyas desencajadas facciones no era difícil observar la huella de enfermedades rebeldes, que no lograron destruir el yoduro de potasio ni las píldoras de Ricord. Y por debajo de las mesas, en un entrelazamiento indecoroso, pantorrillas masculinas y femeninas; y aquí y allí carcajadas estrepitosas, golpear de vasos, interjecciones rudas, cuchicheos de labios de unos pegados á las orejas de las otras, y besos que se trataban de ocultar con las alas de los sombreros.

Circulando por entre las mesas, atentos á la menor insinuación, docenas de sirvientes distribuían copas de cerveza y de wiskey: que tal es el negocio de esos establecimientos, cuya entrada es libre para el público: vender á precio más alto del ordinario licores de calidad tan mala que sólo organismos acostumbrados á envenenarse lentamente pueden soportarlos.

En estos cafés las leyes sociales están invertidas; no son los hombres quienes invitan á las damas á aceptar obsequios ó á departir un rato en amena charla; son ellas las que se declaran invitadas, la mayor parte de las veces á despecho de las protestas masculinas; ellas las que solicitan que se las obsequie; las que, en multitud de ocasiones, fastidian tanto con sus embites y exigencias, que obligan á la presunta víctima ó á abandonar el sitio ó á acceder á la insistente solicitud. Y una vez que han satisfecho el capricho, cuando se convencen que no lograrán más concesiones, indiferentes, despreciativas, abandonan al obsequiante sin tomarse la molestia de darle las gracias y vuelven al activo revoloteo hasta que tropiezan con otro candidato que les permita repetir la escena anterior.

A cada momento vense parejas que, entre los vapores de cinco ó seis copas de cerveza, ponen los cimientos de momentánea camaradería y abandonan el salón para ir á alguno de los hotelillos del vecindario á consolidar la amistad y acabar con ella en el breve espacio de 15 á 20 minutos. Y del hotelito regresa la dama al café que le dió campo á la conquista, y si no halla en él horizonte propicio para otra nueva, se encamina á análogo establecimiento, sucediendo á menudo el caso de que en éste encuentra, cojido entre las redes de otra hurí de idéntica calaña, al amigo de quien se separara momentos antes, y manifiéstase tan despreciativa é indiferente, como si jamás hubiese tropezado con él en el camino de la vida.

Como si los miembros todos del organismo se le hubiesen paralizado, Lucas Guevara permanecía absorto, con los labios entreabiertos y los ojos amenazando salirse de las órbitas. Creía que allí se aspiraba la esencia absoluta de la vida; que aquel mercado de desvergüenzas, cuya magnitud no alcanzaba á apreciar, era el desideratum de la dicha. El terrenal paraíso de la leyenda bíblica, de cuyos atractivos tenía idea merced á las definiciones del texto de Historia Sagrada que había aprendido de memoria en la escuela pública de Santa Catalina, se reproducía en su imaginación con vivaz colorido en ese café cantante de la calle 14. No podía comprender cómo aquellas cabezas femeninas, que exornaban sombreros cuajados de flores y plumas; aquellos bustos que se cubrían con cintas y encajes; aquellos talles que contorneaban terciopelos y sedas, pudieran comprarse con dinero y á precios bajos. Los artistas, que aparecían en el proscenio, se le representaban como la más alta manifestación de la maravilla teatral; aquel recinto, en fin, fulguraba ante su vista con los resplandores de esas mansiones feéricas que se describen en las historietas con que se llenan de fascinación los cerebros infantiles.

A pesar de su justificable candidez, los oídos de Lucas se negaban á dar crédito completo á las explicaciones y enseñanzas que, con labio elocuente, le suministraba Jacinto Peñuela; y éste, al contemplar tamaño asombro en el rostro alelado de su amigo, sentía

deleite especial, del que no lo distraían ni el kaleidos-
cópico panorama que se agitaba en torno suyo, ni las
incitantes miradas, las gesticulaciones expresivas, las
risas tentadoras y los más ó menos velados llamamien-
tos que le dirigían las concurrentes al café.

Lejos de ello, sus ilusiones, sus esfuerzos todos se
encaminaban á demostrar á Lucas el conocimiento per-
fecto que tenía de la vida y costumbres de Nueva York.
Y es así que mientras apuraba un tercer jarro de cerveza y aspiraba el humo de un cigarrillo, discurría largo y tendido acerca de la naturaleza de esos establecimientos, sobre los episodios que en ellos ocurren y los
servicios que prestan á la población flotante de la gran
Metrópoli. Le informaba cómo en los hotelitos del
vecindario, los que considerarse pueden como comple-
mento de los cafés cantantes, se obliga á las parejas
que en ellos buscan hospedaje transitorio, á inscribir
sus nombres en registros especiales antes de ser condu-
cidas al dormitorio que se les asigna; cómo es obligación impuesta por la policía, que los momentáneos
huéspedes dejen constancia de que los une lazo matrimonial, de cuya obligación resulta que hasta el presente no se sepa que pareja alguna haya escrito en los
registros su nombre verdadero ni su residencia efec-
tiva; cómo una misma dama puede presentarse varias
veces en una misma noche al mismo hotel apareciendo
como esposa de diferentes maridos, y maridos que pueden registrarse como consortes de diferentes mujeres;
cuáles son las condiciones que, por regla general, imponen las damas á los compañeros que las conducen á
dichos hoteles; cuál la comisión que los empresarios de
estos centros sociales pagan á la hembra por cada hués-

ped que consigue; cuál el ignominioso desenfado con
que cobran el dinero adelantado, y cómo, después de
examinarlo y contarlo cuidadosamente, lo esconden entre las medias, artículo éste de indumentaria que desempeña para ellas el oficio de caja fuerte; cómo se defrau-
dan las ilusiones y esperanzas de los incautos que se
dejan seducir por caritas pintadas de vermellón y formas modeladas con colchoncillos especiales y armazones
manufacturados con barbas de ballena, sobre todo si
conocen que la víctima es algún extranjero que no
puede defenderse ni está al tanto de sus resabios y sus
mañas. Y Jacinto completó todas estas precisas infor-
maciones con la narración suscinta de los robos, asesinatos, escándalos y crímenes monstruosos de que son
teatro frecuente esos que calificaba de antros de inmoralidad y lujuria, y que, seguramente, por hallarse ofi-
cialmente autorizados, debido á que pagan los impuestos municipales de ordenanza y se someten á ciertas
concesiones para vivir en paz con la policía, no han
corrido con la suerte que dió al traste hasta con los
arrabales de Gomorra.

Y le habló sobre otra clase de cafés cantantes y salones públicos de baile y de recreo, completamente distintos de los de la calle 14; sitios concurridos por más
escogida clase de gentes, esto es, por parroquianos con
bolsillo mejor abastecido acaso; en donde la escala de
precios está en proporción con la magnificencia del
local, lo selecto de las orquestas, la calidad de las
bebidas y la mejor catadura y más alta prosapia social
de las mujeres que los frecuentan; salones y cafés
situados en barrios menos democráticos, muchos de
ellos próximos á los grandes hoteles y coliseos; en

donde la hermosura y el lujo se dan cita, y á los simples espectadores se ofrece la oportunidad de fáciles
y no despreciables conquistas, no importa que las damas asistan á dichos sitios bajo la custodia de galanes
que, sin duda, no piensan que su compañera es alma
que se deja seducir por las miradas y gesticulaciones
tentadoras de personas desconocidas, más aún cuando
son ellos los que están sufragando los gastos para man-
tenerlas fieles y satisfechas; ó que si lo piensan ó lo
advierten, tienen el buen juicio de no preocuparse, á
fin de no exponerse á lances borrascosos, sobre todo si
no perteneciendo al gremio de los solteros, han dejado
á sus respectivas consortes bajo el techo del hogar doméstico, sumidas en la creencia de que el marido dedica
esas horas de jolgorio á la urgente atención de sus
negocios habituales.

Trascurridas más de dos horas de hallarse en el café,
invitó Peñuela á Lucas á que cambiasen de espectáculo; y marcaban los relojes la 1 de la mañana cuando
se ausentaban de la calle 14, después de haber pasado
revista á más de media docena de establecimientos análogos al primero.

—Mañana conocerás algo mucho más interesante y
más decente—dijo Jacinto á Lucas al despedirse.—Iré
á buscarte á las 8 de la noche; y si te parece, invita á
Don Cesareo para que nos acompañe—añadió, soltando
una carcajada, cuyos ecos resonaron en la calle solitaria.

XIII

El extreno de Lucas Guevara en la vida nocturna y alegre de Nueva York, fue una redonda catástrofe para su bolsillo, toda vez que en su presupuesto de gastos no había destinada partida alguna para desembolsos como el que Jacinto Peñuela lo indujo á soportar; por lo cual, cuando éste llegó en la noche siguiente en busca de su amigo, no le fue difícil apreciar la situación, mediante las tristes lamentaciones que oyó de labios de Guevara, no resignado al descalabro sufrido por las adversas consecuencias que le podría acarrear. Naturalmente, esta alteración en los proyectos formulados, fue motivo de profunda contrariedad para Peñuela.

Empero, no es de espíritus precavidos y discretos rebelarse contra lo irremediable: la filosofía, y en especial la de los *cicerone,* aconseja apelar á la prudencia como á la más segura tabla de salvación en el naufragio de ciertas ilusiones.

Faltaban todavía varios días para que Lucas tuviese derecho de hacer su visita mensual á los señores Jimeno, Marulanda & Co.; con Madama Bonfati no tenía crédito suficiente para pedirle dinero en calidad de préstamo, y ya podrá colegirse que Don Cesareo estaba vestido de impenetrable cota de malla para defender su bolsillo.

En semejantes condiciones, le era preciso á Lucas librar la batalla en otro campo. Así lo comprendía Peñuela y á éste le correspondía la labor de sugerir los medios para alcanzar una victoria de resultados prácticos y tangibles.

Principió por tratar de convencer á Lucas de que no chocaba con el espíritu de la moral, de las costumbres y de las necesidades de un estudiante solicitar de sus acudientes un adelanto de la pensión, pues según él, los estudios profesionales se asemejan á los proyectos de matrimonio: á medida que el tiempo avanza y la hora clásica se acerca, se hace más imposible conservarse dentro de los límites del presupuesto primitivo.

Con esta excusa, quedó convenido en que al día siguiente pondría Lucas á prueba, por vez primera en varios meses, la bondad y condescendencia de los señores Jimeno, Marulanda & Co.

Y mientras tanto, para pasar el resto de la noche del mejor modo posible, corrieron los dos camaradas con la buena suerte de que por la puerta del cuarto de Guevara y en camino á su habitación, pasara la joven contabilista. Detúvose ésta á cruzar unas pocas palabras con Lucas; y Peñuela, haciendo provecho de la circunstancia, la instó para que entrase á hacerles compañía por corto rato, insinuación á la cual accedió la joven sin reparo, bien que alegase que iban á quedar los tres como sardinas en tan estrecho dormitorio.

Y como efectivamente la doncella tuviese razón y poca comodidad hallara en el asiento que se le designó, Peñuela, con caballerosa despreocupación, la asió por un brazo y con más ó menos esfuerzo de su parte y más ó menos fingida resistencia de parte de ella, la atrajo hacia sí y le proporcionó acomodo en sus piernas, lo que al cabo de pocos momentos dió por resultado que Jacinto principiara á medirle con manos atrevidas los diámetros de muslos y brazos y hasta osara profanar con insistentes tanteos otras partes del cuerpo menos visibles.

Lucas, á pesar de las escenas poco edificantes que había presenciado la noche anterior, no cabía en sí de asombro ante el desenfado de la contabilista y la audacia de Peñuela.

En callada y placentera armonía habría continuado aquella sesión de agrimensura muscular, si al impertinente Bob no se le antoja esa noche suspender más temprano que de costumbre su tertulia de sobremesa con el señor Bonfati, y atraído por las risas y alborotos ahogados que se oían en el cuarto de Lucas, ir á interrumpir el inocente retozo de Peñuela y la contabilista y el púdico deleite de Lucas.

Por desconocida razón ó femenino capricho, no parecía que entre Bob y la muchacha existiesen mayores simpatías, pues tan pronto como ésta cayó en cuenta de la presencia de aquél, sin ceremonia ni cumplido alguno saltó del asiento que ocupaba y fue á parar la carrera á su habitación, cuya puerta cerró tras sí con marcado estrépito.

Este incidente fue bastante para que Bob soltase la lengua é hiciera acerca de la pobrecita doncella apreciaciones bien poco generosas. Aseguraba que no marchaban de acuerdo, porque ella, desde el primer día que vino á vivir en la *Pensión de Familia* había demostrado ciertas pretensiones á las cuales él, por consideraciones de buen gusto, no creyó prudente acceder; añadió que solía verla con frecuencia en tratos algo más que familiares con los operarios de la panadería, y acabó por manifestar, asumiendo un aire de conquistador empalagoso, que las hembras lo tenían fastidiado y arruinado y maldito el caso que de ellas hacía.

Y como si no creyese suficiente tales revelaciones, cayeron igualmente bajo la garra de su crítica mordaz la dama de las Biblias, á quien calificó de solterona hipócrita y lividinosa, y la modista, á quien consideraba más hábil en la manufactura de pantalones por el continuo contacto que tenía con ellos, que en la confección de corpiños y de enaguas.

Tarareando el aire de una canción nacional muy en voga en esa época, despidióse Bob de los dos amigos y se marchó en camino para su cama.

Era ya tarde y Jacinto creyó conveniente irse también; pero no dió las buenas noches á Lucas hasta que lo instruyó de modo cabal en la manera como debería violar el octavo mandamiento al presentarse al día siguiente en la oficina de Jimeno, Marulanda & Co., para exigir á estos señores el anticipo de la pensión

mensual; al propio tiempo que logró convencerlo de
que por el primer correo debería escribir á Don Andrés poniéndole de manifiesto que era de todo punto
imposible llevar á término feliz sus estudios con la
exigua asignación que se le había fijado.

Y con el fin de que Don Andrés opusiera menos
obstáculos para abrir la bolsa, creyeron prudente in-
tentar que Don Cesareo contribuyera al efecto por
medio de una de sus elocuentes epístolas.

—Ese berrinche de Albornoz—exclamó Jacinto—
es pájaro de tal catadura que accederá á la indicación
si se le deja oler que puede derivar de este servicio
provecho personal. El mastodonte con quien vive
amachinado le da lo que puede, pero eso no es suficiente á sus necesidades; así, pues, es conveniente idear
algún plan para lograr el objeto. Pierde cuidado que
esta noche consultaré el punto con la almohada, y
mañana por la tarde cuando venga á buscarte te comu-
nicaré mis impresiones.

Y haciendo votos porque las entrañas del comisionista Jimeno se ablandaran, se ausentó Jacinto Peñuela
de la *Pensión de Familia,* y Lucas quedó solo, compartiendo sus pensamientos entre la admiración que
sentía por Peñuela, el natural temor que le infundía el
paso que iba á dar cerca del señor Jimeno, las delicias
de los cafés cantantes de la calle 14 y las libertades á
que se había prestado la contabilista.

XIV

Despúes de que hubo asistido á la reglamentaria clase de inglés, en cuya eficiencia, para probar precisamente las sinrazones de Don Cesareo, tomaba el profesor interés especial, comprendió Lucas que era llegado el momento de dirigirse á la oficina de sus proveedores de fondos. Le hacía cosquillas en la imaginación la idea de poder contar con elementos para darse nueva escapada nocturna con Peñuela, ese Virgilio experto y despreocupado que la suerte acertó á ponerle en el camino de su vida de estudiante. Y es así que reuniendo en una todas las energías de su estirpe, calóse el sombrero y pocos minutos más tarde uno de los ferrocarriles elevados lo conducía hacia la insegura Meca que buscaba.

Llegado que hubo, é introducido al escritorio privado del señor Jimeno, ya tragando saliva, ya con la boca seca, Lucas expresóse en los siguientes términos:

—Con mucha pena—dijo—vengo á molestar á Ud., pero es el caso que los recursos se me han agotado, debido á gastos imprevistos y urgentes que me he visto forzado á hacer, y por tal motivo, quiero suplicar me anticipe, si no toda, parte siquiera de la pensión del mes entrante.

—Y qué gastos han sido esos?—inquirió Don Arnulfo.

—Ropa indispensable con motivo del cambio de estación y varios libros—respondió Guevara.

—Humm!—exclamó el señor Jimeno con tono gutural. Mordióse con impaciencia el arisco bigote; hizo cuatro ó seis gestos y permaneció pensativo por varios instantes.

Lucas le daba vueltas al sombrero; tenía los ojos congestionados; el sudor le corría por el cuerpo y parecía venir á recogérsele en las manos, las que estaban tan húmedas como si se las acabase de lavar, por lo cual se veía compelido á hacer frecuente uso, para enjugarlas, de un pañuelo no muy blanco que guardaba en el bolsillo de pecho del saco; operación ésta que contribuía á que el dicho adminículo fuese perdiendo poco á poco los restos de blanquecino color que le quedaban.

Al fin el señor Jimeno se preparó á hablar; lo que hizo después de haber consultado cuidadosamente una libreta en la que, para conveniencia y comodidad de las operaciones mercantiles de la casa, tenía anotados los nombres de la clientela con los saldos que, en favor ó en contra, arrojaban las consignaciones recibidas y las órdenes llenadas.

Afecto, según se ha dicho, el señor Jimeno á las prédicas sobre moral y á las disquisiciones literarias, no pudo menos que poner de manifiesto en tal ocasión sus plausibles idiosincracias y habló á Lucas de esta manera:

—Supongo que por hoy no habrá inconveniente en acceder á su demanda; pero debe tener en cuenta, joven, que esto he de hacerlo como un servicio personal hacia Ud., dados mis anhelos en pró de sus progresos educacionistas; pero no cumpliría con los sagrados deberes que he aceptado al actuar como acudiente suyo, si no me apresurase á hacerle algunas indicaciones hijas de mi edad, de mi experiencia y de mis principios morales, sociales y religiosos. Huya Ud. de las compañías pervertidoras; recuerde que la economía es la base de la riqueza; viva consagrado á sus estudios; asista con puntualidad á los servicios de la Iglesia; inspírese en el santo temor de Dios, y tenga presente que está corriendo la juventud de Ud. en un centro demasiado peligroso, en donde no hay sino tentaciones funestas y malévolas.

Y estirando el pescuezo, rascándose la cabeza y humedeciéndose los labios con la punta de la lengua, asumió marcado aspecto de satisfacción; hizo llamar al cajero y le dió orden para que hiciera á Lucas el anticipo de la pensión que había ido á solicitar.

Lo que pensó Lucas de su victoria, él solo lo sabía y lo sentía; en tanto que el señor Jimeno, si interiormente estaba plenamente satisfecho del buen saldo que Don Andrés tenía á su favor en la casa y en virtud de lo cual el comisionista había abierto las puertas á una generosidad poco ó nada común en él, en el rostro dejaba traducir la placidez que lo embargaba por haber tenido auditor á quien espetarle la semipastoral con que acababa de acatarrar al pobre mozo.

De regreso Lucas en la *Pensión de Familia,* esperó con ansiedad la visita de Peñuela, quien más ansioso todavía de conocer el resultado de las diligencias de su amigo, no tardó en aparecer; y es así que cuando supo que el señor Jimeno, contrariamente á su reputación, había hecho gala de generosidad, procedió á formular el programa de las diversiones que buscarían bajo la amable sombra de la noche.

Quedó convenido en que primero comerían en algún restaurante de precios módicos, sobre todo para que Lucas conociera esta faz de la vida Neoyorkina, tan llena de atractivos para el forastero y tan absolutamente indispensable para la mayor parte de ciertas mujeres casadas de Nueva York, que viven de escasa renta, y que encuentran, si no más económico, á lo menos bastante cómodo, por más de un respeto, no sacrificar al arte culinario las horas que pueden destinar á los teatros y al diario revoloteo por los almacenes, contando como cuentan con centenares de establecimientos gastronómicos que evitan las molestias que procuran las cocineras y los cuales, con no escasa frecuencia, les suministran ocasión para dotar de suplentes á los confiados maridos.

Terminada la comida, irían de visita á alguna de esas casas bajo cuyo techo se abrigan ejemplares del bello sexo, si no de más alta categoría que los que se ven en los cafés cantantes de la calle 14, ú otros por el estilo, quizás menos peligrosos para la salud, y, probablemente, no tan públicamente manoseados.

Llegada la hora de poner en ejecución la parte primera del programa, Peñuela tuvo por conveniente indicar á Lucas que diese algunos toques de aseo á su vestimenta; requisito efectivamente indispensable, pues el cuello y puños que tenía puestos reclamaban, sobre todo, buena cantidad de jabón y agua caliente para volver á su primitivo color..

Este detalle relativo á las imposiciones del aseo y de la moda, dió margen para que Jacinto hiciera disertación oportuna sobre un asunto muy á menudo descuidado por muchos individuos de la raza, que no estiman conveniente patrocinar, como deberían hacerlo, la industria á que especialmente se dedican los hijos emigrados del Celeste Imperio y en la que éstos ponen de relieve sus habilidades en el manejo de las máquinas de lavado y de los hierros de aplanchar.

Una vez que del mejor modo posible satisfizo Lucas este requisito, al cual el tratadista Carreño destina varias páginas de su "Manual de Urbanidad y Buenas Costumbres", alejáronse los dos amigos de la *Pensión de Familia* y encaminaron el paso hacia Broadway.

Era ya la hora del crepúsculo. A lo largo de la inmensa avenida fulguraban los centenares de miles de luces eléctricas que emulan la claridad del día y ofrecen un espectáculo fantástico. Por el centro de la calle, en hilera no interrumpida, agitando á cada momento el timbre de prevención, avanzaban, con relativa lentitud, los tranvías atestados de pasajeros; á los lados automóviles, coches, carretas, wagones colosales, velocípedos etc. etc. contribuían al borrascoso tropel de la avenida; y por las aceras, la multitud pedestre se cruzaba en todas direcciones: unos, en el afán del ne-

gocio ó diligencia urgente, precipitábanse jadeantes y
abríanse paso á golpes de codos; otros caminaban con
aire reposado, circunspecto, como ansiosos de descanso
y solaz; y otros más, sobre todo los miembros de la
población flotante, en cuyo número sobresalen los de
raza española, con aspecto de Tenorios, guiñaban el
ojo á cuanta hembra de buena catadura hallaban en el
tránsito; á la vez que hembras no dificilmente seduci-
bles, buscadoras de aventuras, distribuían veladas sonrisas entre los almibarados galanes.

A aquella indescriptible efervescencia de vida, á
aquel tumulto enloquecedor, daba un reflejo de grandeza, de hermosura, de arte feérico, el variado panorama de los grandes establecimientos mercantiles cuyas vitrinas, profusamente iluminadas, aquí exhibían
sedas y encajes, allá joyas de fabuloso valor; *bibelots*
fascinadores, flores y frutas de todas las zonas; esplén-
didos maniquíes ataviados con toda suerte de confecciones ó trajes; mobiliarios dignos de exornar palacios
de reyes; cuadros en los que el pincel salpicó los más
delicados colores de la paleta; en una palabra, el ina-
gotable conjunto de objetos con que el comercio satisface todos los caprichos humanos.

Y á trechos más ó menos distantes, abrían sus puertas á febril concurrencia los numerosos coliseos y los
salones para el expendio de bebidas alcohólicas, con
sus muros de espejos, sus estantes abastecidos con botellas de todos los licores y vinos imaginables; sus can-
tineros vestidos con traje de blancura inmaculada, y
sus anchos mesones abastecidos con multitud de fuentes de provocativas viandas, de las cuales tiene el público derecho de disfrutar gratis y de las que ese públi-

co se sirve con una discreción y moderación tales, que serían consideradas de mal tono en los centros sociales de Santa Catalina—por lo cual allí el primer parroquiano las engulliría todas íntegras de un solo bocado ó buscaría la manera de que ningún tercero se sirviese de ellas—al propio tiempo que los restaurantes y hoteles dejaban ver, al través de bastidores de cristales, los grandes comedores en los que sirvientes vestidos de frac, atendían á los comensales que se entregaban á epicúreo banquete al rededor de mesitas adornadas de flores é iluminadas por candelabros cuya llama se ocultaba bajo los encajes de rojas pantallas, á la vez que alegre orquesta llenaba el ambiente con notas arrebatadoras.

Mezclados al tumulto expansivo y vivaz; rozándose con tules y terciopelos y pieles mullidas, pululaban los miserables, los desheredados de la suerte, los que con ojos de desesperación y rabia contemplan á los afortunados de la vida que botan el dinero á manos llenas, sin pensar, acaso, que sobre el placer que se procuran, flota el espectro de la daga asesina que el hambre afila y el dolor empuña.

Después de recorrer un largo trayecto de la avenida, creyó Jacinto que era tiempo de satisfacer las crecientes exigencias del estómago. Y en tal virtud se encaminó al restaurante que de antemano había designado para el efecto, haciendo, como era de rigor y ordenanza, dos ó tres paradas en diferentes cantinas para proporcionarse lo que Peñuela designaba con el nombre de *aperitivos,* bebidas éstas de cuya calidad, manufactura y componentes no tenían acaso idea precisa los pobladores de Santa Catalina.

XV

El restaurante
elegido por Jacinto
no podía ser ni más adecuado á las circunstancias pecuniarias de Lucas, ni más cónsono con las inclinaciones desparpajadas de Peñuela.

Era el tal establecimiento uno de los conocidos con
el nombre de *Table d'Hôte,* esto es, fonda en la cual,
por suma fija, se suministra al comensal una cantidad
de platos que, si los alimentos fuesen de buena calidad,
ó mejor dicho, ricos en principios nutritivos, podría
muy bien quien se sienta con apetito para engullirlos
todos, quedar aprovisionado á lo menos por tres días.

Pero, desgraciadamente, no son tan suculentos como
se desea ni como, en muchas ocasiones, el aspecto exterior se empeña en mostrarlos. Generalmente el precio del cubierto no pasa de sesenta centavos, y por
tan módica suma hay derecho á exigir el aristocrático
hors d'oeuvre, constituido por una sardina, la que, á
causa de su microscópico tamaño, se pierde en la fuente
que la contiene; sopa, pescado, carnes, ensalada, pos-
tres, queso y café; siendo lo más sorprendente que el

semi banquete se acompaña, sin aumento de precio, con una botella de Medoc ó de Sauternes, no producto es verdad de los viñedos de Francia ó España, ni de los mismos de California, sino elaborado en los sótanos de Brooklyn ó Jersey, con esencias *ad hoc* y alcoholes más nocivos á la salud que las mismas soluciones de nitro-glicerina.

Pero, en fin, ya que comida sin vino, ó una imitación de éste, no tiene los alicientes que buscaba Heliogábalo, ni llena los requisitos que la moda exige, ¿qué más se puede pedir, en condiciones semejantes, sino una copa llena hasta los bordes con líquido color de púrpura ó topacio, el cual al cateador experto puede bien saber á medicamento, pero que al ignorante—y en esta clasificación entran los más—si no le procura el gusto que sintió el patriarca Noe, le hace al menos experimentar las consecuencias?

Con sus defectos, sus deficiencias, y sus cualidades anti-higiénicas, los *Table d'Hôte* poseen numerosísimas ventajas. En primer lugar, por la modicidad de su precio; en segundo, porque dan satisfacción á los estómagos rebeldes á las dispepsia y poco exigentes; en tercero, porque á ellos acude la gran masa de población que se clasifica entre merced y señorío, muy apropiada para hacer olvidar á los que andan á caza de sensaciones nuevas, las pesadumbres de la vida; y, por último, porque han contribuido á desarrollar en gran escala la manufactura de medicinas de Patente preconizadas para curar los desarreglos gástricos, las enfermedades nefríticas y las afecciones hepáticas.

Son los traperos de la industria culinaria: abastecen sus despensas con los víveres que desechan los gran-

des hoteles; y sirven un beefsteack á la *Jardiniére* ó
una Gallina á la *Marengo* con carnes que han estado
aprisionadas en los refrigeradores, sin el hielo necesario, por varios meses consecutivos.

Cuando Peñuela y Lucas entraron á la fonda, todas
las mesas estaban ocupadas, de manera que les fue
preciso esperar á que alguna de las parejas que las
llenaban, excitada por la influencia del Medoc ó del
Sauternes que había escanciado, quisiese buscar ambiente menos bullicioso y menos concurrido para terminar la velada.

Al cabo llegó el turno á los nuevos comensales; y no
tardaron en hallarse delante del reglamentario *Hors
d'oeuvre*, el que pasó por el tragaluz del apetito de
aquéllos, como dice la religiosa leyenda: "á manera
de rayo de luz por un cristal, sin romperlo ni man-
charlo." Y á esta dosimétrica vianda siguieron la sopa
y los demás manjares que rezaba la lista; é inútil decir
que, como zapadores en la mesa, antes que los alimentos sólidos, aparecieron, traidas previamente por abi-
garrado sirviente vestido de "tuxedo" y con pechera
de camisa y cuello de celulóide, las características botellas de vino á que se ha hecho referencia, faltas, como es de suponerse, de corchos y de membretes, es
decir, con absoluta carencia de virginidad.

Para mayor complacencia de los parroquianos, en el
Table d'Hôte se comía en medio de los acordes de una
orquesta constituida por violin, violoncello y piano;
pero acaso porque ni el piano fuese golpeado por los
dedos de Panderewsky, ni el violin herido por el arco
de Paganini, es lo cierto que los comensales poca atención prestaban á la música, y aquellos incansables y

dóciles artistas que los instrumentos manejaban, no hundían las sienes en la almohada agobiadas al peso de las coronas que se disciernen al mérito, ni sentían afectado el tímpano por aplausos que, para no lastimar las manos, el público de la República de***, ó de otras repúblicas, más considerado y más entusiasta, podría producir desportillando platos y vasos con tenedores y cuchillos.

En cambio, incentivos distintos á los de la orquesta, ofrecía el *Table d'Hôte* á los concurrentes. Eran éstos, cifras del guarismo femenino que, sin acompañamiento varonil, iban á aquel lugar y no solamente buscaban los placeres epicureos, sino que no oponían grandes resistencias á las miradas maliciosas que les dirigían galanes sentados en mesas diferentes. Y es así que no era raro, y por el contrario sí muy frecuente, ver cómo en un extremo del comedor se alzaban con cierto recato copas que brindaban con otras que al alzamiento respondían en el extremo opuesto; cómo había guiños de ojos allí; sonrisas coquetas y decidoras más allá, y en no pocas ocasiones cambio de papelitos y tarjetas, anotados, en unos y en otras, nombres y direcciones ó convenios de citas para futuros más ó menos próximos.

Y se observaba á menudo el hecho, por otra parte generalmente aceptado, de que el caballero que acompañaba á una dama creyese conveniente cruzar expresivas miradas y sonrisas maliciosas con la pareja de algún otro de los circunstantes; á la vez que para no dar lugar á reclamo, aquélla aprovechase de igual modo el tiempo entrando en correspondencia análoga con extraño comensal del sexo opuesto.

La mesa ocupada por Lucas y Peñuela, tenía, según la gráfica expresión de este último "buen horizonte para telefonear," esto es, que sin violentar los músculos del pescuezo, ni estar girando sobre el asiento de las sillas, podían los dos mozos contemplar varias fisonomías femeninas, quedando ellos, de la propia manera, en condiciones de ser debidamente contemplados.

Así se explica que al cabo de poco rato, Jacinto estuviese en abierto coqueteo con una joven que le quedaba al frente y no esquivase manifestaciones de admiración y simpatía para otras dos más que también lo miraban con insistencia. Y no faltaba alguna que al haber encontrado de parte de Lucas disposición para ponerse á la altura de las costumbres del lugar, hubiese seguido el ejemplo de las alborotadas por Peñuela.

Lucas observaba con atención lo que á su lado ocurría y trataba de darse cuenta de todo, ayudado en este respecto por las explicaciones de Jacinto, quien con satisfacción íntima y visible, hacíase aparecer a manera de Cid Campeador, á cuya magnética influencia no había hembra alguna capaz de resistir. Y Lucas, al fin y al cabo, habría sabido hacer provecho de las lecciones de su amigo, si no da la desgracia que sintiera que la cabeza principiaba á perder su equilibrio natural y que la vista hallaba turbios y faltos de precisión los objetos.

Advertido Peñuela de lo que ocurría, se apresuró á poner término al festín; hizo que Lucas desembolsara el dinero necesario para pagar la cuenta; dispuso lo conveniente en cuanto al monto de la reglamentaria propina que había de darse al sirviente, y después de distribuir sendas y expresivas miradas y sonrisas entre las damas que habían correspondido á sus donjuanescas gesticulaciones, seguido de Lucas se dirigió á la puerta de la fonda, lanzando al aire las últimas bocanadas de humo del cigarrillo y limpiándose la dentadura con un mondadientes de madera, de los que, á discreción del público, no faltan en las mesas de los restaurantes, en virtud, probablemente, de contratos particulares y secretos entre los dentistas y los dueños de fonda.

XVI

Los vapores de los varios *cocktails* que precedieron á la comida y los espíritus de los vinos falsificados con que la acompañaron, producían en la cabeza de Lucas — según se dejó dicho — los resultados conocidos en quienes no están acostumbrados al uso de bebidas alcohólicas. El aire de la noche y el mismo tumulto de la avenida por donde transitaban, contribuían á la excitación cerebral; y es así que Lucas, tambaleando y con facha de despreocupado, sentía como que se apoderaba de él la alegría de la vida, el deseo de hacer cosas que en el estado normal no se practican.

Jacinto Peñuela, antiguo veterano, acostumbrado á costa de ajenos bolsillos á peripecias semejantes, cumplía debidamente con sus deberes de camarada, sirviendo de conductor y sostén al novicio amigo, á la vez que consecuente con el programa formulado, y conocedor de todas las encrucijadas de la ciudad, se escurrió por una de las calles transversales, y no detuvo el paso sino hasta el momento en que Lucas, desembarazándose del brazo que lo llevaba asido, se comprimió con las dos manos el abdomen, y arrojó por narices y boca cuanta sustancia, ya líquida, ya sólida, se hallaba depositada en la cavidad estomacal.

Afortunadamente, este inoportuno percance fue de corta duración y beneficioso, al mismo tiempo, para la salud del enfermo, quien acabó por restablecerse y volver al uso de sus facultades, mediante un poco de agua con gotas de amoniaco que Jacinto le hizo beber en una farmacia que acertaron á hallar en las inmediaciones del siniestro.

En mejores y más tranquilizadoras condiciones siguieron camino, y al fin pararon en frente de una casa, al través de cuya puerta de cristales se veían los reflejos rojos de la lámpara de gas que iluminaba el pasillo.

Subieron resueltamente la escalinata que se avanza sobre la acera de la calle; hicieron sonar el timbre eléctrico, y al cabo de dos ó tres segundos abrió con reglamentaria precaución la puerta de entrada, una mulata alta de talle y descarnada, vestida de negro, con delantal blanco que le caía desde los hombros hasta los pies, y en la cabeza exhibía, á manera de solideo, una cofiecilla verde con ribetes blancos.

Tan pronto como la portera reconoció á Peñuela, cuya fisonomía le era familiar, pues no eran pocos los clientes que había llevado á la casa, hízose á un lado para dar paso á los visitantes. Y no acababan éstos de franquear el dintel y de ver cerrarse tras de sí la puerta, cuando hecha toda una sonrisa y un almíbar, la matrona de la casa se abalanzó del fondo de la sala á recibirlos.

Esta interesante dama, cuya edad ningún experto sería capaz de precisar, al revés de la doncella era abundante en carnes y escasa en estatura. Sus mejillas resplandecían con todos los tonos del carmín que se vende en las farmacias; la firmeza de dicho color se acentuaba en los labios, contrastando ostensiblemente con la inmaculada blancura de una hilera de dientes postizos que rara vez se ocultaban á la vista del público. Rayas negras que no diestro pincel trazó en el borde de los párpados y prolongó hacia la sien, daban á sus ojos azules aspecto soñador. En la cabeza, en las orejas, en el cuello, en los brazos, en todos los dedos de las manos, y seguramente en algunos otros lugares no visibles, llevaba profusión de diademas, zarcillos, collares, pulseras y sortijas de una pedrería que, usada por una millonaria de la Quinta Avenida, pasaría por legítima sin el menor asomo de discusión. Vestía traje de seda rosada, con larga cola y adornos blancos, acaso más estrecho en la pretina de lo absolutamente necesario, lo que permitía que las caderas sobresaliesen con soberbia majestad. Podría presumirse que la modista que confeccionó el vestido no dispuso de tela suficiente para el objeto, pues es lo cierto que el corpiño ó cota aparecía cortado más abajo de lo indispensable; y en virtud de este probable defecto, quedaba sin protección más de la mitad de las espaldas; é igual cosa sucedía con las formas delanteras, las que, libres de agoviadoras trabas, pugnaban por mostrar íntegras su formidable exhuberancia.

Acogidos por la arrogante dama con una amabilidad que sería empalagosa si no fuera de ordenanza, invitó á los dos visitantes á pasar al salón.

En el momento en que Lucas hundió los pies en la piel de oso, que bien podría ser imitada, tendida á la entrada de la sala, ofrecióse á sus ojos un espectáculo que jamás había sospechado que se pudiese contemplar. Una á manera de nube negra le oscureció la vista; sintióse presa de temblor nervioso y hubo de apoyarse en el brazo de Jacinto por temor de que le asaltase algún vértigo. No tardó, sin embargo, en reaccionar; y ya con los sentidos un tanto despejados, miró á uno y otro lado; se le dilataron las pupilas; dejó entreabrir los labios, sonrió con sonrisa de autómata; permaneció por varios instantes sin adelantar un paso ni cerrar la boca; y, al fin, cediendo á fuerza extraña, se dejó caer rendido en el extremo del primer sofá que halló á la mano.

Dispersas en los diversos asientos del salón, como flores en un jardín, hallábanse ocho ó diez mujeres, más ó menos jóvenes, cuyo cutis resplandecía con el mismo vivísimo matiz carmíneo que ostentaba el de la matrona de la casa. Cada una vestía de distinto modo: unas con tan vaporosas túnicas que no era difícil, aun á ojos miopes, sorprender ciertos secretos y adivinar ciertas voluptuosidades propias del sexo; en otras, la falda del traje no cubría más abajo de la

rodilla, y medias caladas modelaban pantorillas de
diámetros diversos, á la vez que al menor movimiento,
como si flexibilidad *ad hoc* las animase, burlaban la
barrera de encajes que las retenían y se mostraban,
lánguidas é inconsistentes, las glándulas que ofreciera
Helena al escultor griego para modelar las copas del
altar; otras llevaban batas de tela ligera, las que sin
broches ni botones que las sujetasen, se abrían indis-
cretamente por delante y dejaban al menor descuido
contemplar formas que hacían volar la fantasía á los
tiempos bíblicos y pensar en la inocente desnudez de
la Eva tentadora cuando excitaba al seducible Adán á
dar el primer mordisco á la manzana.

Los labios de todas ellas se animaban con sonrisa
lasciva, tentadora, como invitando al beso; cada cual
mostraba aspiraciones á ser la elegida, la favorita, la
amiga predilecta; cada cual parecía soñar con los deleites de una noche de nupcias, ó á lo menos de un
desposorio momentáneo; todo de acuerdo, naturalmente, con el arreglo previo que se hiciera, según lo
rezaban los no escritos pero inflexibles estatutos de la
casa, ó, mejor dicho, la tarifa á que convenían en
sujetarse los parroquianos.

La directora ó ama del establecimiento, advertida
del embarazo y timidez de Lucas, juzgó oportuno ins-
pirarle la mayor suma de confianza; y veterana en
situaciones semejantes, se apresuró á llenar su cometido con la pericia acostumbrada. Acercóse al mozo,
le dejó escurrir unas cuantas palabras de agasajo al
oído, é hizo señal á una de las muchachas, la que,
adiestrada en el oficio, saltó de su asiento y cayó casi
á plomo en las piernas de Lucas, arrellanándose en

ellas como hacerlo pudiera en el más confortable sillón. Ciñó con el brazo el cuello del aterrado mozo, y
lo envolvió en uno como manto de caricias que hubieran dado al traste hasta con la fuerza de voluntad
de San Antonio.

Bien podrá suponerse el cúmulo de impresiones que
experimentaría el joven novicio al verse asaltado de
tal modo: mudaba de colores; era presa de extremecimientos raros; no se atrevía á desplegar los labios y
sentíase inclinado á echar á un lado la carga que sobre
él pesaba y salir en carrera precipitada á respirar el
aire libre de la calle.

Sin embargo, la naturaleza humana, á cuyos dicta-
dos es imposible ·hacer resistencia, y que en casos
extremos de la vida infunde valor y despierta sentimientos que no por no haberse manifestado dejan de
existir, rompió en esta ocasión las barreras que le
impedían exteriorizarse tal como es; y para satisfacción de Jacinto, quien animaba é instigaba á su amigo
á dejarse arrastrar por la corriente, y complacencia
de la dueña de la casa, quien se regocijaba ante la
perspectiva de un nuevo parroquiano, principió Lucas
á articular las frases que sabía del idioma; á un ósculo
que recibía de la ninfa que lo conquistaba, respondía
con otro, y decirse puede que no transcurrió mucho
tiempo sin que acabara por mostrarse como soldado
disciplinado y experto en estas, para él, desconocidas
lides.

Jacinto, antiguo conocido de la casa y suficientemente práctico en esta clase de episodios sociales, saltaba de uno á otro lado del salón; para cada una de las
hembras tenía alguna palabra de afecto; distribuía

besos á diestra y siniestra; dejaba escurrir las manos
por cuanto recinto sexual hallaba franco, y de sus
confianzas y ligerezas no se escapaban ni la robusta
directora del establecimiento, ni la acartonada mulata
que atendía al servicio doméstico.

Persuadido de que el bolsillo de Lucas no estaba
exhausto todavía, tuvo Peñuela la galante precaución
de ordenar que todos los circunstantes fuesen obse-
quiados con bebidas espirituosas. La mulata entró á
la sala llevando un ancho azafate cargado con tantas
botellas de cerveza cuantos los concurrentes eran, sin
que faltase una de whiskey, con el respectivo acompañamiento de copas adecuadas para cada licor, medida
inteligente y previsiva de la matrona y la sirvienta,
pues de este modo cada cual podía satisfacer su propio gusto, y al llegar al arreglo de cuentas, se presentaban mayores facilidades y disculpas para extorcio-
nar con menos escrúpulo á los visitantes.

Escanciadas las bebidas, que la prudente iniciativa
de Jacinto hizo repetir, y excitados con ellas los áni-
mos, fueron invitados los dos mozos á trasladarse á
las habitaciones del piso alto de la casa.

Jacinto explicó á Lucas lo que tal invitación significaba y lo que, de acuerdo con los reglamentos, costaba. Discutidas con la dueña del establecimiento las
condiciones de la visita, mutuamente aceptadas y verificado el pago correspondiente, que era obligatorio
satisfacer con anticipación, y cuyo montante íntegro
lo depositó aquélla sin escrúpulo alguno dentro de una
de las medias, los dos mozos subieron la escalera
acompañados por la pareja que, respectivamente, había llamado con mayor insistencia á las puertas de su
simpatía.

Un espacioso cuarto, con todos los rasgos característicos de dormitorio, se abrió para recibirlos. Esta pieza se comunicaba con otra de la misma naturaleza, las dos bien amuebladas, sobresaliendo entre el mobiliario, anchas y al parecer mullidas camas, cuyos tendidos presentaban una blancura inmaculada.

Lucas y su compañera tomaron posesión de la primera de las habitaciones; Peñuela y su amiga se instalaron en la siguiente. Entrecerraron la puerta de comunicación; y diez minutos después reinaba en los dos aposentos el silencio, silencio que sólo interrumpía de vez en cuando algo como rumor de voces y suspiros entrecortados, ó el sonido de la campana eléctrica que anunciaba la llegada de un nuevo parroquiano, ó el apagado estruendo de los ferrocarriles elevados y los tranvías...

Algo menos de una hora se prolongó la visita. Jacinto, á medio vestir, entró en la alcoba que ocupaba Lucas; avivó la luz del mechero de gas, la que, debido á consideraciones especiales, se la había dejado que brillase imperceptiblemente apenas, y manifestó que era ya tiempo de marcharse.

Daba el reloj las dos de la mañana, cuando Lucas, de regreso en la *Pensión de Familia,* acostado en su propio lecho y apagada la luz, recordaba las escenas á que acababa de asistir; sentía que una onda de vago deleite lo bañaba; y aun cuando le era difícil resignarse á la idea de haber mermado de modo alarmante la anticipada pensión que había recibido, terminaba por convencerse de que la tormentosa vida de Nueva York tenía para él muchos más halagos que la apacible de Santa Catalina.

XVII

Qué efectos in-
mediatos produ-
jeron en el es-
píritu de Lucas
Guevara las es-
cenas que había
presenciado y de
que había sido
actor en los últi-
mos días, espe-
cialmente en la
noche anterior?

Fácil es comprenderlo cuando se sepa que á la mañana siguiente, á la hora del desayuno, principió á
mirar con insistencia y de manera no usada antes á
la joven contabilista; y como si de una vez se hubiesen despertado en él todos los instintos de la anima-
lidad humana, tampoco se libertaba de idénticas miradas la doncella que servía á la mesa de los pensionistas.

No pasaron inadvertidas, indudablemente, á la primera de las citadas las manifestaciones de éxtasis á
que se entregaba Lucas, y casi puede presumirse que,
presa del convencimiento de que pronto tendría un-

cido al carro de sus conquistas masculinas una más, si las obligaciones del empleo no la hubiesen requerido á ausentarse, es seguro que en el comedor habría permanecido por más largo tiempo.

Con motivo de la trasnochada, ó por causa de haberse visto precisado á poner sus servicios á disposición de algún otro cliente, Jacinto Peñuela no se presentó en ese día en la *Pensión de Familia*. En cambio, el profesor de inglés llegó á la hora fija y aun prolongó la cátedra más tiempo del ordinario, no tanto porque quisiera mostrar mayor interés en los adelantos del discípulo, sino porque, desde días atrás, había formado la resolución de exigir que se retribuyesen con más largueza sus servicios profesionales; exigencia ésta que dió motivo para que hiciera á Lucas ciertas revelaciones íntimas con respecto al carácter, costumbres y pretensiones de Don Cesareo de Albornoz, á quien calificaba de "caballero de industria," "especulador sin conciencia," y "alma capaz de cometer cualquier bajeza si ello le procuraba beneficio personal."

Cada palabra del profesor, con respecto á Don Cesareo, producía en Lucas un efecto difícil de explicar, con tanto más razón cuanto que dichos informes coincidían con los que, sobre el particular, le había suministrado Peñuela en más de una ocasión.

En lo relativo á la exigencia que William hacía sobre aumento de sueldo, replicó Guevara que era necesario tratar el asunto con su acudiente el señor Jimeno y escribir á Don Andrés para que diese la orden respectiva. Y como recordara lo que, sobre determinado proyecto, le había sugerido Peñuela, no se ocultó á

Lucas la propicia ocasión que se presentaba para hallar pretexto que sirviera á la carta que, por sugestión de Jacinto, había creído indispensable dirigir á su padre. Agarrado de esta consideración tan oportuna, exigió al profesor que le hiciera su petición por escrito.

El resto del día pasó sin incidente digno de mencionar; pero no sucedió lo mismo después de terminada la comida, pues la contabilista, animada tal vez por las nuevas y decidoras miradas que había sorprendido en los ojos de Lucas, y deseosa, seguramente, de repetir la visita que en noches pasadas había hecho á la habitación del mozo, expió el momento en que éste se hallaba en ella y penetró con cierta confianza casi fraternal.

En los primeros momentos medió ligero embarazo de una y otra parte, pero sentados los dos en la orilla de la cama, no tardaron en repetirse los mismos actos de cordialidad expansiva que antes hubiera provocado Jacinto Peñuela, mediando en esta vez la circunstancia ventajosa de que el importuno Bob no llegó á dar al traste con aquel prólogo de idílica felicidad.

Y la visita de la contabilista se habría alargado hasta la media noche, si no hubiesen creído conveniente evitar sospechas y habladurías entre los huéspedes de la *Pensión de Familia;* mas no se le puso término sin haber llevado á cabo un convenio secreto que en su correspondiente oportunidad debería cumplirse.

En efecto, cuando era de suponerse que todo el mundo dormía á pierna suelta, un ruido apagado indicó que alguna de las puertas se abría; y si testigo indiscreto hubiese acertado á hallarse en las cercanías, habría podido sorprender una figura blanca que, en puntillas de pies y tomando toda suerte de precauciones para no hacerse sentir, salía de la habitación de la contabilista y se encaminaba á la de Guevara.

No fue esta la única noche en que la blanca aparición hizo el mismo viaje. Por espacio de dos ó tres semanas se la pudo sorprender á hora más ó menos fija, con la extraña circunstancia de que nadie que hubiese entrado en los dormitorios de la casa á las primeras claridades del alba, habría hallado vacío ninguno de los lechos.

Según parece, no sólo la contabilista, sino la doncella que hacía el servicio, y la misma modista, gozaron de las intimidades de Lucas, lo que acaso con sobrada elocuencia se demostraba en las grandes y profundas ojeras que éste exhibía al levantarse en las mañanas, y en cierto aspecto acusador de cansancio, cosa anormal en un joven de la edad de Guevara, que se había distinguido por lo contrario; todo lo cual acabó al fin por llamar la atención de Madama Bonfati primero, luego del profesor, más tarde de la dama de las Biblias, y, por último, de Don Cesareo de Albornoz.

El mismo Jacinto Peñuela, conocedor de todos los secretos de Lucas, y hasta según se juzga, suplente de éste en aquellos casos en que no le era posible satisfacer á la vez diversos compromisos, principió á manifestarse alarmado por el cambio que se iba verificando en Guevara; y si no por instinto de camaradería, á lo menos por algún otro interés especial, juzgó llegado el momento de hacer saludables indicaciones á su amigo.

Este le prometió seguir sus consejos y llevar escrita en la frente, con caracteres visibles, para que la costurera, la doncella y la contabilista, sobre todo, pudieran leerla en la claridad del día y en la oscuridad de la noche, la augusta sentencia: *Noli me tangere.*

Y la promesa se cumplió, si no de un modo efectivamente estricto, á lo menos lo bastante como para evitar que funestos é irremediables estragos pusieran á Lucas en el caso doloroso de tener que apelar á medicinas por el estilo de la Emulsión de Aceite de Hígado de Bacalao, que, si no curan los pulmones, tienen la ventaja de llevar la enfermedad al bolsillo del paciente sin miramiento ni caridad alguna.

XVIII

Al propio tiempo que todos estos acontecimientos
se verificaban, Lucas escribía á Don Andrés exhortán-
dolo á que le aumentase la asignación, y apoyaba la
exigencia en mil razones al parecer demasiado justas,
comenzando por la solicitud del profesor, que original
y naturalmente escrita en inglés remitió á Santa Catalina, y acabando por demostrar con cifras matemáticas
la absoluta imposibilidad que había para pagar posada,
comer, vestir y afrontar los gastos educacionistas con
la exigua suma de \$30, en un país en donde todo es

caro y en que cada estación impone además necesidades impretermitibles, á tal punto que la economía en la vestimenta y la comida trae consigo consecuencias deplorables para la salud y para los estudios.

Tuvo Lucas la buena suerte de que el señor Jimeno, en atención, sin duda, á consideraciones de negocio, apoyara la solicitud del mozo, lo cual hizo desde luego innecesaria la mediación de Albornoz; y dió por resultado que, á vuelta de correo, esto es, mes y medio ó dos meses más tarde, llegase la orden de Don Andrés para que en lugar de la suma que había venido recibiendo su hijo, se le entregaran $50 mensuales, siempre, eso sí, que el señor Jimeno estuviese satisfecho de que el dinero no iba á ser perdido. Y á fin de respaldar su exigencia con algo práctico y corresponder de algún modo á los nuevos servicios que los comisionistas iban á prestar á su hijo, les anunciaba el próximo embarque de un cargamento de cueros y café por valor de $5,000 más ó menos.

El profesor William Roberts no corrió con la suerte de participar en el aumento que se hizo á Lucas en la pensión. La influencia de Peñuela sobre el joven ciudadano de Santa Catalina, era más poderosa que la gratitud que éste debería abrigar por quien se había tomado el trabajo de enseñarle los primeros rudimentos del idioma y llevarlo al punto de que, bien ó mal, pudiese salir de apuros en el diario trajín de la vida neoyorkina.

Tan pronto como llegó á conocimiento de Jacinto el hecho de que Lucas iba á bogar en aguas más abundosas, creyó conveniente revelarle muchos de los secretos que hasta entonces había guardado, y los cuales, estaba seguro, cambiarían por completo la naturaleza de Guevara, despertando en su espíritu apetitos nuevos y ensanchando el hasta entonces estrecho radio de su generosidad y largueza.

Y es así que lo primero en indicarle, fue que dejara de seguir gastando su dinero en maestros, porque él conocía un sistema más práctico y agradable para estudiar y perfeccionar el idioma, sin tener que estar sometido á horas fijas de clase, ni aprender sólo lo que al profesor le da la gana de enseñar. Y como Lucas manifestase interés en conocer el maravilloso sistema, Jacinto lo sintetizó en estas pocas palabras:

—En primer lugar — dijo — debes mudarte á un *Boarding* netamente americano, más decente que esta porquería, en donde no se hable el diabólico *patois* de los esposos Bonfati, en donde vivan muchachas alegres, que te sirvan de *sleeping dictionary* (diccionario de almohada) las que se conforman con que de vez en cuando se las lleve á comer en un restaurante barato ó se las convide á un teatro idem, y, por último, y por sobre todas las cosas, corta por completo tu amistad con Don Cesareo de Albornoz, quien se presenta ante mí con todos los caracteres del gallinazo del Diluvio.

Halló Lucas acertadas las indicaciones de Peñuela, y hubo de asegurarle que las seguiría al pie de la letra.

En efecto, al siguiente día, cuando el profesor llegó á darle la clase, con la esperanza de recibir contestación favorable á su solicitud de aumento de sueldo, encontróse con que el castillo de sus ilusiones rodaba á tierra hecho pedazos. Y bien que argumentase y se afanara en convencer á Lucas del error en que incurría al abandonar los estudios en el momento preciso en que empezaba á recoger los primeros frutos, no hubo razón posible que le hiciera cambiar de resolución.

Cabizbajo y meditabundo se retiró el profesor de la *Pensión de Familia,* pensando para sí sapos y culebras de Don Cesareo de Albornoz, cuyas perniciosas influencias, creía él, le arrebataban el exiguo sueldo que devengaba, al propio tiempo que se lamentaba de no haberle dado la comisión que al principio le reclamara, pues así, quizás, habría conjurado la catástrofe.

La primera parte del programa estaba cumplida; la segunda, que consistía en la elección de la nueva fonda, se llevaría á cabo mediante la sugestión del experto Peñuela, sin dar aviso á Madama Bonfati de la mudanza, hasta tanto que no estuviese conseguido el *boarding* y asegurado el Expreso que debería conducir el equipaje de la *Pensión de Familia* á la nueva vivienda; esto con el fin de evitar que la señora Bonfati notificase á Don Cesareo de lo que acontecía y al amigo del Doctor Galindez se le ocurriera venir á ser un obstáculo en la ejecución del plan.

No fue difícil conseguir la fonda, merced á uno de los diarios de la ciudad en cuyas columnas aparecen cada mañana centenares de posaderos que ofrecen casa, comida y otras tantas ventajas y comodidades á los habitantes de la gran metrópoli á precios que están al alcance de cualquier bolsillo. Menos dificultad hubo en hallar la oficina de Expresos que se comprometió á hacer la mudanza del equipaje.

No quedaba sino un escollo que vencer: Madama Bonfati. Qué cara pondría la buena señora cuando se le avisara que iba á perder á uno de sus parroquianos, colocado bajo su tutela maternal por su antiguo amigo Don Cesareo, huesped tan puntual en el pago, y quien, es muy probable, estaba sirviendo hasta cierto punto de freno para que aun se sentasen á la mesa de la *Pensión de Familia* la costurera y la contabilista?

En casos semejantes la más pequeña vacilación es una derrota irreparable: así lo pensaba Jacinto Peñuela y así se lo hacía comprender á Lucas. Resuelto fue que no habría lugar á tal vacilación.

Apenas Madama Bonfati quedó impuesta de lo que se preparaba, puso el grito en el cielo; apeló á todos los idiomas que machacaba, y reventó en explosión de exclamaciones, santas unas, profanas las más, y á manera de General que defiiende el último reducto, acabó por declarar que no consentiría en que Lucas abandonase la casa hasta tanto que Don Cesareo de Albornoz lo dispusiera. Y, efectivamente, su actitud resuelta y sus maneras dictatoriales habrían dado golpe de muerte á la resolución de Guevara, si á la excitada dama, por una de esas intemperancias é indiscreciones tan comunes en mujeres que escasa educación han recibido, no se le ocurre dirigirse á Peñuela en los siguientes términos:

—Bastante me lo temía que la compañía suya estaba corrompiendo á este joven; lo que Ud. quiere es llevárselo para otra parte donde pueda explotarlo á su antojo; ya estoy muy vieja y práctica en Nueva York para no saber que personas como Ud. no son sino sanguijuelas que viven chupándole la sangre á todo bicho viviente. Usted no es sino un aventurero, y no le permito que vuelva á poner los pies en esta casa.

La sangre fogosa de los trópicos, que los hielos del Norte no habían enfriado aún en las venas de Jacinto

Peñuela, desbordóse en esta ocasión como lava de volcán y poco faltó para que no cayera el agredido á pescozones sobre Madama Bonfati, quien para ponerse á cubierto del asalto, tuvo la prudencia de atrincherarse en el cuarto del baño, á tiempo mismo que á pulmón batiente gritaba pidiendo socorro á su marido, el que para esa hora roncaba tranquilamente, sin que capaces fuesen de despertarlo todos los cañones de Marengo y Austerlitz disparados á la vez en la puerta de la alcoba.

Mientras Madama Bonfati guardaba su posición de estrategia defensiva y Jacinto Peñuela asumía la ofensiva hecho un berberisco, llegó el carro del Expreso á buscar el equipaje de Lucas; y como es uso y costumbre con los empleados que las Compañías de Transporte tienen á su servicio, en un abrir y cerrar de ojos dos jayanes bajaron á la calle los livianos bultos, los aventaron al carro, azusaron los caballos, y al cabo de pocos segundos el vehículo se había perdido de vista en el laberinto de la ciudad.

Lucas y Peñuela aprovecharon esta circunstancia para marcharse también; y entre las protestas y denuestos de Madama Bonfati, quien salió del atrincheramiento cuando sintió que los dos mozos bajaban la escalera, ganaron éstos la calle y se alejaron á paso precipitado, sin que se les ocurriese, á lo menos por curiosidad, volver la cara para contemplar por última vez los muros de la *Pensión de Familia*.

A la hora de la comida, Madama Bonfati, después de haber tenido el más formidable atracón con su marido, relataba á sus comensales el acontecimiento del día, sin quedarle otra satisfacción que la de insultar del modo menos generoso y más atrevido á los desgraciados descendientes de Isabel la Católica, en cuyo número se contaban Lucas Guevara y su amigo Jacinto Peñuela.

Y una ola de indignación se alzó de los pechos de los huéspedes de la *Pensión de Familia*—sin exceptuarse la contabilista y la costurera—quienes declaraban, igualmente, que los españoles eran la peor ralea del universo. Idea generalmente aceptada en los Estados Unidos y sobre todo en los *Boarding Houses*.

XIX

El nuevo *Boarding House* estaba situado en calle mejor concurrida y menos peligrosa.

La habitación contratada por Lucas, ofrecía más horizonte para proveer de aire los pulmones; y si los alimentos no eran tan sustanciosos y acicalados de olientes guisos como los que servía Madama Bonfati en la *Pensión de Familia,* eran en cambio menos indigestos.

El desayuno lo constituían, por regla general, y, puede decirse, inalterable, un huevo frito de yema anémica, conservado en hielo por período indefinido; diáfana tajada de jamón, á la que el calor de la estufa en que se le freía era impotente para hacerle acusar la más leve partícula de grasa; una gran taza de infusión de cualquier hierba, distinguida con el nombre de "té", y á la que se mezclaba leche que la económica prudencia

de la cocinera había bautizado con suficiente cantidad
de agua; dos rebanadas de pan algo más gruesas que
obleas; una ración de mantequilla con todos los caracteres químicos de la oleomargarina, bastante apenas
para embadurnar la punta del cuchlllo; y, finalmente,
agua potable á discreción. En el almuerzo, ó *lunch,*
se disfrutaba de una nueva taza de la misma infusión
de la servida en la mañana y de idéntica calidad de
leche; ensalada de papas ó pastel de manzana, y agua
potable en abundancia. En la comida ó merienda, las
cosas cambiaban de aspecto en cierto modo, pero no en
cuanto á calidad ni cantidad: caldo de legumbres; papas hervidas; dos veces á la semana fragmentos de
carne de carnero fuertemente olorosa á almizcle; dulce
de ciruelas pasas; la imprescindible taza de "té", y agua
potable sin limitación alguna. En los días viernes, á fin
de cumplir con determinados preceptos religiosos, se
prescindía en absoluto del alimento que suministran los
músculos de los mamíferos y se le sustituía con oloroso
bacalao precautelativamente conservado en salmuera
por los vendedores durante varias lunas llenas, ó bien
con torticas de salmón ó sardinas en lata.

Los inquilinos de esta hospedería, eran, en su clase,
distintos también de los que honraban la mesa de Madama Bonfati. El bello sexo estaba en mayoría, y for-
maban este nucleo, no fósiles al estilo de la madre de
Bob y la dama de las Biblias, sino muchachas cuya
edad oscilaba entre 19 y 30 años; unas empleadas en
oficinas, otras en almacenes, algunas pertenecientes á
cuerpos coreográficos en teatros de segundo y tercer
orden, y otras probablemente sin empleo fijo, que se
daban el gusto de dormir hasta las 12 del día y no

estimaban natural ni cónsono con sus ocupaciones, meterse entre las sábanas antes de las cuatro ó cinco de la mañana.

El ama del *Boarding House,* consecuente, á no dudarlo, con ciertas costumbres tradicionales, era viuda, según ella lo decía, y según en parte podría comprobarlo el hecho de ser madre de una doncella de 20 abriles, bien parecida, alegre, locuaz, y, á juzgar por los síntomas visibles, aficionada á las aventuras callejeras y á coloquios algo más que platónicos con los huéspedes masculinos de la casa.

Como en la *Pensión de Familia,* Lucas corrió con la suerte de hacer su estreno en la hospedería á la hora de la comida; cuando al rededor de varias mesitas, y en una algazara casi infantil, más de veinte comensales se albergaban bajo el techo del comedor.

Al aparecer Lucas en la puerta hubo un silencio momentáneo, y en el recién llegado fijaron sus ojos escudriñadores y traviesos todas las muchachas; en tanto que los hombres, acaso con mal humor y un si es no es de egoísmo, lo examinaron de pies á cabeza.

Señalósele asiento en una mesa de seis cubiertos, de la cual eran propietarios por derecho de antelación, tres zagalas más avispadas de lo ordinario y dos ejemplares del sexo fuerte: un molzabete de 20 á 22 años de edad, en quien el exceso de robustez, probablemente, se mostraba con mayor especialidad en las narices en forma de protuberancias color de rábano; y el otro, un caballero de talante reposado y aun venerable, con largas patillas y ojos cuya real coloración del iris no era posible precisar, pues la ocultaban gafas de vidrio ahumado.

La propietaria del *Boarding House* presentó á Lucas á sus compañeros de mesa; y una vez concluidas las frías vénias y cortesías de estilo, entró éste de lleno en el ejercicio de sus funciones gastronómicas. Las muchachas se miraban unas á otras con el *rabo del ojo*, según expresión común; dábanse ligeros golpecitos con los codos y sonreían con mezcla de curiosidad y burla. El joven de los tubérculos hacía esfuerzo por desempeñar el papel de gallo absoluto y exclusivo en corral de indómitas gallinas, mientras que el caballero de las barbas, indiferente, al parecer, á lo que á su lado pasaba, perseguía con los ojos, sin darles descanso, la abollonada figura de la irlandesa que servía á los comensales, y cuya contextura histológica se manifestaba con elocuente desenfado en unas caderas de cerca de una yarda de diámetro y en el desarrollo de las glándulas mamarias que codiciarían para sí las vacas de la robusta raza Durham.

Ya para terminar la comida, durante la cual Lucas guardó completo silencio, contentándose con hacer minucioso examen mental de las personas y cosas que lo rodeaban, silencio que sus compañeros de mesa discretamente respetaban, una de las muchachas aprovechó la llegada del "té" para pedir á Lucas el servicio de pasarle la azucarera, oficio que éste desempeñó con galantería cabal. Dió lugar el común incidente á que entre uno y otra se cruzaran dos ó tres frases que sirvieron de prólogo á más expansiva conversación.

Al desplegar Lucas los labios y dejar que se escapasen las primeras palabras, acabó, naturalmente, de descubrir, como ya, sin duda su fisonomía la había hecho comprender, su condición de extranjero; y, como es de

presumirse, la inmediata é infalible pregunta que le
hizo su interlocutora fue la siguiente:

—*Are you Cuban?* (Es Ud. cubano?)

Sintética disertación geográfica aclaró las dudas y
puso de relieve la nacionalidad de Guevara. El caballero de las patillas y el otro joven comensal, poco interesados en semejantes disquisiciones patrióticas, tuvieron la prudencia de levantarse de la mesa: aquél,
cuando la irlandesa, terminadas sus funciones servi-
ciales, se instaló definitivamente en la cocina á dar satisfacción al estómago; y el otro, cuando convencido
de que la naturaleza femenina, hija de la inconstancia
y la novedad, se mostraba representada allí una vez más
en esos tres ejemplares del bello sexo, que buscaban
las impresiones de lo desconocido, de lo que era posible
que les suministrara mayores alicientes prácticos y correspondiera mejor á los anhelos de la juventud; anhelos y alicientes traducibles en invitaciones á comidas en los restaurantes, en donde se inicia la epicúrea
fiesta con *cocktails* y se la acompaña con vino tinto de
California, ó con entradas á los teatros ú otros espectáculos en los que es indispensable pagar hasta por los
asientos de galería.

Quedaban solamente en el comedor Lucas y sus tres
compañeras de mesa; y bromeando y hablando necedades habrían permanecido hasta horas avanzadas de
la noche, si la dueña del *Boarding House* no llega á
poner término á la reunión, apagando el gas y exci-
tando á los circunstantes á buscar otro sitio más adecuado para la tertulia.

Lucas invitó á sus nuevas amigas á su habitación,
sencillamente para que supieran ó conocieran de qué

manera y en qué condiciones estaba alojado. Ninguna de las tres se excusó; y con agilidad cabruna treparon la escalera é invadieron el cuarto. Sin cumplidos ni ceremonias se acomodaron, dos en la cama y la otra en una silla.

Guevara comprendió que el golpe estratégico para él consistía en abrirse campo entre las dos que el borde de la cama calentaban con sus posaderas, y hacer que la que se había instalado en la silla se acercase convenientemente hasta que se tropezaran las rodillas de los cuatro. Y así se verificó.

No fue preciso que transcurriese mucho tiempo para que existiera allí verdadera camaradería. A los equívocos y frasecillas intencionadas, sucedían golpecitos en las espaldas y las piernas, tironcitos de orejas, manoseos más ó menos francos y comprometedores, y, en fin, aquellas manifestaciones que no atacan redondamente la moral, pero que sí ponen de manifiesto exceso de confianza y sobra de disposiciones para afectar el pudor.

Llegó el momento de disolverse la reunión porque cada cual, según lo dijo, tenía que madrugar para llegar en tiempo á sus ocupaciones habituales; pero la despedida no se verificó á secas, sino que fue acompañada de sonoras manifestaciones osculatorias y guiños de ojos, con lo cual quedaron echados los cimientos de futuras é íntimas relaciones de amistad entre el nuevo huesped y las tres doncellas.

XX

Ciertos *Boarding
Houses* son, en muchos casos, nocivos á
la salud de jóvenes y
aun de viejos por dos
motivos principales:
por la escasez y mala
calidad de los alimentos y por las relaciones
femeninas que se adquieren en ellos. No contando, como los institutos educacionistas cuentan, con bedeles
encargados de velar por los fueros de la moral, la
naturaleza humana, sin trabas que sus ímpetus refrene,
desbócase en la mayor parte de las veces impulsada
por corrientes magnéticas que se producen con la
contiguidad de alcobas habitadas por sexos diferentes
y mediante instintos, antecedentes y costumbres de
centros tan heterogéneos y avasalladores como Nueva York.

Dos ó tres semanas llevaba Lucas Guevara de vida
en la nueva posada, cuando en forma análoga á la em-

pleada por la contabilista, se principiaron á verificar sucesos semejantes á los de que había sido teatro la *Pensión de Familia.*

No sólo las tres compañeras de mesa que lo habían favorecido con sus relaciones desde la primera noche, sino otras de las pensionistas se manifestaban ansiosas de disfrutar de la amistad de Guevara; y éste, en el conflicto en que se hallaba para poder satisfacer tantas aspiraciones distintas, veíase forzado á mostrarse en repetidas ocasiones grosero y díscolo y á rebelarse contra los embites de que era objeto y las tentaciones que lo asediaban.

Por suerte para aquél, Jacinto Peñuela le ayudaba con frecuencia á libertarse de fatales compromisos, desempeñando aquí, como antes lo había hecho, el carácter de suplente, con resultados prácticos, merced á su larga experiencia y habilidad en esta clase de negociados.

El corazón humano, inconforme, caprichoso y en busca siempre de cuanto se muestra rehacio para dejarse dominar, se empeñaba en lanzar á Lucas por veredas al parecer inexpugnables. No colmaban la medida de sus apetitos animales los labios que casi casi se le brindaban convidándolo al beso, sino que la codiciosa fantasía lo arrastraba á buscar la siempre "dulce fruta del cercado ajeno."

Entre los huéspedes del *Boarding* figuraba una joven de 24 ó 26 navidades, de porte esbelto, formas tentadoras y lascivas y rostro que deseado habría para modelo cualquier maestro de la paleta ó del cincel. Durante el día, desempeñaba las funciones de vendedora en uno de los grandes almacenes de la Sexta

Avenida, y por la noche, después de la comida, recibía
con cronométrica regularidad, la visita de un hombrecillo, quien, según los síntomas físicos lo indicaban,
hallábase más próximo al cementerio que á los bordes
de la pila bautismal. A falta de atractivos fisonómicos
y de miembros indicadores de robustez, era voz corriente que contaba con sustanciosos depósitos de dinero en varios Bancos y contribuía con metódica liberalidad á facilitar á su amiga medios que la permitiesen aumentar el modesto salario que ganaba en el
almacén.

Esta muchacha se distinguía de las demás pensionistas por su modo de sér circunspecto y reservado;
no gustaba de mezclarse con aquéllas, y aparecía extraña é indiferente á las provocaciones é insistentes tentativas de los ejemplares del sexo fuerte que vivían en
el *Boarding* y que buscaban continuamente cualquier
oportunidad para estrechar relaciones con ella. Tal
conducta y escentricidades tales, la divorciaban de las
simpatías de las otras muchachas, las cuales ponían de
relieve la mala voluntad que les inspiraba, haciendo
circular por lo bajo historietas poco pudibundas y des-
cargando el peso de la envidia ó de sus rencores ocultos, sobre el avejentado galán á quien designaban con
epítetos no enteramente cariñosos.

Una de las pensionistas, en cierta tarde en que el
anciano y la doncella salieron, como de costumbre, á
sus nocturnas excursiones, habló á Lucas en los siguientes términos:

—Quien le ve el aire de santurrona á esa tal, podría
imaginar que no quiebra un plato. Figúrese Ud. que
se huyó del lado de su madre por causa de unos amo-

res que la pusieron en mal predicamento, de tal modo
que tuvo que someterse á una operación secreta; se
vino á Nueva York, y aquí, mediante cierto género de
complacencias con un individuo que conozco, consiguió
colocarse como vendedora en el almacén en que hoy
trabaja. Ese personaje se cansó de ella, y ahora ha
venido á caer en manos de este vejete asqueroso, á
quien yo no le daría un beso por toda la plata que
tiene. No sé qué pueda hacer con ella, pues él ya no
es hombre ni es nada. Su mujer se divorció de él por
asuntos de alcoba que no acreditan mucho que diga-
mos sus capacidades varoniles. A la verdad que la
tal dómine es para lo único que sirve. Maldita la envidia que le tengo.....

Lucas, sin embargo, pensaba de modo distinto, y
continuó pensando de igual manera, á pesar de la descarnada é inícua información que se le daba. Y sin
declararse vencido ni desmayar en sus propósitos ad-
mirativos, aspiraba á convertirse en el caballo de Troya
que hiciera irrupción dentro de la amurallada fortaleza.

Sea por curiosidad, sea por femenino capricho, es
lo cierto que las tenaces miradas del joven ciudadano
de Santa Catalina principiaron á ejercer visible influencia en el rebelde corazón de la doncella; de las miradas
se llegó á diálogos más ó menos lacónicos; hubo más
tarde apretones de manos en la escalera y los pasillos;
visitas de Lucas al almacén, y, según quedó compro-
bado más tarde, viajes en la madrugada de la habitación de éste á la alcoba de aquélla, después de su regreso al *Boarding House*, acontecimiento que se verificaba casi siempre á eso de la media noche.

Era imposible que las relaciones entre Lucas y la

muchacha permanecieran ocultas en aquel centro, asilo de la murmuración y de cincuenta ojos de Argos, listos á descubrir con más exactitud que una lente de aumento, las debilidades humanas, precisamente por las muchas en que allí güelfos y gibelinos incurrian. De todo lo cual resultó que la vida de Lucas principiara á hacerse insoportable en el *Boarding House* y que pensara en elegir nueva residencia.

Consultado Peñuela en este particular, coincidió en opiniones con Guevara; y al vencerse la semana, un carro de expreso hizo la mudanza del equipaje del huesped á otra posada por el estilo de la que abandonaba y que de antemano había contratado; sin que en esta ocasión la ama del establecimiento siguiera el belicoso ejemplo de Madama Bonfati; en virtud de lo cual el cambio de domicilio se llevó á cabo de un modo enteramente pacífico, y en la hora de la merienda no se comentaron, por fortuna, con lenguaje severo, los que el pueblo yankee reputa como rasgos característicos de la raza española.

Pocos días después de hallarse Lucas hospedado en la nueva casa de pensionistas, sintió que su salud principiaba á sufrir menoscabo. No podía atribuir este percance á las condiciones de vida en que se hallaba situado; pues si bien es cierto que eran más ó menos las mismas de la antigua hospedería, no lo es menos que, acaso por falta de oportunidad y tiempo, no había aun intimado amistad con ninguno de los huéspedes. Haciase preciso buscar la causa ú origen del mal en otra parte, y bien que no fuese trabajoso presentirlo, era sí, y más de lo que á primera vista parezca, acto de injusticia descargar el peso de las responsabilidades sobre determinada de sus recientes compañeras, ya que á pesar de contar con una preferida, no había podido sustraerse á las comprometedoras tentaciones á que lo sometieron las demás.

Lo que en un principio pudo juzgarse pasajera dolencia y que Jacinto Peñuela quiso detener valiéndose de remedios caseros aconsejados por una práctica más ó menos laboriosa, tomó proporciones tales que se hizo indispensable buscar un discípulo autorizado de Galeno; y es así que la farmacia vecina al *Boarding House,* contó con un nuevo parroquiano que consumía con relativa abundancia Cápsulas de Sándalo y fuertes dosis de Permanganato de Potasa.

Y aun cuando se hizo todo esfuerzo posible por evitar que los huéspedes de la fonda sospechasen el carácter de la enfermedad, no faltó al fin quien lo descubriera, y en menos de un santi-amen la ingrata noticia pasó de boca en boca.

En las horas de comida la situación se complicaba para Lucas: las mujeres lo miraban de reojo y como si la presencia del enfermo les ocasionara asco; los hombres, por el contrario, no perdían oportunidad para divertirse á costillas del pobre mozo, y con fingido interés le preguntaban cómo seguía la salud, ó se apresuraban á pasarle cuanta salsa y guiso picante se servía en la mesa, ó condolidos por su aspecto demacrado, le aconsejaban que bebiese whiskey y cerveza á pasto.

Cuando el mal principió á ceder y la energía del tratamiento médico hízose menos imperativa, se apresuró Lucas á buscar otro *Boarding* en donde hospedarse. En el que había soportado la fuerza de la enfermedad, no hallaría más tarde horizonte propicio á sus anhelos pasionales.

Y el cambio de vivienda se efectuó sin incidente que merezca relatarse.

Atento á la indicación de Peñuela, escribió Lucas una carta al comisionista Jimeno en la que le daba cuenta de la enfermedad, que clasificó entre las afecciones intestinales, y le exigía que atendiese al pago de los remedios y á la cuenta del facultativo. Don Arnulfo envió á uno de sus empleados á ver á Guevara para cerciorarse, probablemente, de la verdad de los hechos, y una vez convencido de ello por los informes que le diera el comisionado, fue en persona á visitar á su pupilo; distinción ésta que por vez primera le hacía y que, sin asomo de duda, se inspiraba en alguna importante remesa de café, cueros y oro en polvo que acababa de hacerle Don Andrés.

XXI

No fue poca la sorpresa que experimentó Lucas con la visita de su acudiente Jimeno. Asaltóle á la imaginación la idea de que sabedor este individuo del poco ó ningún interés que Guevara tenía en los estudios de la escuela pública, en la que meses atrás se había matriculado, y á la cual rara vez asistía; de los continuos cambios de alojamiento; de las rochelas á que estaba entregado, y, por último, de la naturaleza de la enfermedad que le aquejaba, se le venía encima con alguna pastoral regañona y con la notificación de serio recorte en el suministro de fondos.

En cuanto á lo de la pastoral no estaba equivocado. ¿Cuándo iba á perder el avinagrado y santurrón Don Arnulfo la oportunidad de echar discurso y de sacar á luz, de entre la maleta de sus instintos hipócritas, sus idiosincracias conventuales?

Ya el acusioso Don Cesareo, á quien Madama Bonfati se apresuró á comunicar lo ocurrido con Lucas, para salvar, según ella lo decía, su responsabilidad, había llevado el hecho á conocimiento de Jimeno, acicalándolo del modo mejor, con los más tétricos colores, en cumplimiento de lo que aquél estimaba imprescindible deber de amistad para con el Doctor Galindez y en propio beneficio del estudiante; ya él mismo había descrito al comisionista, con lengua viperina, el carácter y condiciones de Peñuela, á quien calificaba de "estafador de oficio", "caballero de industria" y "corruptor de sus compatriotas." Y, naturalmente, instigado por el despecho que sentía al ver que en las ventajas prácticas que esperó hallar en la dirección de Lucas, le aconteció idéntica cosa á lo sucedido al agente del Hotel Norte Americano, á quien, según se recordará, el señor Don Cesareo dejó con un palmo de narices, es de suponerse que se esforzara en llenar el no muy aventajado intelecto de Jimeno con una ensalada de exageraciones y chismes.

De ahí que Don Arnulfo, sin ceremonias ni preámbulo, principiara á hablar á Lucas en términos que harían honor á un Director de ejercicios espirituales.

Aquí citas de Historia Sagrada; allí todo el maremagnum del Tratado de Moral de Urcullu; allá las coscorroneadas definiciones del Padre Astete; más adelante, reminiscencias de las observaciones que había hecho en su viaje á Europa y de las impresiones recogidas en ese paseo hecho al trote, pero suficiente para decidir acerca de las costumbres disipadas del

Viejo Mundo; todo eso, y mucho más entresacado de
un caletre fofo y barajado en una palabrería falta de
sentido común, constituyó la evangelizadora arenga
que el señor Jimeno descargó sobre el pobre Lucas.
Y aun cuando no mencionó el nombre de Don Cesareo,
la manera como hizo alusión á ciertos detalles, dió
margen para que Guevara comprendiera quién había
excitado la exigua materia gris contenida en el cerebro
de Don Arnulfo.

Entonces le fue dado suponer por qué motivo y por
culpa de quién, había venido recibiendo cartas de Don
Andrés, llenas de amenazas y quejas; por qué Don
Cesareo brillaba por su ausencia y en vez de ser como
antes el dogmático consejero, buscaba ahora, agitando
otras aguas, medios de medrar que no había hallado
en el pozo de la suspicacia de Lucas Guevara.

Sumiso y resignado habría aguantado Lucas la en-
cíclica de Jimeno, sin atreverse á replicar, si al comisionista, envalentonado, sin duda, por la mansedumbre
del mozo, no se le ocurre tocar la cuerda sensible. En
efecto, no satisfecho, quizás, de que sus palabras hubiesen verificado de pronto la conversión de aquella
alma descarriada, quiso asegurarla con un golpe de
gracia, notificando á Lucas que si continuaba por el
torcido camino que llevaba, ó lo embarcaría por el primer vapor, con rumbo á Santa Catalina, ó le retiraría
la pensión mensual de que había venido disfrutando.

—Está Ud., señor Don Arnulfo, profundamente
equivocado—exclamó Lucas en un arranque que dejó
estupefacto al comisionista—al hablarme del modo como lo ha hecho. En primer lugar, quien le ha llenado
á Ud. la cabeza de chismes contra mí, no ha podido ser

otro que Don Cesareo, quien no logrando explotarme
como tantas veces lo ha intentado y contra cuyas em-
bestidas he sabido defenderme, se ha convertido en
enemigo mío, acaso porque considera que de esa ene-
mistad puede derivar algún provecho; y si, por otra
parte, he cometido las faltas y deslices que Ud. supone,
hay que convenir en que la culpa no es mía: no he
tenido á nadie, desde que llegué á esta ciudad, que
haya tomado el más pequeño interés en mi favor; de
nadie he recibido una sola indicación cariñosa; aquellos con quienes he estado en contacto, sólo han aspi-
rado á devengar comisiones sin prestarme ningún servicio. Cuando mi padre resolvió enviarme á este país,
creyó que las personas á quienes venía recomendado
me tenderían la mano y no se concretarían únicamente
á suministrar fondos para mi sostenimiento, sino que
me instalarían de un modo conveniente tanto para llevar la vida como para adelantar en mis estudios. Usted sabe en qué clase de pocilga me metió Don Cesareo á mi llegada á Nueva York; sabe Ud. que en varias ocasiones he pedido á Ud. sus consejos y le he
suplicado me indique algo referente á colegios, y Usted siempre me ha contestado, ó que espera prospectos,
que no recibe, ó que busque yo por mi lado lo que me
convenga. Y por las mismas cartas de mi padre, sé
que tanto Ud. como Don Cesareo han escrito manifes-
tándole que mi educación estaba asegurada merced á
los esfuerzos, diligencias y sabe Dios qué más cosas
que Uds. dos han hecho en beneficio mío. Sí, señor,
yo quiero volverme para mi tierra y estoy listo para
embarcarme en el primer vapor que salga, á fin de evitar complicaciones y no colocarlo á Ud. en el compromiso de ponerme á ración de hambre.

Mientras de esta manera y con tono firme y enérgico hablaba Lucas, Don Arnulfo se mordía convulsivamente los labios, y no acertaba á explicarse ni la falta de respeto de que era víctima, ni la audacia de un mozo á quien consideraba como unidad eminentemente pasiva en el guarismo social.

Sea porque la conciencia culpable le paralizase la lengua, pues los cargos que Lucas formulara eran del todo justos, ó porque el interés del mercader se sobrepusiera á consideraciones de índole diversa, es lo cierto que Jimeno, en lugar de estallar colérico ó indignado, asumió una actitud beatífica; se deshizo en aclaraciones y disculpas; esforzóse en disuadir á Lucas de la idea del viaje; le ofreció atender á los gastos de la enfermedad; ayudarlo en lo sucesivo de modo más eficaz; y con voz amelcochada se despidió del mozo, repitiendo una docena de veces que hacía votos al cielo, y le encomendaría en sus oraciones, para que su reposición fuera pronta y completa, á tiempo mismo que, de paso, hizo patente la mala voluntad y desprecio que le inspiraba el "chismoso" Don Cesareo de Albornoz.

No acababa de voltear la espalda Don Arnulfo. cuando Lucas, rebozante de indignación y rabia, tendióse, cuan largo era, en la cama y sintió á la vez deseos de reir y de llorar. Alcanzaba á apreciar la farsa ignominiosa en que estaba envuelto; justipreciaba en todo su valor los móviles rastreros que habían llevado á Don Cesareo á dar semejantes informes al comisionista Jimeno; comprendía que éste, en quien el interés bastardo del negocio se imponía sobre toda otra consideración, no lo estimaba sino como simple

instrumento ó pretexto para medrar á la sombra de
los cuantiosos negocios que Don Andrés procuraba á
la casa comisionista de Jimeno, Marulanda & Compañía; y aun cuando entendía que Jacinto Peñuela no
buscaba sino elementos para llevar la vida á costillas
de cuanto prójimo encontraba á la mano, pensaba
también que, con todos sus defectos y con todas las
indignidades en que la pobreza le hacía incurrir, ocupaba más alta escala y merecía mayor respeto que el
solapado mercader que acababa de visitarlo, y que el
degradado y falto de sentido moral Don Cesareo de
Albornoz.

Y bajo el peso de impresiones tales, hizo la firme
resolución en ese momento, de vivir alejado en cuanto
fuese posible de todos sus compatriotas y de escribir
á Don Andrés, sin dejar en el tintero una sola, sus
quejas, sus decepciones, y cuanto informe juzgaba
oportuno que aquél conociese, para que saliera del
engaño en que vivía y apreciara los hechos en su verdadero valor.

Desgraciadamente el buen campesino, sugestionado
por la correspondencia de Jimeno y Don Cesareo, no
prestó á la carta de su hijo la atención debida, y antes
bien la juzgó como subterfugio á que Lucas apelaba
para disculpar sus juveniles deslices. Y en verdad que
habría dado orden terminante para que le fuese de-
vuelto á Santa Catalina el joven educando, si Don
Arnulfo, con habilidad de comisionista, no le hubiese
asegurado que en lo sucesivo la disciplina educacionista
sería tal, que la de la Cartuja no le daría ni con mucho
á los talones.

Y entre cartas van y vienen; entre regaños y conse-

jos; entre propósitos de enmienda y tentaciones, transcurrieron varios meses sin que Jimeno se preocupase
por Lucas en otra forma que en la de espetarle un
discurso al fin de cada mes, cuando iba á cobrar su
pensión, ni Don Cesareo deja ver la cara, sino en
una ocasión en que incidentalmente se encontraron en
la calle, y en otra en que, urgido de recursos, se dignó
ir á solicitar del sobrino del Doctor Galindez un préstamo de cinco pesos, que, como bien puede colegirse,
no logró obtener; contrariedad ésta que excitó los
nervios del señor de Albornoz y produjo en su organismo un derrame bilioso; lo que no podía extrañarse,
toda vez que es cuestión sabida que, por susceptibles
y excitables se distinguen siempre las naturalezas al
estilo de la del señor de Albornoz, debido, sin duda,
á que las estrechas condiciones pecuniarias en que se
mantienen, ejercen sobre el sistema nervioso una influencia volcánica difícil de contrarrestar si no se les
administra á tiempo el específico requerido.

En todo este tiempo de sinsabores y asares para
Lucas, el único que supo, mediante buena dosis de
filosófica diplomacia, conservar su puesto, fue Jacinto
Peñuela.

Con tal que no se le hablase de Don Cesareo, ni se
hiciera referencia á los agentes de los Hoteles españoles—sus competidores—todo lo demás lo soportaba
Peñuela con cristiana mansedumbre: virtud inapre-
ciable é impretermitible de los *cicerone.*

XXII

Interrumpidas casi por completo las relaciones de Lucas con Don Cesareo de Albornoz, en términos de amistad muy poco cordiales con el comisionista Jimeno, y recibiendo por cada correo amonestaciones y regaños de Don Andrés, el joven educando llevaba ya más de tres años de vida en Nueva York. Y en momentos en que mayor aliciente tenían para él las jóvenes habitadoras de *Boarding Houses* que los libros llamados á dotar á Santa Catalina de una nueva lumbrera, sucedió que, para completo de males, y en virtud de una costumbre inveterada, merced á la cual la generalidad de los gobiernos de Hispano-América ponen de manifiesto sus instintos *civilizadores,* quedó suspendido el servi-

cio postal entre el mundo exterior y la República de***,
no tanto, seguramente, porque la guerra civil acabara
de estallar y hubiese que destinar á ella los rudimentarios elementos de trasporte que hacen dicho servicio,
sino porque dada la circunstancia de que si aun en las
épocas normales se goza imperfectamente de la ventaja de los correos, y esto sólo por temor al "que dirán," en casos de revuelta pública, maldita la importancia que ellos tienen. Bien que es preciso hacer la
salvedad de que, por rara anomalía, en tiempos de tal
paralización es cuando ganan mejor sus sueldos los
empleados postales, cuya labor se concreta entonces á
imponerse de la vida del prójimo y de los negocios
ajenos, cometiendo esos inocentes deslices que los nativos califican con el expresivo nombre de "fusilamien-
tos epistolares."

Tan pronto como los diarios neoyorkinos dieron
la noticia de haber estallado en la República de***
un movimiento revolucionario, asuntos éstos que á
ningún americano ni extranjero interesan por la ma-
temática frecuencia con que se verifican en los países
hispano-americanos, la casa comisionista importadora,
exportadora y bancaria de Jimeno, Marulanda & Co.,
escribió á Lucas notificándole que en lo sucesivo no
podía continuar suministrando la pensión mensual.

Aturdido y medio loco el pobre mozo, al leer la
carta corrió á ponerse á la voz con el señor Jimeno;
le hizo patente la desesperante situación en que quedaba colocado; lloró, gimió, apeló á cuantos recursos
se apela en los casos dolorosos y supremos de la vida
para ablandar el corazón de las fieras, pero Don Arnulfo se mostró inflexible y casi á empellones arrojó
á Guevara de la oficina.

El problema quedaba planteado para Lucas; el porvenir abría sus negras fauces y amenazaba devorarlo. Con los ojos enrojecidos, los pómulos congestionados, el cuerpo todo presa de nerviosos espasmos, salió á la calle. El tumulto impetuoso, febricitante, que se estrechaba en las aceras contribuyó á enfermarlo más; hallábase en el seno de Nueva York, la vorágine espantosa que todo lo avasalla, en donde el mérito y valimiento de los individuos dependen del mayor ó menor número de monedas que se lleven en el bolsillo; en donde nadie es conocido de nadie; donde se persigue al pordiosero con más afán que al criminal; donde cada salario, no importa lo insignificante que sea, tiene millares de postulantes que se rompen las cabezas y se someten á cuanta indignidad es posible para lograrlo; en donde los asilos de beneficiencia no se abren sino para las víctimas de accidente ó enfermedad; en donde, atestados en edificios mal sanos, sucumben por centenares los desheredados de la suerte, en el invierno de hambre y frío y en el verano de inanición y asfiixia. Así veía á Nueva York, esta inmensa masa heterogenea é híbrida, asiento de todas las razas, asidero de todas las costumbres, centro de todos los vicios, océano de todas las pasiones, mercado de honras, tonel en que se amasan todas las ambiciones, desierto en que se esterilizan todas las almas y con el calor de la fiebre mercantil se petrifican todos los corazones.

Así contemplaba ahora Lucas en su imaginación calenturienta á la gigantesca ciudad. Jacinto Peñuela lo había iniciado y lanzado en una vida imposible de ser llevada si no se cuenta con recursos sobrados; lo había arrojado á una corriente superior á las humanas fuerzas; le había descubierto secretos en una edad y en condiciones en que debiera ignorarse todo. Don Cesareo de Albornoz le había enseñado hasta qué punto es capaz de relajarse la dignidad humana y á qué extremo conducen la hipocresía, el interés bastardo y la carencia de sentido moral. El comisionista Jimeno le revelaba en los momentos supremos de la vida todas las mezquindades de los espíritus que no van sino en pos del medro, para quienes la amistad, la similitud de sangre y raza y aun los mismos vínculos de la familia, si no presentan en el horizonte el brillo magnetizador de monedas de oro, carecen de valor en el mercado de los afectos y se tratan á puntapiés.

Sin dinero para atender á las múltiples exigencias de la vida neoyorkina, que inevitables tentaciones hacen más imperiosas aún, y lo que todavía era más grave, para existir en paz con las dueñas de los *Boarding Houses,* damas generalmente amables cuando se les paga con puntualidad, pero inflexibles, intransigentes y ariscas cuando se omite tal obligación, qué camino adoptar y á dónde dirigir los ojos? Inútil pensar en comunicarse con Don Andrés: revolución y Gobierno estaban mutuamente interesados en la supresión completa del servicio postal, y en caso de que la correspondencia, en virtud de algún milagro, llegase á Santa Catalina, cuántas semanas emplearía para volver la respuesta, dado el caso de que Don Andrés contestara?

No se le ofrecía otra esperanza que la muy vaga de conseguir alguna ocupación que fuese remunerada con lo estrictamente indispensable para evitar que la posadera lo lanzara á la calle y quedase sin techo ni comida. El instinto natural lo hizo pensar en sus compatriotas, residentes en Nueva York, quienes creía que sin mayor trabajo podrían ayudar á salvarlo del desastre, sin que servicio tal afectara sus intereses personales. Sabía que varios de ellos se encontraban en confortables circunstancias, que contaban con relaciones en el comercio y aun tenían oficinas de negocios en las que procuraban medios de subsistencia á multitud de gentes con las que no estaban ligados por vínculo especial.

Regresó á su habitación y dedicóse á hacer lista en la memoria de las personas á quienes juzgaba que podría dirigirse. La noche fue de insomnio, y al siguiente día, en las primeras horas de la mañana, principió á practicar las diligencias del caso.

Resolvió en primer término ir á comunicar sus planes al señor Jimeno, pues tuvo la candidez de imaginar que el comisionista, á pesar de la escena del día anterior y acaso mediante algún sentimiento de piedad que guardase oculto, no pondría oídos de mercader á la noble ambición del desvalido mozo. Don Arnulfo no estaba visible para visitante alguno; así se lo informó uno de los empleados; pudiendo presumirse que tal invisibilidad rezaba únicamente con Lucas en virtud de instrucciones previas, pues es lo cierto que dos personajes que llegaron al mismo tiempo que Guevara, fueron admitidos sin dificultad y conducidos al escritorio del comisionista.

Sintiendo en su interior lo que él mismo no podría expresar, abandonó Lucas la oficina de los señores Jimeno, Marulanda & Co. y encaminóse á la de Don Nicomedes Zabaleta, quien anunciábase como banque-

ro, y se reputaba como uno de los más hábiles finan-
cistas nacionales por haber amasado fortuna de consideración comprando sacos de frutos menores á $10 y
vendiéndolos á $15. El señor Zabaleta, hombre esti-
rado, empalagoso y con aspecto general que hacía
recordar la figura del Caballero de la Mancha, tan
pronto como se impuso del objeto de la visita de Lucas,
principió por manifestarle que su situación era tan
apurada y tirante que escasamente su familia hacía
una comida en el día, que no contaba con conocidos
en Nueva York, y acabó por suplicarle que lo excusara
si no le daba más larga audiencia, pues sus múltiples
ocupaciones no se lo permitían, apresurándose á dar
orden á sus dependientes para que no se recibiera
otra vez á este visitante.

A poca distancia de la oficina del banquero Zabaleta, se encontraba la de otro compatriota, Don Patrocinio Landinez, estrella también en el firmamento finan-
ciero en virtud de negociaciones análogas á las que
habían enriquecido á Don Nicomedes. Este buen
señor, en quien se revelaban, sin posible error, los
rasgos característicos de la raza que se empeñaron en
destruir en el Nuevo Mundo los conquistadores españoles, menos ceremonioso que Don Nicomedes, recibió
á Lucas con afabilidad, y aun cuando era la primera
vez que lo veía y probablemente la primera en saber
que existía, le hizo averiguaciones acerca de la salud
de la familia; mas incapacitado como estaba, según
lo manifestó, para darle empleo ó recomendarlo, pues
sabía que era empresa de romanos conseguir colocación
en Nueva York, terminó por hacerle dos apreciables
indicaciones: la primera que pusiera un aviso en el

Herald ofreciendo sus servicios, y la segunda que leyera el mismo diario y contestara los anuncios que en él aparecen en solicitud de empleados. De este modo terminó la entrevista con el señor Landinez.

Próximo á estallar de indignación y coraje, juzgó Lucas que era suprema imbecilidad de su parte continuar en las diligencias empezadas, sobre todo cuando había oído á Peñuela en diversas ocasiones, y al mismo Don Cesareo, hacer la biografía moral y material de todos esos individuos favorecidos por la suerte en Nueva York y quienes no gustaban que á ellos se acercasen ni se mezclasen con ellos los que estaban incapacitados de hacerles obsequios ó de retribuir los que hicieran.

Creyó más prudente y práctico dirigirse á los que desempeñan el papel de máquinas de alquiler, á los que trabajosamente ganan el cotidiano pan en una labor incesante que los mantiene esclavizados desde las ocho de la mañana hasta las seis de la tarde, soportando las impertinencias y groserías de patrones ensimismados y vulgares. Ellos, esos desventurados sin porvenir ni goces, quizás podrían hacerle más convenientes y prácticas indicaciones que las hechas por el señor Landinez.

Y no estuvo equivocado en sus ideas. Si no encontró apoyo material, á lo menos halló frases reveladoras de buena voluntad y no liviana cargas de promesas. Pero ni promesas ni buena voluntad eran bastantes para satisfacer á la posadera.

El problema quedaba en pie, sin solución inmediata ni asomos de solución en lo futuro, complicándose más cada hora que transcurría. Había gastado la última moneda; estaba abandonado de Dios y de los hombres.

Cómo recorrer en lo sucesivo las enormes distancias de la ciudad para ir en busca de trabajo? No comprendía, acaso, que mientras la paciencia y generosidad de la ama del *Boarding House* le permitiesen disponer de un colchón para acostarse y un bocado de comida para alimentarse, aquella situación podría sobrellevarla, pero una vez agotadas virtudes que no perduran más de una semana en el alma de tales industriales, no le quedaría otro recurso que el de buscar en la muerte violenta la libertadora de sus amarguras y miserias?

Cuanto objeto de algún valor poseía, y eran éstos bien escasos, todo fue á parar á las casas de préstamo del *Bowery,* sin que la judáica conciencia de los prestamistas le permitiese realizar más de unos pocos cuartos.

En las crecientes angustias del conflicto supremo, resolvió vencer la justificada repugnancia que lo embargaba y solicitar de Don Cesareo de Albornoz lo que no había hallado en el resto de los compatriotas á quienes había tenido el poco tacto de dirigirse.

Y aun cuando habían pasado varias semanas sin que los dos se vieran ni se comunicaran, Lucas se presentó de visita en la casa del señor de Albornoz.

XXIII

Probablemente no había abandonado aún el lecho Don Cesareo cuando Lucas Guevara llegó al *Boarding House* de la señora Long, pues es lo cierto que tuvo que hacer antesala por más de media hora, y la fisonomía y el traje mismo del señor de Albornoz indicaban que la visita lo había sorprendido arrebujado entre las sábanas.

Cubría la cabeza con gorro; calzaba babuchas de paja imitando manufactura japonesa, y para ocultar la falta de la camisa, además de ancho corbatín que le resguardaba el cuello, llevaba abotonado el saco desde la punta de la solapa hasta más abajo de la cintura.

Con el talante de empalagosa suficiencia que lo caracterizaba y asumiendo un aire netamente proteccionista,

—Qué buenos vientos lo traen á Ud. por estos mundos, amigo Guevara?—exclamó Don Cesareo al verse delante de Lucas, á quien no se dignó extender la mano.

Un tanto desconcertado el mozo por el frío recibimiento, sintióse en el primer instante como impulsado á contestarle con una grosería, pero fue, sin embargo, bastante prudente para refrenar el enojo, y principió á dirigirle la palabra en esta forma:

—Sabrá Ud. que según las noticias últimas, hace pocos días estalló la guerra en la República de***, y con tal motivo...

—Ah! sí, ya sabía por los periódicos—interrumpió Don Cesareo, acompañando sus palabras con diferentes gesticulaciones y enérgicos movimientos de manos—que otra vez más volvemos á dar al universo el espectáculo vergonzoso de una lucha fratricida. Y extrañamos luego que las grandes naciones, animadas por un sentimiento de caridad y civilización, quieran conquistarnos! No merecemos la libertad que nos dieron los egregios patricios que encadenaron la victoria á la cola de sus corceles de guerra en los campos de Pichincha, Carabobo, Boyacá, etcétera, etcétera. La política es la lepra de esos países, allí donde nadie piensa en trabajar sino en vivir del Presupuesto; en donde no se rinde culto sino á las medianías que son siempre las más audaces; donde no se respetan los derechos inmanentes del pueblo ni existen brazos adiestrados para manejar el timón de la República en el proceloso mar de las intemperancias democráticas; donde se designan para ocupar las altas posiciones oficiales á gentes que por el sólo hecho de haber sido malos pedagogos, se les reputa como astros de primera magnitud en la constelación de todos los conocimientos humanos, y en donde se cree que sólo á lanzasos y desgarrando el vientre de la patria se logra que prevalezcan las opiniones políticas. Es esta una vergüenza contra la cual protesto con toda la energía de un hombre que no ha nacido para mezclarse en semejantes vagamunderías.

Y en su arrebato de exaltación y entusiasmo escaló tan alta cúspide el patriotismo indignado de Don Cesareo, que atraída por la gritería llegó corriendo la posadera á la puerta de la sala, imaginando, acaso, que alguna seria catástrofe estaba á punto de acontecer.

La aparición de la bondadosa amiga del señor de Albornoz, si bien es cierto que privó á la oratoria moderna de uno de los más elocuentes apóstrofes, en cambio calmó los nervios del fogoso orador y libertó á Lucas de la calamidad de continuar resistiendo tal aguacero de disparates.

Después de ligera pausa, durante la cual Don Cesareo resollaba recio, tragaba saliva y se torcía con impaciencia los díscolos bigotes,

—Me decía Ud.—exclamó dirigiéndose á Lucas— que con motivo de la insensata guerra civil sucedía que..... (Y aquí se detuvo en actitud interrogativa).

—Que el señor Jimeno—replicó Lucas—me ha notificado que no continuará suministrando fondos para mi sostenimiento. No tengo á quien volver los ojos en esta ciudad; necesito encontrar algún trabajo que me proporcione medios para vivir, y he resuelto acudir á Ud. á fin de ver si le sería posible hacer algo en servicio mío.

—De manera que á pesar de la indiferente y reprochable conducta que ha usado Ud. conmigo, es ahora,

cuando se siente aislado, que se le ocurre que puedo
serle yo útil de algún modo? Está Ud. redondamente
equivocado; la ciencia de vivir no se aprende sino á
costa de dolorosas enseñanzas; ahora le toca á Ud. el
turno para que principie á tomarlas. Entregado Ud.
en brazos de mojigatos corrompidos como ese Peñuela, quien ha destruido en el alma de Ud. las decen-
tes inclinaciones que quisieron darle sus padres; sin
corresponder á los sacrificios que hacen éstos para
educarlo, y, por último, lanzado en una vida de disipación, huyendo á mis consejos y evitando mi amistad,
cómo se le ocurre á Ud., señor mío, venir á impor-
tunarme de este modo? Acuda á su compinche Peñuela para que lo saque de apuros; que es demasiada
pretensión é insolencia imaginar que vaya á contribuir
yo al sostenimiento de sus vicios. Lamento la hora en
que el señor Doctor Galindez recordó mi nombre para
echarme á cuestas tal carga de disgustos. Puede Ud.
retirarse.

Y diciendo esto, señaló Don Cesareo á Lucas la
puerta de la calle, asumiendo el aire de una omfalia
vengadora.

No pensó, indudablemente, el señor de Albornoz que
el joven ciudadano de Santa Catalina, ya para esta
época estaba más despercudido de lo necesario; y es
así que para colmo de sorpresa suya, en vez de hallarse
con el manso cordero evangélico, tropezaba ahora con
un jabalí, á quien más que la carcajada de denuestos
que había escuchado, le excitaba el sistema nervioso
el hecho de sentir que se desvanecía su última esperanza en el horizonte de privaciones y miseria que el
porvenir abría á sus ojos.

No bien concluyó Don Cesareo de pronunciar la última palabra, cuando Lucas, sublevada la sangre de su estirpe montés, como movido por resorte poderoso, saltó del asiento que ocupaba y avalanzándose sobre el señor de Albornoz le hubiera hincado en el rostro uñas y dientes, si la mesa de centro de la sala no lo salva del ataque, sirviendo de muro de defensa entre asaltante y asaltado.

—Es. Ud. un miserable canalla!—le gritó Lucas sacudiendo los dos puños con furia feroz.—Ya sabía yo que Ud. ha escalado todos los grados de la infamia; pero aun creía que á lo menos le quedaban instintos de hombre. Hablar de moral Ud., que no la conoció siquiera en la madre que lo parió.....

Y agarrando un florero que estaba sobre la mesa, antes de que Don Cesareo tuviese tiempo de evitar el golpe, cayó al suelo la pieza de porcelana hecha añicos, después de haberse estrellado contra la boca y narices del señor de Albornoz.

Algo quizás mucho más grave habría acontecido á Don Cesareo, si no vuelve á presentarse en la puerta de la sala la acuciosa posadera, quien apreciando de un solo vistazo lo que ocurría, puso el grito en el cielo, no tanto, seguramente, por el horror que le causara la herida inferida en el rostro de su antiguo huesped, y de la cual manaba la sangre en abundancia, sino al contemplar roto el florero y la alfombra del piso manchada con la copiosa sangría.

Sin hacer indagatoria de ninguna especie y obediente á natural impulso femenino, corrió la señora Long á la puerta de la calle y puso en alarma el vecindario á las voces de

—Asesinato! Asesinato!

Un tumulto de hombres, mujeres y niños se precipitó á la entrada de la casa; parecía que la tierra brotaba gente; al propio tiempo que tres alguaciles de gigantesca estatura y de cara afeitada y roja como amapola, abriéndose paso por entre la multitud á fuerza de codazos, llegaron al lugar del siniestro y en nombre de la ley arrestaron á Lucas Guevara.

En tanto que los Agentes de la seguridad pública tomaban los informes correspondientes acerca del crimen, más de media docena de *reporters* de los diarios neoyorkinos invadían la casa, llenaban sus carteras de notas con apuntes diversos; no faltaron dos ó tres que pusieran en actividad cámaras fotográficas y otros que apelaran al lapiz para trazar croquis y esbozar retratos. De lo cual resultó que en las ediciones vespertinas de tales periódicos, saliera debidamente ilustrada la narración del suceso con comentarios *ad-hoc,* en los cuales, según es costumbre establecida, no faltaron alusiones poco benévolas con respecto al caracter revoltoso y bravío de los individuos y pueblos de raza española, amamantados, según es creencia en los Estados Unidos, con leche revolucionaria y alimentados luego con lanzas y trabucos.

Uno de dichos *reporters* llegó hasta tal punto, que puso de manifiesto sus dotes estadísticas dando cuenta minuciosa de la longitud y profundidad de las heridas de Don Cesareo, de las onzas de sangre que había perdido y del número exacto de pedazos en que quedó convertido el florero.

XXIV

Factor principalísimo del periodismo americano es el *reporter*. Si se le quitase á aquél este elemento de vida, se le vería desfallecer; su eliminación de la esfera industrial sería aun de más graves consecuencias que la supresión de la tinta en los rolos de las máquinas impresoras. Concretando: el *reporter* es el periódico.

Esta alma-mater del diarismo, es un hombre de carne y hueso como lo son casi todos los hombres; pero es indudable que su constitución orgánica, en cuanto á determinados atributos, es diferente de la de los demás hijos de Adán. Tiene el dón de la ubicuidad, el de la inviolabilidad, el de la compenetración, y, en fin, todos los dones habidos y por haber, con algunas naturales excepciones. Eleva la verdad hasta el más alto grado y lleva la mentira hasta la más tremenda exageración. Todo lo adivina, todo lo analiza, todo lo escudriña y todo lo denuncia.

Por regla general es artista, esto es: dibujante á grandes líneas; con cuatro rayas de lapiz esboza una fisonomía; con ocho cualquier cuerpo de animal; con diez y seis la más complicada escena de la vida real. No fotografía, ni le importan los parecidos, pero á lo menos sugiere ideas. Entiende de música, de astronomía, de farmacia, de anatomía, de cocina, de escultura y hasta de geodesia y medicina legal; y dado el caso de que no sea perito en ellas, tiene la habilidad de hacer creer que lo es y consigue que el público trague la píldora.

En lo que sí muestra, por lo común, crasa ignorancia es en el estudio de la geografía; con excepción de la de los Estados Unidos, que más ó menos la conoce, acaso no transcurre un solo día sin que afirme con sobra de desfachatez que el Uruguay es un cantón de la Confederación Helvética y Buenos Aires la capital de Persia.

Para él no hay puerta cerrada, ni hogar invulnerable, ni barrera infranqueable, ni río crecido, ni océano tempestuoso, ni campo de batalla que le infunda respeto ó miedo.

Para la desgracia es bálsamo; para la infamia látigo; para la virtud palma; para el crimen horca ó silla eléctrica.

Los microbios sociales que no descubre el microscopio de la sanción pública, los descubre y hace ver por lente de aumento la sagacidad del *reporter,* quien no es otra cosa que el coeficiente de la sanción pública.

Se ha cometido un asesinato, pues antes de que los

agentes del orden público hayan sido advertidos del crimen, el *reporter*, que puede decirse lo ha presentido, logra llegar al lado de la víctima, indaga sobre la natu-raleza de la herida, sobre los antecedentes del muerto, los bienes de fortuna que poseía, las amistades que prefería, los lugares que frecuentaba; y en su libro de notas dibuja con la mayor suma de detalles y el menor número de líneas el teatro del suceso, la fisonomía del cadaver, todo cuanto comprende que reviste algún in-rés; y con esta serie de datos, vuela á la redacción del diario á que sirve, y allí, en un abrir y cerrar de ojos, llena cuartillas tras de cuartillas con la suscinta narra-ción de todos los incidentes, en tanto que los grabadores estereotipan lo mejor que pueden los diseños que les ha entregado. Y en esto no se detiene su labor; pues apenas ha terminado de dar á las cajas el fruto intelec-tual de sus disquisiciones, vuelve otra vez al sitio del suceso, interroga á todo bicho viviente, se constituye en los tribunales, se mete en la carcel, visita á las res-pectivas familias del asesinado y del supuesto criminal, y valiéndose de cuantas artes y mañas la perspicacia le sugiere, descubre cosas que los mismos interesados no habían imaginado que existieran. Y de todo cuanto ve ó presume, envía momento por momento, minuto por minuto, aviso al periódico, sirviéndose para ello de uno de los tantos mensajeros que, para el efecto, lo acompañan.

Ocurre un incendio, una inundación, un terremoto, un naufragio, una catástrofe ferrocarrilera, el *reporter* es el primero en llegar al lugar del siniestro, el que más averigua, más examina y más hechos pone en claro.

Se agita algún problema político en los círculos oficiales: quebranta el misterio de los ministerios, sorprende conferencias privadas, pone en boca de personajes que no han hablado lo que imagina que podrian ó deberían decir; y cuando el Consejo de Ministros crée que tiene entre manos herméticamente guardado algún grave secreto de Estado, no tarda en verse sorprendido por el periódico que ha dado á la publicidad lo que el *reporter* sorprendió sin que nadie lo presintiera.

Los monopolistas y los ladrones, el clero y los pícaros, los comerciantes y los industriales, los artistas y los desocupados, todos los gremios sociales ó no sociales, tienen encima al *reporter,* quien al menor desliz de cualesquiera de ellos, está á su lado con el siniestro lapiz, la camarita fotográfica y el cuadernito en blanco para tomar notas.

Si es un matrimonio de sensación, novios y parientes, invitados y curiosos, tienen por sabido que el *reporter,* sin que haya poder humano ni divino que se lo impida, dará cuenta del más pequeño incidente de la ceremonia y del más oculto detalle de la cámara nupcial.

El templo y el teatro, la escuela y el cuartel, la calle y la plaza, las oficinas públicas y los escritorios privados, nada está vedado al *reporter.* A despecho de toda precaución, en todas partes se mete y todo lo indaga. Si por una puerta se le arroja á puntapiés, sin proferir palabra ni queja, y á lo sumo acariciando suavemente la parte contusa para mitigar el dolor, da la espalda á los que lo lastiman, pero no tarda en meterse por otra puerta ó encaramarse por alguna de las ventanas; de lo cual se deduce que no es la vergüenza uno de sus rasgos característicos.

Y sabe quienes llegan á esta Babilonia del Norte que se llama Nueva York y quiénes se ausentan de ella cada día. Acaba de desembarcar algún personaje, y se le ocurre que éste puede darle noticias de sensación ó informes de interés, no espera á que llegue al hotel: en el mismo muelle ó estación de ferrocarril lo acorrala. Es más temible, más avasallador, más peligroso y más tenaz que un agente de Compañías de Seguros de Vida.

Si el viajero principia por declarar que viene resuelto á esconderse bajo el velo del más impenetrable silencio, tal declaración le da motivo para lanzar á la publicidad mil congeturas sensacionales, y antes de que aquél haya tenido tiempo de tomar posesión de su alojamiento, ya está allí el *reporter* para pedirle nueva audiencia y poner á prueba el anunciado mutismo. Y mientras el personaje no hable ó no le diga lo que quiere que le diga, el agente del periodismo no lo abandona. Y al mismo tiempo que con mil reverencias y zalamerias se insinúa, está tomando nota de todos los detalles concernientes á la personalidad material del viajero; y si como es muy frecuente, va provisto de instantáneo *kodak,* en el menor descuido hace funcionar el resorte de la maquinilla, y *paf!* queda el individuo debidamente fotografiado.

Pocas horas después sale el periódico, y con vistoso y llamativo encabezamiento ocupa por lo menos un cuarto de columna del diario la entrevista que tuvo el *reporter,* en la cual hace decir á su víctima frases que jamás dijera ni siquiera soñara, y como imprescindible aditamento aparece el retrato, ó lo que es lo mismo una reprodución ampliada de la figurilla que reveló el *kodak;* mas como dada la rapidez con que se compone é imprime el periódico, no sea posible hacer una obra perfecta en cuanto á parecido, se repite lo que aconteció con el célebre pintor y el conejo: el nombre bautismal y el apellido del individuo de tal suerte retratado, desempeñan idéntico papel al del vocablo "conejo" en la obra del artista de marras: de esta manera se evita cualquier equivocación.

Como es de suponerse, de esta hambre de noticias que padece el *reporter,* se aprovechan no pocos necios para darse la satisfacción de ver figurar su nombre en letras de molde y aun para ver su efigie en algún rincón del periódico, ya que esto fácilmente se obtiene por medio de elementos que para nadie son misterio y se reducen á invitarlo á tomar dos ó tres copas de whiskey y á dejarle escurrir entre el bolsillo un billetico de banco; inocentes gustos éstos que á menudo se procuran muchos hispano-americanos y aun miembros de otras nacionalidades, que desean hacer creer á sus compatriotas la importancia social y política de que gozan en el extranjero.

Y no se puede censurar al *reporter* si despliega tal magnanimidad y contribuye á la vanagloria de los necios, ya que aquél no disfruta de salario fijo y sólo se le paga por el número de líneas que escribe con las noticias que recoge, y es natural que el tiempo que pierde haciéndose recipiente de confidencias biográficas bien poco interesantes, se le recompense con liberal propina. Y con mayor razón aún, cuando tan *espontáneamente* se presta á contribuir á la glorificación de una personalidad rural.

En una palabra, el *reporter* americano no tiene homólogo en la tierra: caer en sus manos es más temible que echarse en brazos de una tribu antropófaga del centro de Africa: ésta acaba con la persona materialmente; aquél, moral y fisonómicamente.

Lucas Guevara, al par que Don Cesareo de Albornoz y la estimable señora Long, cayeron en manos de los *reporters.* Todo por razón de una descalabradura y la destrucción de un florero.

A completar la labor de los *reporters,* no faltó algún compatriota de Lucas, corresponsal *ad honorem* de los periódicos de la República de***, que permitiera que el suceso pasara ignorado, y llevado por la suprema maledicencia que caracteriza á estos improvisados escribidores de pacotilla, se fuera por encima de los cronistas neoyorkinos, y con exceso de perversidad llevara la aflicción y el desconcierto al seno de la población de Santa Catalina y por ende al alma de la familia de Guevara; como tampoco faltó periodista que tuvo singular deleite en acoger las cuartillas escandalosas y las acompañara de artículo editorial en el que hacía toda suerte de comentarios descabellados é imbéciles sobre las que calificaba "funestas consecuencias de la pésima educación norte americana."

XXV

Sin consideración ni miramiento alguno, seguido por la chusma de curiosos que se había agolpado á la puerta del *Boarding House* y de cuyo seno, como del de toda turba salvaje, brotaban voces que gritaban indignadas:

—Lynchenlo! Lynchenlo!

fue conducido Lucas por dos alguaciles á la Estación de Policía del barrio. Y tanto Don Cesareo como la señora Long, quedaron notificados de que les sería preciso comparecer al día siguiente ante el Tribunal de Justicia para formular la correspondiente acusación.

Llegado que hubo el prisionero al lugar á donde se le conducía, más de diez tinterillos se precipitaron sobre él para ofrecerle sus servicios profesionales como defensores en una causa cuya naturaleza y detalles ignoraban, abrigando, sin duda, la creencia de que el presunto cliente podría, llegado el caso, recompensar con más ó menos liberalidad los oportunos oficios de estos activos sacerdotes de la indeficiente justicia humana.

El jefe de la Estación de Policía, quien se hallaba sentado delante de un maciso escritorio, y cuyas facciones, rudas y vulgares, son las propias de gentes dedicadas al oficio, por delante de quienes pasan á diario todos los dolores, todas las agonías, todas las tristezas, todas las maldades y todas debilidades de la prole social, envolvió á Lucas en una mirada fría, hiriente, inquisitiva y vengadora. Oyó el relato que del hecho le hicieron sus agentes; impidió que el prisionero moviese los labios, y con ademán dictatorial dió órdenes para que fuese trasladado á una celda de la prisión mientras llegaba el momento en que se iniciara el juicio en forma legal.

Casi á empellones, con violencia brutal, se le hizo recorrer el pasillo que comunica las oficinas del instituto correccional con el lúgubre recinto dentro de cuyos muros, en híbrida mezcla, sin categoría de sexo ni de castas, se asilan los seres que la desgracia, la desesperación, el hambre, el vicio, arrancan al seno de la sociedad y lanzan á los brazos ciegos é inflexibles de la ley.

Allí el hijo que arrebatado por furor bestial abofeteó á la madre que le dió el sér; el pilluelo que robó á la viuda el pan escaso de los huérfanos; el padre sin entrañas que sumió en la miseria al hogar y huyó de él después de haber pateado y maltratado á los hijos; el amante que en un arrebato de rabia pasional intentó asesinar á su querida; la obrera anémica que quiso hallar en el suicidio término á sus desilusiones; hombres y mujeres para quienes la beodez constituye estado normal; el estafador de oficio; la hembra abyecta, consumida por el alcohol y por la sífilis; allí todas las razas juntas, desde el irlandés de constitución pletórica, hasta el mongol de piel citrina y de ebetado aspecto, cuanta unidad social merece un castigo para satisfacer la vindicta pública ó clama por perdón en el arrepentimiento de la falta, todo ese tumulto de desgraciados, de almas envilecidas, de espíritus redimibles, llenaba las galerías y salones de la prisión. Y á confundirse entre ellos, á alistarse para cambiar, si el juez así lo decidía, su nombre bautismal por el de un guarismo aritmético, entró Lucas Guevara, acusado de un crimen que el Código Penale define y demanda la intervención de la Justicia.

Al ver el modo como se le trataba, sin dar oido á sus excusas ni á sus quejas, con impiedad y dureza comparables sólo á la rigidez de que son víctimas los confinados á las sombrías estepas de Siberia, ¿qué sensaciones íntimas experimentaría este infeliz mozo, abandonado en un desierto de afectos; él, que hasta entonces no sabía de la vida sino lo que ésta tiene de atractiva y amable; que giraba en un centro en donde el interés bastardo prevalece sobre todo sentimiento noble; él, que los horizontes que había creido abiertos á sus necesidades urgentes, los veía cerrarse con crueldad suprema; que habiendo sentido despertar en su interior los impulsos de su sangre insurrecta y altiva, había cumplido con lo que su orgullo ofendido estimaba como deber sagrado, castigando, como merecía serlo, á esa lombriz con instintos de culebra que tenía por nombre Cesareo de Albornoz?....

Y mientras sufría y agonizaba, sin darse cuenta exacta de lo que le acontecía y de lo que podía estar próximo á suceder; sin arrepentirse del pasado, pero sí lleno de temores y angustias por las sorpresas que pudiera reservarle el mañana; blanco de las miradas asesinas é indagadoras de sus compañeros de prisión, las horas del día pasaban lentas y la noche se acercaba con su cortejo de tristezas y de sombras.

Más de una vez brotó á sus ojos una lágrima ardiente, dolorida, que volvía á reabsorberse en los congestionados lacrimales.

Apenas masticó unos bocados de la ración alimenticia que se da á los presos; pero en cambio hallaba escasa el agua que á cántaros bebía para mitigar la sed de fiebre que lo devoraba.

En el horizonte de la desesperación, no se le presentaba á Lucas otra puerta á que llamar sino la de Peñuela. ¿Pero qué podría hacer Jacinto Peñuela en situación semejante? Qué significación social tenía para ser atendido de sus compatriotas en caso de que, en nombre de Guevara, á ellos acudiera? No se convertiría Peñuela en otro Don Cesareo de Albornoz al saber la catástrofe que pesaba sobre su antiguo camarada y se haría sordo al llamamiento de la tribulación?

Era preciso que algún conocido suyo, pensaba para sí Lucas, fuese sabedor del hecho. Acudiría á Peñuela y quizás éste, al tener aviso de lo ocurrido, sentiría palpitar alguna fibra distinta de las infames que vibraban en el alma de Don Cesareo; quizás, á pesar de la corriente turbia que lo arrastraba por el camino de la vida, respondería con más gentileza á la invocación de la desgracia de lo que podría responder el comisionista Jimeno en caso de que á éste se llamase. Jacinto podría servir de intermediario, de agente de comunicaciones; gozaba de inmunidad y libertad; su misma juventud contribuiría, acaso, á que contestase con eco más simpático á las necesidades dolorosas de su compañero, del mismo á quien había iniciado en los secretos de la vida de Nueva York.

En los casos extremos de la vida, lo mismo que en los naufragios, cualquier leño que flote sobre el lomo de las olas, se ofrece á la ansiedad de la desesperación como brazo salvador. Y en este naufragio de Lucas, no se le presentaba otro punto á donde tender la mirada que Jacinto Peñuela.

No fue, sin embargo, necesario á Lucas hacer esfuerzo para comunicarse con Peñuela. Este, por los periódicos, tenía noticia de lo ocurrido; y sin pérdida de tiempo había ido á la Estación de Policía para solicitar permiso de ver y hablar al prisionero, favor que le fue negado; y sólo pudo obtener la promesa de que al siguiente día se accedería á su solicitud, si las heridas del señor de Albornoz, de acuerdo con el dictamen pericial, no presentaban síntoma alarmante.

Al sonar en el reloj de la prisión las nueve de la noche, se dió la orden de que los detenidos fuesen encerrados en sus respectivas celdas. En la designada á Lucas, se hospedaba desde dos ó tres días antes un chino, dueño de un establecimiento de lavado, á quien se acusaba de haber querido seducir á una niña de diez años, práctica á que son particularmente adictos los hijos del Celeste Imperio, quienes, en medio de su temperamento al parecer sumiso, callado y respetuoso, tienen todas las artes y las mañas más completas para dar al traste con la inocencia de mucharejas que apenas acaban de soltar el biberón, sin que la policía, por más esfuerzos que hace, haya sido capaz de combatir eficazmente tales apetitos y costumbres de estos sectarios de Confucio.

Hablaba este prisionero el inglés, como lo hablan, por regla absolutamente general, todos sus compatriotas: gutural é ininteligiblemente, lo que equivale á decir que no hay quien los entienda.

Esta circunstancia fue bastante para que los dos compañeros de celda se mostrasen parcos en el hablar; y el uno del otro recelosos, se tendieron en los angostos catres dispuestos á entregarse en brazos de Morfeo. El chino no tardó en dormirse, y como si guardase encerrada en narices y garganta una orquesta de trombones, clarinetes y pífanos, principió á roncar con tal fuerza y pulmones tales, que cualquiera imaginar podría que se precipitaba en carrera vertiginosa por sobre los muros de la prisión el carro del Apocalipsis.

Tentado estuvo Lucas varias veces á levantarse de su lecho y agarrarse como campanero á la trenza del oriental; pero el temor de que una nueva y nocturna zalagarda complicase su desventurada situación, lo hizo detenerse en su intento, y contentóse sólo con extender el brazo y rebullir con fuerza al formidable roncador, quien si bien es cierto que á cada sacudida callaba por breves instantes, ese reposo contribuía únicamente á que en otros tonos y con vigor distinto continuase el estrépito.

Compasiva la aurora vino á libertar á Lucas del más atroz de los suplicios. La campana de la prisión anunció á los detenidos que era hora de levantarse. El chino abrió los ojos, se los restregó con la manga del kimono, enrollóse la trenza, se caló el sombrero y sentado en la orilla del catre esperó á que el guardián descorriera el cerrojo de la puerta.

—No me ha dejado Ud. pegar los ojos en toda la noche con sus ronquidos, le dijo Lucas á su compañero, haciendo uso para semejante declaratoria del idioma inglés. Pero el Oriental, si le entendió no le hizo caso; mascujeó unos pocos sonidos guturales, á manera de ladridos de perro acatarrado; lo miró con ojos vagos, y uno como reflejo de sonrisa animó aquel rostro amarillo, imposible de dejar traducir impresión de ningún género.

A las diez de la mañana fue conducido Lucas ante el Juez que iba á oir del hecho y á disponer lo que con el detenido debería hacerse. Al mismo tiempo, treinta ó cuarenta prisioneros más, debidamente escoltados, se preparaban á correr suerte igual.

En el recinto del Tribunal, con las narices y labios cruzados por tiras de adhesivo y al lado de la señora Long, se encontraba Don Cesareo de Albornoz. Jacinto Peñuela se hallaba allí también y le fue concedida licencia para que se pusiera á la voz con Lucas. Este, en pocas palabras narró á su amigo lo que había ocurrido y le instó para que, en caso de que el arresto se prólongara, diese los pasos que creyera convenientes para ayudarlo á salir de tal conflicto.

Terminada la entrevista, Peñuela se dirigió á uno de los abogadillos que en el salón del Tribunal pululaban; lo excitó para que tomase á su cargo la defensa, y sin faltar una coma le relató los hechos como los había oído de los labios de Guevara.

Cuando el ugier de la Corte llamó á Lucas á la barra

de los acusados, el señor de Albornoz y su estimable
amiga, por medio de su representante legal, expusie-
ron la queja, no contentándose con esto solamente, sino que tuvieron á bien hacer que el abogado pintase
á Lucas con colorido pavoroso. El abogado de Lucas, por su parte, rebatió vigorosamente las acusaciones y siguieron á esto los trámites que acompañan á
toda demanda.

El juez, sin embargo, á pesar de la elocuencia des-
plegada por el defensor, y en vista del rostro lesionado
del señor de Albornoz y de los fragmentos del florero
que fueron presentados como cuerpo de evidencia por
los demandantes, resolvió reservar la sentencia por
una semana.

Don Cesareo y la señora Long se ausentaron del
Tribunal con aire complacido.

XXVI

El día señalado en el calendario del Tribunal de Policía para que la justicia se ocupase nuevamente del atentado criminal de Lucas Guevara contra la persona de Don Cesareo de Albornoz, fue el séptimo á contar desde la fecha de la primera audiencia, es decir, de la que acababa de verificarse. El juez, á solicitud del abogado defensor, convino en que se pondría al acusado en libertad bajo fianza monetaria, la que fue fijada en la suma de $1,000. Esto y condenarlo á que volviese á la prisión, era la misma cosa. ¿Quién iba á venir en auxilio del desconocido? ¿Qué podría hacer Jacinto Peñuela, si el joven *Corredor de Comercio,* probablemente no había visto en su vida tal suma de dinero junta?

Por el momento no se presentaba otro recurso que el de hacer frente á la situación; ir de nuevo á la celda y pasar otras tantas noches en compañía, si no de otro chino roncador y ebetado, en la de personajes menos santos y quizás algo más peligrosos.

Con las mejillas congestionadas y los ojos como

dos bolas de fuego, salió Lucas del salón del Tribunal
en medio de dos agentes de la seguridad pública, enle-
vitados y tiesos, esgrimiendo cada cual en la mano
derecha un tolete de madera de regular calibre, arma
que la policía neoyorkina lleva á la vista del público,
y con la cual le ha partido el craneo á más de una
víctima rebelde á las imposiciones de la ley.

Peñuela pudo acercarse á su amigo; le dejó escurrir en el oido una palabra de consuelo y fortaleza, y
aseguróle que en el acto mismo principiaría á hacer
diligencias para encontrar alma caritativa que se pres-
tara á dar la fianza. Y con aquella palabra y esta
promesa, Lucas traspasó el dintel de la prisión, y á
confundirse fue una vez más entre la turba heterogénea y alevosa de detenidos, turba á cada hora aumen-
tada y renovada, y de cuyos poros se desprenden, para
formar ambiente nauseabundo, insoportables emanaciones de tufos alcohólicos; pestilencias de ulceraciones
ocultas ó al descubierto; olores de miembros humanos
que no han sentido los beneficios del jabón y del agua
por más de una navidad, y que para ponerse en condiciones higiénicas necesitarían una prolongada ducha de
desinfectantes.

Mientras Guevara agonizaba de nuevo tras de aquellos muros sombríos, y sentía que en su interior se
sublevaban todos los instintos altivos de su raza, Jacinto Peñuela iba en camino para la oficina de los
comisionistas-banqueros, Jimeno, Marulanda & Compañía. Corrió con la suerte de tropezar en la puerta
de entrada con el señor Jimeno, á quien seguramente
no le agradó el encuentro, pero á lo cual tuvo que
conformarse. Peñuela, en términos lacónicos y paté-

ticos, hizo sabedor á Don Arnulfo de lo que estaba
pasando, y como es de suponerse se atrevió á pedirle
que fuese en apoyo de su antiguo acudido, suministrando la fianza é interponiendo sus influencias para
que se aminorase la rudeza del castigo que á aquél
aguardaba. Quién dijo tal? Por suerte para Jimeno
y Peñuela, la entrevista se efectuaba haciendo uso del
idioma español, pues siendo fama que los españoles
hablan á gritos y accionan con manos, pies y narices
aun cuando sólo estén rezando el Trisagio, las gentes
que pasaban no prestaron atención al tumulto de improperios, protestas y sulfuraciones del comisionista;
pues de lo contrario, es indudable que la alarma habría cundido y no habría faltado la intervención de la
policía.

Consignar en esta narración las frases y dicterios
que brotaron de los labios del religioso y cristiano Don
Arnulfo, equivaldría á transportar al lector á los callejones de Otra Banda, en la Isla de Curacao, en esas
horas en que de puerta á puerta de sus habitaciones
respectivas se lanzan los negros á dilucidar sus con-
tiendas domésticas, apelando, ya que no á cuchillos ó
pistolas, á los ariscos vocablos del papiamento insular.

Jacinto, como en otra parte se ha dicho, era persona
de pocas pulgas, mas no por ello desprovisto de prudencia, la que, como es natural, tenía que ponerse más
de relieve aún ante el recuerdo de las aflicciones que
en esos momentos experimentaba Guevara, precisamente por sobra de amor propio.

—He venido aquí—le contestó—no á solicitar nada
de Ud. para mí, sino á cumplir con un deber de compatriota para ayudar á un amigo que se halla en duro

trance; y tuve la imbecilidad de creer que usted, que
bastante ha especulado con el padre de Lucas Guevara, como ha desplumado á cuanta víctima incauta ha
pasado por el lado suyo, atendería á un clamor de la
desgracia, si no por consideraciones al paisanaje, á lo
menos por un instinto de generosidad que tal vez no
falta ni en el organismo de las lombrices. En cuanto
á las palabras con que ha querido injuriarme, se las
devuelvo con un salivazo.

Jimeno soltó un rugido, que pudo bien haberse tra-
ducido en pescozones y mordizcos, si Jacinto no hubiera tenido la precaución de precipitarse por la escalera antes que su interlocutor saliese de su asombro.

Acaso por una de esas raras anomalías que, en determinadas circunstancias, acompañan á ciertos hombres que sienten algo como regocijo amargo en avivar
el dolor, no se declaró vencido Peñuela por la cuasi
trágica entrevista con el señor Jimeno, y pensó en el
acto dirigirse á algunos otros compatriotas, de los cuales se agolparon á su memoria, en primer término, los
nombres de Don Patrocinio Landinez y Don Nicomedes Zabaleta. Encaminóse á la oficina de estas dos
lumbreras en el comercio y las finanzas, astros de primera magnitud en las esferas siderales de la República de***. Hallábase Don Patrocinio en el escritorio de su congénere astral, cuando se presentó Peñuela; de modo que podía muy bien matar dos pájaros con una misma piedra. Hay que reconocer que
los banqueros recibieron con cortesía al visitante, y uno
de ellos extremó sus cumplidos hasta el punto de indagar con fraternal interés por la esposa y chicuelos de
Jacinto; y cuando éste le manifestara que todavía per-

manecía célibe y probablemente no existía sobre la faz del globo sér viviente que reclamase su nombre, los dos visitados prorrumpieron en exclamaciones de sorpresa. Don Nicomedes, con la elocuencia que al decir de sus admiradores lo caracterizaba, explanó sus teorías sobre el matrimonio y terminó aconsejando á Peñuela que procurara formar hogar, por ser este estado fundamento de la moral, fuente de amor y apacibilidad y base positiva para la economía. Don Patrocinio, no pudo evitar una metida de cuchara en la luminosa exposición civilizadora de su compañero, reducida solamente, por fortuna, al apasionado consejo de que en caso que llegara á tener familia, no dejara que sus hijos, y sobre todo si eran hijas, leyesen novelas, por no existir libro alguno de esta naturaleza que no asome algunos amoríos, lo que equivale á meter en imaginaciones vírgenes el áspid de la concupicencia.

Aplacado aquel torrente catoniano, explicó Jacinto el objeto de su presencia ante los dos soles bancarios. Mas no había llegado á la mitad de su discurso, cuando se engolfó Don Nicomedes en un legajo de correspondencia que dormía sobre su mesa de escribir, y Don Patrocinio, mirando con ojos brotados á un cromo que pendía de la pared y que representaba una odaliska con los senos y las pantorrillas al aire, se apretaba con el índice y pulgar de la mano derecha el labio inferior y soñaba, acaso, en la llegada del vapor próximo que le traía unos cuantos sacos de café.

Como ninguno de los dos contestara una palabra al visitante, éste no pudo reprimir un movimiento convulsivo, mezcla de nerviosidad rabiosa y de extrañeza

suma ante descortesía tan insufrible; notado lo cual
por el señor Zabaleta, dió origen á que lanzando éste
un bostezo gigantesco y desperezándose cuan largo
era, se dignara, después de breves segundos de refle-
xión, hacer uso de la palabra, ya no en tono elocuente
sino de letanía mascujeada por clérigo medio dormido.
He aquí sus expresiones:

—Siento mucho no estar en situación de acceder á
su demanda; además de que no tengo el gusto de conocer al joven Guevara, mis negocios no me permiten
comprometer la firma de la casa, y no me convendría
tampoco establecer precedentes, porque si en un lío
semejante me metiera hoy, mañana sería el blanco de
infinidad de gentes que se presentan aquí alegando
títulos de compatriotas. Me parece que la persona
llamada á sacarlos á ustedes del apuro es el Cónsul:
diríjase á él.

Y cuando Peñuela volvió la vista en busca de Don
Patrocinio, tuvo la sorpresa de comprender que, con
pisadas de gato, dicho banquero se había escurrido de
la oficina de Don Nicomedes y evaporado en los corre-
dores tortuosos del edificio.

Peñuela levantóse del asiento para marcharse, pero
no creyó prudente hacerlo sin arrojar al rostro del
señor Zabaleta una que otra frasecilla mordaz y deci-
dora; y es así que con tono pausado le dijo:

—Me mortifica bastante haber procurado á Ud. este
mal rato; pero deseoso de poner en evidencia que
entre los compatriotas de Lucas Guevara hay siquiera
uno que, á pesar de su impotencia material, siente que
aun no se han apagado en su alma todos los sentimientos generosos, quise cerciorarme si conservaban

alguno á lo menos los que en circunstancias mejores que yo se hallan. Veo que me he equivocado; y en cierto modo me alegro para echar al infierno la última ilusión que pudiera quedarme con respecto á ciertas gentes. Abur, señor mío.

Hubo un momento de silencio, durante el cual pareció que iba á ocurrir en la atmósfera una explosión de rayos; pero afortunadamente la tempestad no hubo de desatarse, evitándose así un nuevo escándalo que habría servido de pretexto para que la prensa neoyorkina pudiera decir otras cuantas lindezas acerca del temperamento febril de la sangre castellana.

—Es Ud. un insolente—gritó á pulmón herido Don Nicomedes.

—Y Ud. un.... mal nacido—replicó Jacinto;—y no hagamos escándalo porque no quiero ir á la estación de policía.

Y ganando la puerta de la oficina, la golpeó con tal estrépito, que tembló el piso del edificio. Tomó el elevador que descendía y un minuto más tarde se hallaba en la calle ahogado bajo el peso de las más rudas impresiones.

Sin embargo, cuando ya estaba á punto de darse por vencido, le vino á la memoria el consejo del señor Don Nicomedes: entrevistarse con el representante comercial del Presidente de la República de***: el Cónsul.

XXVII

En el vidrio opaco de
la puerta de la oficina
del Cónsul, en gruesas
letras doradas, se leían
e s t a s inscripciones:
"Consulado General de la República de***." "Horas
de oficina: de 10 á 3." Eran las 11 de la mañana
cuando Jacinto Peñuela llegó á avistarse con el supremo representante personal, comercial é industrial del
Presidente de la nación que lo favoreciera con el nombramiento. La puerta estaba cerrada; parecía que alma viviente no respiraba en el interior de la oficina;
y á probar que, en verdad, no había adentro persona
alguna, en una tira de papel, sostenida en el marco de
la puerta con un alfiler, se leían escritas con lapiz azul
las siguientes palabras: "The Consul will be back at
2 o'clock" (El Cónsul estará de regreso á las 2).

Probablemente, pensó para sí Peñuela, el señor Cón-

sul se halla dedicado al descubrimiento de conspiracio-
nes revolucionarias, ó en elegir presentes con que
obsequiar á la familia presidencial, ó en practicar alguna de tantas diligencias como le impone el fiel cumplimiento de su cargo oficial. Inútil era esperar en el
corredor tres horas mortales; y es así que decidió irse
y regresar á la hora marcada en el papelito. Y á las
2 de la tarde estuvo de regreso.

El señor Cónsul, que nada tenía de inglés en cuestión de citas—ni en ninguna otra cuestión—no había
llegado aún; pero como aguardándole se encontraban
varios individuos, Peñuela, siguió el ejemplo de éstos
y aguardó también.

—No sé con qué objeto tienen estas oficinas—dijo
uno de los circunstantes—: es más fácil ver la luna de
día, que la cara de este señor Cónsul.

—Estará durmiendo la siesta—replicó otro—; esa
es costumbre de los sur-americanos.

—Desearía saber—exclamó un tercero—si el gobierno de la República de*** se halla al corriente de la
manera cómo sus empleados atienden á sus obligaciones.

—Valiente ocurrencia!—replicó otro—para eso los
mandan. Con tal que firmen facturas y adulen y co-
jan dinero, lo demás importa un demonio.

Y quién sabe qué otros comentarios se hubiesen oído,
si al cabo no acierta á llegar, no el Cónsul, sino el
Canciller del Consulado, quien á la vez de escribiente,
llenaba las funciones de intérprete, manufacturero de
sobordos, mozo de mandados y espaldero de su jefe.

En un santiamén despachó á los interesados, cuya
misión consistía en presentarle facturas, hacer que las

firmara y sellara y pagarle los correspondientes derechos consulares, único asunto que interesaba al Cónsul.

Jacinto esperó, y tan pronto como el Canciller quedó solo, indagó si le sería fácil ponerse al habla con el Cónsul.

—Puede suceder que venga—repuso el empleado—bien que lo dudo, porque esta mañana llamó por teléfono para decirme que si no estaba aquí á las 2, cerrara y me fuera. Y ya son las dos y media.

Sin embargo, á tiempo mismo que el Canciller y el visitante se preparaban á marchar, sintiéronse en el corredor unas pisadas más fuertes de las ordinarias, que dejaron al Canciller en suspenso, y un segundo después se abrió la puerta de la oficina con un estruendo casi brutal, y el señor Cónsul hizo su aparición.

De mediana estatura, piel algo más que citrina, con marcas que revelaban, acaso, que el hígado no funcionaba con estricta regularidad, y un desenfado en el andar y en sus maneras todas, cualquiera habría tomado al agente consular por todo, hasta por carretonero, pero no por cónsul.

Con todo, á despecho de su apariencia exterior algo más que silvestre, era ese mismo personaje, y no otro alguno, el designado por el gobierno de la República de***, para servir de representante comercial de aquél en Nueva York. Es probable que el Presidente hubiera podido hallar en el escalafón de sus compatriotas algún ciudadano de mejor calibre, es decir, que le imprimiera cierto carácter de decencia al puesto y no trajera á la imaginación el recuerdo de las leyendas de la Goagira ó el Amazonas; pero quién puede suponer que ciertos gobiernos vayan á preocuparse en buscar hombres adecuados para los destinos públicos, cuando la conveniencia personal de los presidentes les aconseja que busquen los destinos para los hombres, aunque con tal consejo salten por sobre las fronteras de la ignominia y del ridículo?

Estas ya son cosas del fuero interno de los presidentes, y como cada pueblo tiene, según se sabe, el gobierno que merece, ellos con las suyas y Dios en todas partes....

El señor Cónsul no conocía á Jacinto Peñuela, y tenía razón para ello, puesto que sin duda el nombre del pobre mozo no había tenido la suerte de figurar en ninguna de esas espontáneas manifestaciones con que los pueblos agradecidos expresan su adhesión incondicional y su afecto á las primeras autoridades de los países hispano-americanos; y por tal motivo, cuando por boca del Canciller supo el Cónsul que Peñuela deseaba tener una entrevista personal con él, frunció el ceño y con toda la malacrianza posible, como quien se ve forzado á conceder un honor inmerecido, manifestó que podía pasar á su despacho privado. Y Peñuela, mohino y casi contrito ante el espectáculo de aquella majestad consular, se presentó ante el Cónsul, quien dejó caer á plomo su macisa contextura sobre el sillón giratorio, cuyos resortes, al sentir tan arisco peso, lanzaron ronco chillido; pero no se dignó invitar al visitante á ocupar asiento.

Antes de proseguir, es oportuno dar idea del acomodo de la Oficina del Cónsul.

Tras un cancel de madera, en el cual se abría una ventanilla de confesionario, extendíase una habitación cuadrada de cinco á seis metros por lado. En un me-

són se amontonaban papeles, tinteros, sellos de goma,
etc. etc.; una máquina de escribir aparecía en uno de
los rincones; en otro, una prensa de copiar cartas; en
el tercero, un estante en el que se almacenaban colec-
ciones perfectamente incompletas de las leyes y documentos oficiales de la República de***; y en el res-
tante, una pesada caja de hierro. De los muros colgaban un mapa del país, un viejo reloj que, cansado,
sin duda, de marcar horas infecundas, carecía de fuerzas para mover el péndulo, y en marco de pino pintado
de color indefinible, sin vidrio ni protección alguna,
abrumada por el polvo y las manchas que la humedad
y los años dejan en el papel, aparecía, en un malísimo
fotograbado, la efigie del Libertador de cinco naciones, con los brazos cruzados sobre el pecho, en actitud
meditativa y triste, lanzando una mirada de irónica
indignación ante el desconsolador conjunto que le tocaba en suerte presenciar. El despacho particular del
Cónsul estaba en mejores condiciones: buena alfombra,
mullido diván, escritorio de caoba, sillón giratorio, col-
gador de sombreros, abanico eléctrico para el verano,
y un escaparate que, además de servir de depósito á
artículos de escritorio, ocultaba á la vista del público
varias botellas que, por la clase de etiquetas que tenían
adheridas, no era trabajoso adivinar que contenían líquidos no prescritos por facultativo alguno, ni sustan-
cias que demandaran las labores de la oficina. Sobre
el escritorio, en lujosísimo marco, ostentábase el retrato, sonriente y satisfecho, del Presidente de la República de***, de tamaño natural, y con la reglamentaria
inscripción al pie: "N. N. N., Presidente Constitucio-
nal, Regenerador, Reintegrador, Reorganizador, Re-

formador y Salvador de la Nación. Homenaje de la
patria agradecida."

La decoración mural la completaban, un calendario,
obsequio de alguna Compañía de Seguros, de los que
se distribuyen á principio de año, y dos reglamentarios
documentos, encuadrados en molduras de madera sólida, color habano: el uno, firmado por el Presidente
de la República de*** y refrendado por el Ministro del
ramo, en el que constaba que el ciudadano X. Y. Z.
había sido nombrado Cónsul General en el puerto de
Nueva York, y el otro, el *execuatur,* ó sea el recono-
cimiento que el Jefe de los Estados Unidos de Norte
América hacía de la aludida designación.

Vaya un paréntesis oportuno. El marco en que se
exhibía la efigie del Presidente, tenía carácter "ina-
movible," esto es, recibía con abnegación y sin protesta, todos los retratos que fuera necesario colocar en
él, puesto que al verificarse cualquier cambio de gobierno, con el presidente que caía iba su efigie, con
títulos y todo, á parar al cesto de la basura, y era
reemplazada por la del nuevo favorecido con el "voto
popular."

—Qué se le ofrece á Ud.?—preguntó con voz ronca
y agria el señor Cónsul.

Peñuela le expuso en breves términos el objeto de
su visita, y acabó interesándolo en el sentido de ver
si sería posible, dada la posición oficial del señor Cónsul, que éste hiciera algo en servicio de un compatriota desgraciado, víctima de las circunstancias, y sin
recursos ni persona influyente á quien apelar.

—Arreglados estarían los gobiernos y los cónsules,
si fuesen á constituirse en abogados defensores de todos

sus nacionales, ó de quienes dicen serlo; porque á mí
no me consta que ese individuo Guevara, ni Ud., sean
súbditos de mi gobierno—replicó irritado el Cónsul.

Y á fin de no entrar en más explicaciones, se levantó
del asiento y abriendo la puerta para que el interlocutor se marchara:

—No, señor, en ese sentido nada puedo hacer—agregó—y como no tengo tiempo para oir más lamentaciones, tampoco quiero entrar en argumentos. Vaya Ud.
con Dios.

Rojo de furia, Peñuela se mordió los labios, y sin esperar un segundo, á punto estuvo de destrozar las narices del señor Cónsul con el empellón que dió á la
puerta de la oficina, la que poco faltó para que se con-
virtiese en astillas.

Qué interjección se escapó de su boca al retirarse de
la presencia del Cónsul, éste sólo la podría repetir. Y
qué de maldiciones y denuestos contra sus compatriotas brotaron de los poco corteses labios del Representante comercial etc. del Presidente de la República
de***, es secreto que no hizo público el oficio de esfinge del Canciller.

XXVIII

En Nueva York hay gente para todo, y la curiosidad es uno de los rasgos característicos del público neoyorkino, rasgo acentuado, como es de suponerse, en el sexo débil, debido esto á una ley sociológica que data desde los remotos tiempos del Paraíso Terrenal. El número de mujeres, según lo determina el mismo censo de la ciudad, es superior al del elemento masculino. En cualquier lugar en que se verifica algún acontecimiento sensacional ó se ofrece alguna distracción cualquiera, sobre todo si la entrada es gratis, trabajo cuesta á la policía manejar el tumulto de curiosas espectadoras que se empujan y comprimen sin miramientos ni consideraciones, y muestran menos docilidad que los hombres para acatar las leyes del orden público.

Nada seduce ni deleita tanto á la mayoría de las

mujeres como las causas que se ventilan ante los Tribunales del crimen. Y á tal punto llevan su entusiasmo y se entregan á menudo á manifestaciones tan apasionadas, que los jueces se ven obligados á hacer "despejar las barras."

La señora Estela Hendricks llevaba de vida en el planeta muy cerca de cincuenta abriles, esto si se fuera á dar crédito á la partida bautismal y no á sus propias palabras, pues según éstas, consecuente con las idiosincracias de mujer que ha traspasado ciertas fronteras, no más de 35 soles habían dado color á sus mejillas.

Tuvo en sus mocedades dos esposos legítimos: del uno divorcióse por razones de orden privado; el otro cayó repentinamente al sepulcro á consecuencia de una congestión cerebral. En el interregno, es decir, entre la ocupación de los dos tálamos, dióse el placer de prodigar su amistad y sus favores á más de media docena de amantes, no solteros todos ellos; y tan pronto como cerró los ojos á la vida el último compañero que la ley y la iglesia la autorizaron para sobrellevar, no faltó suplente que le ayudase á distraer las pesadas y largas horas de la viudez.

Hasta la edad de las 30 ó 35 primaveras, hubo razón para que se la considerara como dama no mal parecida; pero de esa época, en que las segundas nupcias comenzaron, los tejidos adiposos principiaron también á desarrollarse en proporción con el aumento de años, de tal modo que la romana acusaba un peso de más de 180 libras; y á despecho de afeites y visitas frecuentes al peluquero para que éste, con sus conocimientos en el manejo de ingredientes químicos cambiase, por rubio brillante el ya acentuado color gris de sus cabellos, la naturaleza se negaba á devolver á su fisonomía el vigor de la juventud pasada.

Había llegado á la época en que los caprichos femeninos toman las más extrañas formas; en que, acaso, como despedida última á la vida que se va para no volver, hay pasiones que llegan al máximum de intensidad, y rota toda suerte de vínculos con la vindicta pública, se acaban por romper también hasta los pocos que ataran la vergüenza al poste de los convencionalismos sociales.

La señora Hendricks vivía de sus rentas; era dueña de dos fincas raíces que le producían buen alquiler, aunque éste se mermara considerablemente con el pago de los abrumadores impuestos que pesan sobre la propiedad en los Estados Unidos; poseía una buena colección de joyas, á tal punto que si la necesidad la hubiese obligado á recurrir á alguno de esos establecimientos que se caracterizan por tres bolas doradas pendientes del listón superior del marco de la puerta de entrada, en donde se especula con las miserias y dolores de la humanidad y corazones de hielo recogen, sin derretirse, las lágrimas de la tribulación ajena, en ellos las habrían aceptado como garantía de un préstamo de $1,500 ó $2,000 al 3 por ciento de interés mensual. Además, en un Banco de Ahorros tenía en depósito una suma que montaba á algo más de $8,000.

Sin preocupaciones por el mañana y, sin duda, con pocas aficiones al trabajo, llevaba vida que envidiaría cualquier arzobispo ó personaje ensotanado. Residía en un departamento, ó *flat,* como en los Estados Unidos se llama esta clase de viviendas; y para atender á las labores de cocina, lavado y demás servicios domés-

ticos, contaba con una doncella de raza africana, con
piel de tan subido color y tan lustrosa, que cualquiera
juraría la habían barnizado con asfalto; sirvienta que
se contentaba con un salario de $16 mensuales y tal
cual propina que le dejaban escurrir entre las manos
los relacionados de la ama del departamento, en ciertas
noches en que aquéllos la favorecían con sus visitas,
se jugaban varias partidas de naipe y se consumían
una ó más botellas de champaña.

La señora Hendricks abandonaba el lecho á las 10
de la mañana, por regla general; tomaba un baño de
inmersión en agua fría; en traje de casa, ó á la *negligé,*
como afrancesadamente se dice, despachaba un desayuno sustancioso; fumaba un cigarrillo, y con la última
bocanada de humo salía del comedor para ir á ocuparse en el peinado y en todo lo relativo al acicala-
miento personal, ya que á las 12 del día á más tardar,
le era preciso verse en la calle para ir primero á dar
un vistazo á los almacenes, concurrir luego á algún
teatro, ó atender á invitación previa para el *lunch* que
bondadoso amigo le ofreciera. En las últimas horas
de la tarde, esto es, entre 5 y 6, frecuentaba algún café
en donde acertaba á tropezar con antiguos ó nuevos
conocidos; allí apuraba dos ó tres cocktails y regre-
saba á su vivienda ó para cambiar de traje é ir á comer
fuera ó para gustar de los guisos que le preparaba la
doncella.

En las noches que permanecía en cama y no iba persona extraña á alegrar su soledad, revisaba los diarios
de la tarde y se retiraba á dormir antes que el reloj
marcara las once. Sucedía esto con poca frecuencia,
es verdad, pero sucedía si no para complacencia per-

sonal, sí para descanso necesario de un organismo que
más de 50 primaveras de vida agitada tienen forzo-
samente que debilitar.

Gustaba de lo sensacional, de lo que impresiona, de
lo que conmueve las fibras más ariscas del sistema nervioso. Y en virtud de tal idiosincracia, se la veía á
menudo en las barras de los Tribunales del crimen
cuando en ellos se ventilaba algún proceso ruidoso: ya
fuesen asesinatos en que cada detalle es capaz de poner los pelos de punta: ó bien alguna de esas demandas
de divorcio en que se descubren intimidades entre marido y mujer, comparables sólo á las notas explicato-
rias de los Devocionarios católicos que ayudan al examen de conciencia en las infracciones complicadas y
heterogéneas del Sexto Mandamiento.

En los mismos días en que Lucas Guevara había ido
á parar á la cárcel por haber querido desbaratarle las
narices á Don Cesareo de Albornoz, á largo y tendido
se ocupaba la prensa de la ciudad de un episodio es-
peluznante ocurrido entre miembros prominentes del
círculo social que reside en los alrededores de la Quinta Avenida, y merced al cual las personas que en él
figuraban como actores comparecían ante la Justicia,
sin que nadie pusiera en duda que el principal respon-
sable del hecho sería condenado á consumir unos cuantos días de su existencia tras de los muros de Sing-
Sing, si la magnanimidad de los jurados no decidía
mandarlo á la silla eléctrica.

Con motivo de este juicio, la curiosidad del público
había llegado á su mayor intensidad y el número de
espectadores que acudía á presenciar las sesiones del
Tribunal era tan considerable, que la policía se veía
obligada á intervenir para evitar serios tumultos.

Se trataba de un médico, casado, padre de dos hijos, que principió á aburrirse de su mujer y á enamorarse de la esposa de un vecino, al mismo tiempo que mantenia relaciones secretas con la ama de llaves de su propia casa, á quien, según se puso en claro después, cometió la indiscreción de soltar algunas de esas prendas que en este país son tan peligrosas y de las que, llegada la occasión, hacen provecho para sacar ventajas pecuniarias aquellos ó aquellas que, en calidad de víctimas, se presentan en demanda de justicia.

La esposa del Doctor venía sintiéndose enferma desde meses atrás, y las medicinas que tomaba, lejos de detener el mal parecía que lo empeoraban. Consultados dos ó tres facultativos, cada uno, como es uso y costumbre entre los discípulos de Galeno, atribuyó el estado precario de la señora á causa diferente. La enfermedad provenía, sin embargo, de un plan concertado entre el médico y la ama de llaves, pues aquél, para obtener los favores de ésta, le había hecho promesa de matrimonio si acertaba á enviudar; y como para obtener tal resultado era preciso apelar á alguna estratagema, se convino en que se le iría administrando lentamente á la víctima un veneno que produjera el efecto deseado sin despertar sospechas. Y así se estaba haciendo con tanta eficacia, que el Doctor habría quedado viudo muy pronto si imprevisto suceso no desbarata el plan y pone á los criminales en manos de la autoridad.

La ama de llaves que, con razón ó sin ella, se consideraba con ciertos derechos y se tomaba ciertas libertades, sobre todo desde que comprendió que sus intimidades con el médico la habían puesto en el camino de la maternidad, aprovechaba de las ausencias de aquél para escurrirse en la oficina de consulta y darse á ia tarea de pasar revista á cuanta carta ó papel le inspiraba curiosidad. De este modo, acertó un día á poner los ojos en una esquela que, por imperdonable descuido, dejó el Doctor olvidada en su escritorio.

Dicha misiva provenía de la esposa del vecino, de quien antes se hizo alusión. Concebida en términos exageradamente amables, tenía por objeto principal darle cita en lugar algo más que sospechoso. La víbora de los celos mordió con crueldad feroz el corazón de la muchacha, la que juró vengarse del infame que la engañaba—y por quien se había convertido en cómplice, encubridor y actor de un crimen monstruoso— tan pronto como se cerciorara de la realidad de los hechos.

Desde ese día comenzó á expiar á su amante con más asiduidad de la que se emplea en vigilar á los detenidos políticos en las prisiones de Estado de ciertas repúblicas Hispano-Americanas; y fue tal su acuciosidad y tanto el celo, que al fin y al cabo sorprendió en flagrante delito de adulterio mutuo al médico y á la vecina, llegando á descubrir que ésta, como resultado de sus relaciones con el Doctor, hubiera dotado á la prole de Adán con nueva cifra, si no apela á recursos quirúrgicos muy en boga en estas épocas y en estos mundos cuando se desea hacer caso omiso del sagrado precepto: "creced y multiplicaos."

Y no decidió ejecutar su venganza matando al médico; sino que de un modo calculado y frío, que aparentemente no le acarreaba responsabilidad material y sí le ofrecía la esperanza de alguna ventaja práctica, principió por abrir los ojos al esposo de la vecina adúltera, para lo cual le dirigió una carta anónima que acaso hubiera pasado inadvertida, si no la complementa con la oportuna indicación del lugar y horas de costumbre en que se veían á solas los dos amantes. Al propio tiempo, y por el mismo sistema epistolar, puso al corriente á la esposa del médico de la verdadera causa de su enfermedad, y notificó á su rival, por medio de otro anónimo, de las relaciones ilícitas que mantenía su amante con la ama de llaves de la propia casa de éste.

El vecino se puso en guardia y, en efecto, pudo corroborar la veracidad del denuncio. Entre marido y mujer hubo las de Dios es Cristo; aquél entabló procedimiento de divorcio y demandó al Doctor por una suma considerable en virtud de que le había enagenado el afecto de su esposa y trocado en ruinas su felicidad doméstica; la señora del facultativo se hizo también representar ante los Tribunales pidiendo separación de él y acusándolo de tentativa de asesinato; en tanto que la ama de llaves, por su parte, preparóse á servir de testigo irrecusable en los dos juicios, resuelta á sufrir las consecuencias de cualquier catástrofe que se precipitara sobre ella, siempre que se diese la satisfacción de ver castigado al infiel que la engañara.

Rara vez en laberinto igual se vió envuelta la justicia americana; cada una de las sesiones del Tribunal que oía del crimen, revestía tempestuoso aspecto; se descubrieron intimidades de familia y se oyeron revelaciones capaces de teñir de púrpura las mejillas de una estatua de azúcar de leche; al médico se le encerró en la prisión de Las Tumbas, sin que á pesar de las influencias de sus amigos conviniera el Procurador en aceptar fianza para su libertad, por la sencilla razón de que estaba patente la tentativa de homicidio, no tan sólo merced á las declaraciones de unos cuantos testigos que la policía desenterró, sino porque según el informe médico legal, los químicos que examinaron las pociones y alimentos destinados á la enferma, hallaron altas dosis de veneno contenidos en ellos.

La señora Hendricks era una de las concurrentes más asiduas al Tribunal. Mediante amistosas relaciones con uno de los ujieres, disponía de facilidades con que no contaba el resto del público para hallar asiento en las tribunas de los espectadores.

En cierto día en que el Calendario del Tribunal marcaba la continuación del célebre proceso, aconteció que por causa de repentina indisposición de uno de los Jurados, hubo de transferirse la audiencia y el Juez se dió á la tarea de ocuparse en otros casos pendientes, de poca importancia, entre los cuales correspondióle su turno al de Lucas Guevara.

Gran parte de la muchedumbre que había acudido á la sesión, llevada por el interés que el proceso del médico inspiraba, tan pronto como se dió aviso que el Jurado no podía reunirse por faltar uno de los miembros, creyó conveniente tocar retirada. Quedaron, sin embargo, algunos curiosos, en cuyo número se contaba la señora Hendricks.

Media docena de rateros, sentenciados fueron á presidio por término más ó menos largo; dejáronse en suspenso dos demandas de divorcio; impúsose multa y pena de arresto á un acusado de llevar consigo armas de fuego; se enviaron á la casa de corrección tres mujerzuelas, jóvenes aún, á quienes la policía aseguraba haber sorprendido en lugares públicos tratando de hacer el amor á los transeuntes; dos ebrios fueron indultados por haber disculpado su falta con alguna chanzoneta; y, por último, se hizo comparecer á Lucas Guevara.

Aun cuando las heridas de Don Cesareo habían sanado, como el cargo que pesaba sobre su agresor no había sido retirado y el Fiscal pidió que se cumpliera con la ley, el Juez, además de regalar á Lucas con la reprimenda usual, lo condenó á sufrir pena de arresto por tres semanas.

Cuál fue la expresión del rostro de Guevara cuando oyó la sentencia, es cuestión que sólo podrían responder los circunstantes. Algo muy extraño debió presentar, pues es lo cierto que la figura del mozo despertó general curiosidad; que hubo un extremecimiento de simpatía, y que cuando entre dos alguaciles se le sacó del salón del Tribunal, la señora Hendricks lo fue siguiendo con ojos que revelaban conmiseración, afecto é interés.

XXIX

No fue difícil á la señora Hendricks obtener ciertos informes que deseaba concernientes á Lucas Guevara. En la puerta del Tribunal acertó á encontrar á Jacinto Peñuela, y á él habló de esta manera:

—Por lo que he comprendido, ese pobre joven extranjero á quien se acaba de condenar á tres semanas de presidio, es compatriota ó amigo suyo. Querría Ud. decirme quién es? Me ha interesado, sobre todo al saber las razones que tuvo para el atropello que se le imputa. Puede ser posible que me sea dado hacer algo en beneficio suyo.

Aunque un tanto sorprendido por la original ocurrencia, se apresuró Jacinto á poner de relieve su galantería para con jamona tan provocativa, haciendo narración suscinta de lo ocurrido, trazando á grandes rasgos la biografía de Lucas y soltando, con lancetazos tales, la tempestad de su enojo sobre don Cesareo y Jimeno, que si estos prójimos se hubiesen hallado en el vecindario, no cabe duda que habrían alcanzado á sentir cada pinchazo.

La interlocutora, satisfecha su curiosidad, dió las gracias á Peñuela por los informes suministrados, se despidió ceremoniosamente con una amable sonrisa, y momentos más tarde se confundió entre la multitud que transitaba por la calle.

Peñuela, permaneció inmovil en el sitio en que se efectuó la entrevista, y se volvió todo cavilaciones tratando de descubrir si la desconocida sería alguna de las tantas que, sin él saberlo, habían sido favorecidas con la amistad de Lucas en los *Boarding Houses* en que había residido, lo cual no le extrañaría, toda vez que le constaba que ni la modista de la *Pensión de Familia,* á despecho de su canino rostro, y otros ejemplares análogos, habían escapado á los arrebatos pasionales del prisionero.

En esta ocasión las sospechas de Peñuela no eran fundadas: la señora Hendricks estaba inocente de haber cometido tal pecado, á lo menos con Guevara. Mediaban otras circunstancias y eran distintos los motivos. Sea porque el aspecto general de Lucas impresionara favorablemente á la dama, ó sea por uno de esos caprichos que estallan cuando menos se piensa y brota en el alma incontenible deseo de entrar en posesión de algo que, acaso, no se juzga fácil de alcanzar, es lo cierto que la figura de Lucas le quedó haciendo cosquillas en el corazón y en la cabeza á la señora Hendricks. y, arrastrada por la impresión, se propuso satisfacer ese deseo á toda costa.

No era ésta la primera vez que en Nueva York se presentaba anomalía semejante; lejos de ello, es posible que en pocas ciudades del mundo se observen con mayor frecuencia. Por qué? Nadie podría responder á la pregunta; pero no cabe duda que ocurren á diario. Y así se explica que pululen tantos zánganos, sin oficio ni beneficio, que visten bien, comen bien, se dan el lujo de llevar reloj de oro, sortijas y alfileres de diamantes, frecuentan teatros y hoteles de primera clase, y todo esto en virtud de que el Maná que del cielo llovió á los Hebreos, á aquéllos les llueve del regazo de alguna solterona ó viuda que, merced á femenina idiosincracia, se ha *encaprichado* con ellos.

Y es conveniente advertir, además, que ciertas pieles tostadas por el sol de los trópicos, ciertos ojos negros y adormecidos y ciertos rasgos anatómicos, no comunes en las razas del Norte, impresionan por lo general á las Evas de piel de alabastro, iris azulosos y cabellos rubios. Cuestión de contraste, probablemente.

Al siguiente día en que ocurrió en el Tribunal la escena antes descrita, una mujer de robusto porte y vistosamente acicalada, se presentó en la prisión de las Tumbas y solicitó permiso para visitar á Lucas Guevara.

Las mujeres, y ciertas mujeres, especialmente, cuentan con más facilidades para lograr lo que se proponen, que los ejemplares de la casta masculina; se entiende, por supuesto, que tal sucede cuando tienen que habérselas con el opuesto sexo. Por esta razón, el Sargento de Policía que recibió á la dama no le opuso mayor obstáculo para que realizara su deseo.

Pocos minutos después apareció la señora Hendricks en la puerta de la celda en donde Lucas Guevara blasfemaba contra Dios y contra los hombres y contaba por siglos los segundos de vida que pasaba privado de libertad, sin que se le ofreciera esperanza de recobrarla antes del término que hubo de fijar la inexorable voluntad del Juez. En el primer instante imaginó que tenía delante de sí una aparición cuasi celestial, y permaneció estático, sin atreverse á pronunciar palabra. Con voz almibarada y rara amabilidad saludó á Lucas; se apresuró á manifestarle cómo lo había conocido y cuánto interés le inspiraba su situación, hallándose dispuesta á practicar las diligencias necesarias para acelerarle el fin de sus tormentos.

Lucas creía soñar; imposible darse cuenta de lo que oía y palpaba, y no fue sino al cabo de algún rato, cuando repuesto de su sorpresa, comenzó á coordinar sus ideas y á sentir humedad en la lengua.

Y entablóse el diálogo siguiente:

—No se sorprenda Ud. con mi presencia en este lugar y en estas condiciones—anticipóse á decir la señora Hendricks—; quizás no tardará en saber los motivos que me traen: ya he dicho á Ud. lo que deseo en bien suyo.

—Me sorprendería—repuso Lucas, animado por el amable trato de la visitante—si, á pesar de todos los desengaños y amarguras que he soportado en la vida, no me quedase aún la esperanza de que hay en el mundo almas compasivas y generosas que puedan condolerse de la desgracia ajena. Es indudable que es Ud. una de esas almas, y en vez de sentirme extrañado me siento consolado.

—Estoy al tanto de lo que con Ud. ocurre; su suerte me ha interesado; su condición de extranjero me conmueve, y estoy decidida á hacer cuanto me sea posible para mejorar su condición actual.

—Y cómo demostrarle mi gratitud?—interrumpió Lucas, en cuyas pupilas brilló como una nueva luz y cuyos párpados alcanzó á humedecer una como detenida lágrima.

—Resignación y paciencia—contestó la dama; y extendiendo al través de la reja de la celda la mano finamente enguantada, acarició con suavidad la mejilla del prisionero, quien al sentir aquel contacto afectuoso, se apoderó con las suyas de la mano acariciadora y depositó en ella no uno, sino docenas de besos "ardientes como el deseo."

Es seguro que la visita se habría prolongado por muchos momentos más, si no se oye la voz del carcelero anunciando que llegaba la hora de cerrar la prisión á las visitas del público. A los dos interlocutores no quedó tiempo sino para cambiar dos ó tres frases más y para que la señora Hendricks, acabando por lograr que Lucas venciera la natural timidez que lo embargaba, casi lo instase á que, á despecho de la reja impertinente, aproximase á los suyos los labios y con un ósculo furtivo sellara el prólogo de la inesperada y cordial amistad que le brindaba.

En la oscuridad de la celda ocupada por el prisionero, comenzó á brillar una luz cuyos fulgores no

habría podido eclipsar sombra alguna. Era la claridad
de una esperanza que prometía tomar todos los múltiples matices de una deliciosa realidad; era la gota
de un bálsamo de dulzura infinita, derramada sobre
la herida ensangrentada y dolorosa; era, en fin, la
visión mágica, con nimbo de sonrisas, halagos y promesas, que había surgido allí, en ese antro de desesperación y tristeza, á deleitar las horas del insomnio
y á reanimar con soplo vivificante las extenuadas fuerzas de Guevara.

Y como figurillas diabólicas, que gesticulaban y se
retorcían y daban brincos, de cuando en cuando aparecían ante los abiertos ojos del prisionero, para in-
troducirse entre las circunvoluciones de su cerebro
febricitante, las siluetas de Don Arnulfo, de Don Cesareo, del Cónsul y de los demás compatriotas en
cuyas almas creyó encontrar alguna fibra conmisera-
tiva el servicial é incondicional *corredor de comercio,*
Jacinto Peñuela.

Explicar las impresiones, conjeturas, desvaríos,
ideas encontradas, sobresaltos é ilusiones que se apo-
deraron del espíritu de Lucas, durante las horas ina-
cabables, silenciosas y lúgubres de esa primera noche,
habría sido imposible á él mismo. Lanzábase en persecución de un ideal gratísimo, con la dulce esperanza
de verlo realizarse; y llegó al punto en que olvidán-
dose de su situación precaria y angustiosa, y esfuman-
do en su memoria el recuerdo de las hienas que no
habían querido contribuir á que se le librara de aquel
cautiverio, vió aparecer las primeras luces del alba,
no tan brillantes ni tan llenas de halagos para él, como
la aurora que desde la tarde anterior había inundado
su espíritu con fulguraciones mágicas.

Que no era víctima de un sueño, sino que, por el contrario, lo que había visto y oído y sentido, era inequívoco y práctico, lo demostró el hecho de que desde ese mismo día fue para él más compasiva y blanda la mano del carcelero; que los alimentos que se le suministraban eran escogidos y sustanciosos; que mullido colchón, suaves almohadas y cobertores confortables reemplazaron á los ordinarios de la prisión, y que con lluvia ó sol, infaliblemente cada día y por espacio de tres semanas, la señora Hendricks fue á alegrar con su presencia la soledad de Guevara.

Y tuvo cigarrillos que fumar, periódicos que leer, golosinas que gustar, y su escuálida indumentaria se aumentó con nuevas ropas.

Aunque no con la misma asiduidad, sí con frecuencia recomendable, Jacinto Peñuela visitó á Lucas; pero estas visitas, aunque eran de agradecerse, no contribuían á exaltar el ánimo de éste, sino á acrecentar el caudal de odios y bilis que circulaba por las arterias de los dos camaradas y que en forma de epítetos no registrados en Diccionario alguno, iba á estrellarse contra la prosapia desvergonzada de Albornoz, la hipocresía rastrera de Jimeno, y la insolencia dictatorial del Cónsul.

Cumplido el tiempo de la condena, á Lucas Guevara se le declaró ciudadano libre y las puertas de la prisión le fueron abiertas. A la salida le esperaba un carruaje ocupado de antemano por una apuesta y macisa dama en quien el libertado reconoció á su generosa amiga; y al cabo de rodar largo rato por calles y avenidas, el postillón, mediante orden recibida con anterioridad, detuvo el trote de los caballos en frente

de un alto edificio de departamentos, en uno de los
cuales tenía su residencia la señora Hendricks.

En el mismo, halló Lucas el hospitalario techo que
lo cobijaría; todo estaba preparado para ello con la
debida anticipación, y sin salir de una sorpresa para
caer en otra mayor, una vez instalado allí, no transcurrieron muchos cuartos de hora sin que principiara
á gustar de los inefables deleites de la vida conyugal.

Quienquiera que hubiese visto á Lucas Guevara
poco tiempo después de su salida de la prisión, difícilmente lo habría reconocido. Cambio semejante no podía realizarse sino en muy excepcionales condiciones;
y, en efecto, excepcionales eran las que lo rodeaban.
En brazos de discreta y sabia filosofía, había aceptado
las bienandanzas que sonriente fortuna amontonara en
su camino. Qué faltaba por el momento á sus anhelos, ó á lo menos á las exigencias de la diaria lucha?
Nada. Las perspectivas de su vida habían cambiado,
por arte de magia, de lúgubres é inciertas en apacibles
y sonrosadas.

Las necesidades estomacales las sentía satisfechas;
para protegerse contra los rigores de las estaciones,
contaba con albergue cómodo; confortaba sus noches
el calor de apasionada compañera; sin pasar por la
humillación de pedir favores al comisionista Jimeno,
disponía de los recursos indispensables para patrocinar restaurantes y asistir á los coliseos; y en cuanto
á su aspecto exterior, esto es, á los requisitos que la
moda impone y que, llenados, asignan á las personas
puesto de alta categoría en la estimación social, poco
le quedaba que codiciar: desde fino zapato de corte
bajo hasta sombrero de copa alta, á todo atendía con

maternal solicitud, y por motivos fáciles de suponer, la bondad idiosincrática de la señora Hendricks.

Oh, los caprichos femeninos de cuánto son capaces! Bienaventurados los que en mares procelosos como en el que Guevara naufragaba, logran asirse al leño salvador! Bienaventurados los que poseen el dón de inspirar ciertos apasionamientos y tropiezan con naturalezas sedientas de las sensaciones infinitas que se buscan á la sombra de aquellos caprichos!....

Es verdad que en ciertos casos, y en los apasionamientos que nacen de estos raros impulsos, la violencia de los dos magnetos no corresponde en debida forma á la corriente avasalladora; pero en una situación como la de Lucas, habría éste sobrepasado el límite de la insensatez, si no acepta con regocijo y buena voluntad los hechos cumplidos y no desempeña con arte y diplomacia el papel que ahora le correspondía en esta nueva farsa cómico-dramática que se veía obligado á representar.

En más de una ocasión hubo Guevara de encontrarse incidentalmente con el señor de Albornoz, y como dos leopardos prontos á devorarse, se medían de pies á cabeza, lanzábanse centellas con los ojos, y cada cual, calificando mentalmente al contrario como mejor le cuadraba, se perdían entre el tumulto sin hacerse daño apreciable. Alguna vez dió la casualidad de que Jimeno, en compañía de su esposa, acertó á hallarse en el comedor de un hotel á donde Lucas y la señora Hendricks fueron á disfrutar de los placeres de Epicuro. Y quedaron situados frente á frente. Qué hora tan amarga para el comisionista y qué agradable para Guevara! La impertinente insolencia despreciativa de éste, tuvo que convertir en acibar los manjares que engullía Don Arnulfo, y es casi seguro que le produjo formidable indigestión, pues con el rostro congestionado y sin apurar el último sorbo de café, salió del recinto á paso precipitado, deteniéndose por un segundo en la puerta para disparar sobre Lucas una mirada asesina, á la cual, tanto éste como la señora Hendricks, que se hallaba interesada sobre manera en el episodio, contestaron con estrepitosa carcajada.

Es de presumirse que Jimeno creyó prudente no provocar escándalo, porque, acaso, agolpóse á su memoria el recuerdo del siniestro ocurrido á don Cesareo, y tuvo la precaución de contar el número de garrafas y botellas que exornaban la mesa de los dos comensales.

XXX

En una de esas
mañanas de pri-
mavera, en que
la temperatura
ambiente incita
á gozar de los
deleites de la ca-
ma, y en que
Lucas prodiga-
ba las postreras
caricias á Mor-
feo al lado de su
amable protecto-
ra y amiga, un
rápido sonido del
timbre eléctrico
y el ruido de un
silbato, anunciaron que el repartidor de correos acababa de dejar en el buzón que correspondía al departamento de la señora Hendricks una ó más cartas. No
se prestó atención á una ocurrencia diaria como ésta,
y fue sólo después que abandonaron el lecho, que llegó
á manos de Lucas una misiva en la que Jacinto Peñuela le daba aviso del arribo á la ciudad de Don Emeterio Madriñán P., comerciante de Santa Catalina,
quien deseaba ponerse á la voz con él.

Alimentando la esperanza de que el viajero fuese portador de alguna de esas dádivas que, en dinero contante y sonante, su buena madre le enviaba cuando le era posible burlar para ello las órdenes en contrario que había recibido de Don Andrés, inmediatamente que acabó de desayunarse se encaminó al Hotel Norte Americano en solicitud del señor Madriñán P.

Era este caballero, persona que rayaba en 50 ó 54 abriles, de mediana estatura y no del todo flaco; muy locuaz en la expresión hablada, indicio cierto de que había permanecido por largos años detrás del mostrador embaucando parroquianos. Vestía un traje no muy distinto en calidad y corte del que llevaba Lucas al pisar tierra norte-americana, con la sola diferencia de que exhibía en la corbata prendedor manufacturado con una moneda americana de $5, en el chaleco robusta leontina de oro maciso y en el dedo anular de la mano izquierda dos sortijas: una lisa, símbolo de matrimonio, y otra con un diamante de dos ó tres quilates, piedra de superiores aguas, cuya magnificencia un tanto embotada por falta de limpieza, hacía raro contraste con las uñas de las manos, gruesas y crecidas, bajo las cuales, con tinte negro poderosamente pronunciado, se aglomeraban depósitos grasosos y calcáreos en los que el microscopio de Pasteur habría revelado microbios de más de una docena de enfermedades parasitarias.

Tan pronto como Don Emeterio reconoció á Lucas, se le abalanzó con arrebato pasional; echóle los brazos al cuello, y tan expresivamente cariñosa la salutación hubo de ser, que poco faltó para que ahorcara al compatriota. Al entusiasmo del abrazo siguió un torrente de exclamaciones atronadoras que asombro causaron aun á los mismos huéspedes de la fonda, en donde, según es fama, no es la mesura en el hablar de huéspedes y hoteleros lo que más recomienda al establecimiento. Y todo consistía en que, indudablemente, el señor Madriñán P. no cabía en sí de asombro al contemplar el cambio radical que en Lucas se había verificado.

—Si estás hecho un completo yankee!—gritaba á todo pulmón Don Emeterio, á tiempo mismo que allá te va otro abrazo.

Aplacados los primeros ímpetus que, para martirio de la caja torácica de Lucas, se prolongaron por más de cinco minutos, pasó el comerciante á darle cuenta circunstanciada de cuanto tenía relación con Don Andrés y la familia, y adoptando un aspecto de severidad que no se avenía con el expansivo de los primeros momentos, le puso de manifiesto que traía recomendación expresa de Don Andrés y del Doctor Galindez para sacarlo de Nueva York y llevarlo al hogar paterno, en donde era todo llanto y desolación desde que se supo por el "noble" señor Jimeno y el "bondadoso" Don Cesareo, que Lucas se había rebelado á seguir las paternales indicaciones de aquéllos y lanzádose en el camino del crimen, de la crápula y el vicio, como, para mayor abundamiento de evidencia, la prensa nacional, interpretando las noticias publicadas en los diarios neoyorkinos por los *reporters* implacables, había hecho conocer á los habitantes de la República de*** la gravedad de los hechos ocurridos, con tal lujo de alarmantes detalles, que la sociedad estaba algo más que escandalizada. Más aún, las instrucciones dadas á Don

Emeterio llegaban al extremo de que apelara á la policía en caso de que el mozo se negara á obedecer las órdenes del intermediario.

Escuchó Lucas con rara pasividad la elocuente arenga del señor Madriñán P.; y una vez que comprendió que había llegado al "He dicho", tomó la palabra y con voz reposada y circunspecta, se expresó así:

—Tanto mis padres, como el tío Galindez, y como Ud., señor Don Emeterio, están en un error capital. Lo que ha sucedido y sucede en estos casos es que jamás se les da la razón á los estudiantes, por considerar artículo de fe lo que afirman los acudientes, sin tener idea qué clase de personajes son. En cuanto á Jimeno y Albornoz, son almas que han descendido á todos los abismos de la bajeza y por donde pasan no dejan sino emanaciones de centina. Y como para cada una de mis palabras tengo una prueba concluyente, para cada uno de mis actos un testigo y de cada uno de mis sufrimientos brota un eco cuyas vibraciones no se han extinguido, va á oir Ud. la historia lisa y llana de mi vida desde el día en que fui botado en esta ciudad, nada más ni menos que como un saco de café, hasta el momento en que le hago la dolorosa revelación.

Y sin omitir una coma ni añadir un punto, presentó Lucas Guevara ante los ojos del señor Madriñán P. el cuadro pavoroso.

—Y en cuanto á las noticias publicadas en los periódicos de mi tierra—añadió con tono despreciativo—ni me sorprenden ni me preocupan. Es hecho sabido que hay periodistas en ese país que ni ponen honras ni las quitan. Allá, cualquiera que ha descuadernado dos ó ·

tres Citolegias, se juzga con derecho á hacerse periodista, y como el caletre de esos advenedizos de la prensa no les suministra materia para ilustrar ni moralizar,
hallan deleite lascivo en brazos del escándalo, y creen
que no llenan la misión que se imponen si no salpican
á la sociedad con el lodo que los ahoga. Y ya que Ud.
ha oído cuanto debía escuchar; que se piensa ó intenta
tomar para conmigo medidas tan extremas; que se me
ha condenado sin darme lugar á defensa, tengo que
hacer saber á Ud. que estamos pisando el libre suelo
de Norte América; que soy mayor de edad, dueño de
mis acciones y me amparo bajo el ala de la ley. Más
aún, como sé que este asunto no tiene para Ud. otra
importancia que la de un simple encargo de familia,
y viene Ud., seguramente, á ocuparse en negocios propios y no en los ajenos, me permitiría aconsejarle que
no se meta en camisa de once varas, pues no conoce
el país ni sabe que su inmiscuencia puede procurarle
más gastos y dolores de cabeza de los necesarios. En-
tendámonos como amigos y vea si con mis conocimientos de la ciudad y la experiencia adquirida, estoy en
capacidad de servirle en algo, lo que haré con placer.
De otro modo no habría objeto en más entrevistas.

El señor Madriñán P. quedó estupefacto al oir á
Lucas expresarse con tal *sans-façon* y tal independencia. Mientras éste llevaba la palabra, aquél se agitaba
nervioso en el asiento; sus miradas parecían significar
que dudaba de la veracidad del relato, y acaso en su
interior sentía haber provocado tal incidente. Le habían dicho que en los Estados Unidos los mozalbetes
de 10 á 15 años de edad hablan de ese modo á sus
papás; pero no creía que las cosas llegaran á tales lí-

mites. Empero, á fuer de hombre práctico, que no estima prudente echarse á cuestas más cargas de las que es indispensable sobrellevar, y como no lo animaba interés especial en el asunto, resolvió seguir el consejo de Lucas, satisfecho con haber cumplido la recomendación que se le hizo en Santa Catalina, aunque no hubiera obtenido resultado.

Y como dos íntimos y viejos camaradas, entraron á departir sobre otros asuntos menos ingratos, quedando, al terminar la visita, acordado que Lucas serviría de diestro lazarillo al señor Don Emeterio, durante el tiempo en que éste se viese precisado, por razón de negocios, á permanecer en la Metrópoli Norte-Americana.

Y este oportuno ofrecimiento de Lucas le venía como de perilla al señor Madriñán P., puesto que durante las breves horas de su permanencia en la ciudad, le había sido dado advertir que el bullicio y el movimiento vertiginoso de la población—algo bastante distinto del que se observa en Santa Catalina—lo tenían completamente mareado y aturdido, y que, á despecho de sus habilidades mercantiles, le sería más difícil de lo que se le había dicho, lanzarse, sin el hilo mitológico, en el complicado dédalo de calles y avenidas, á menos que no pusiera su suerte en manos de algún desconocido, ó sea de uno de tantos escamoteadores de oficio, que, con el carácter de Virgilios, y menos conciencia que Don Cesareo de Albornoz y Jacinto Peñuela, asaltan á los neófitos en los pasillos de los hoteles.

XXXI

No cabe duda alguna que ante
la conciencia pública aspiraba el
señor Madriñán P. á aparecer
como ciudadano modelo. A juzgar por lo que él afirmaba, no
tenía sino una debilidad: su hogar; es decir, la angelical compañera que había dejado en el
solar nativo hecha cargo no sólo de los ocho hijos con que la
suerte matrimonial lo había dotado, sino de la cuidanza de las
sementeras, semovientes y otros negocios en que estaba
comprometido.

Pensar en que Don Emeterio pudiese cometer una
infidelidad conyugal, imposible! El mayor de sus anhelos, después de saciada su curiosidad de turista y de
verificar la compra de las mercancías, objeto principal
de su viaje á Nueva York, se cifraba en regresar sin
demora al lado de su consorte, cuya ausencia era un
acicate que le despedazaba el alma, le quitaba el apetito y le robaba el sueño.

Cuando Lucas lo oía expresarse en tales términos

acerca de su felicidad doméstica y de la manera como
le gustaba cumplir con sus deberes de marido, pensaba que, á pesar de las grandes convulsiones que
han agitado á la República de***, y de las tentaciones
que ofrecen ciudades como París y Nueva York, quedaban todavía caracteres que resisten á las diarias
provocaciones del pecado, y son, por lo tanto, baluarte
inconmovible de las sociedades. Y en el fondo, aunque la rara anomalía le extrañara, no dejaba de admi-
rarla y aplaudirla.

Sin embargo, á despecho de las virtuosas declaraciones de Don Emeterio, notaba Lucas muy á menudo,
cuando por las calles transitaban ó en algún vehículo
de locomoción viajaban, que el esposo modelo clavaba
con rara insistencia la mirada sobre cualquier hembra de talante provocativo que alcanzara á quedar
comprendida dentro de los límites de su órbita visual.

En una tarde en que los dos compatriotas caminaban mezclándose entre el tumulto de mujeres que
pululan en las avenidas donde los grandes almacenes
abundan, y en que el señor Madriñán P. no podía
ocultar la excitación nerviosa que en su organismo
producían la diversidad de tipos femeninos que se
cruzaban en todas direcciones; los olores que despedían aquellos senos tembladores que el calor de la
estación mantenía humedecidos de sudor; aquella voluptuosidad natural de centenares de Evas que gustan
atraer hacia sí la admiración de los extraños; ese ambiente, en fin, capaz de resucitar emociones muertas
en organismos atrofiados por los abusos ó la edad, llegaron las cosas á tal punto que Lucas no pudo conte-
nerse, y aun á riesgo de desatar una tempestad, le dijo
á Don Emeterio:

—Como que las muchachas de Nueva York le van gustando, no es verdad? Cuidado que no lo vaya á saber su señora.

—Oh!—exclamó el señor Madriñán P.,—probaría poco gusto si no las admirara; pero crea Ud. que no pasa de simple admiración.

—De la admiración se pasa á la alcoba,—insistió Guevara.

—No digo lo contrario—replicó Don Emeterio—; pero eso no reza conmigo. Infiel yo á mi esposa, jamás! Imagine Ud. como se sentirá ella, á estas horas, la pobrecita, pensando en mí. El día de separarnos, me echó al cuello el escapulario que llevo, y derramando un mar de lágrimas me dijo: "Para que el Sagrado Corazón te libre de malos pensamientos." Y le declaro que no cometo deslices por virtud: es por carácter: me parece tan despreciable el adúltero como la adúltera.

—San Antonio no le da á Ud. por los talones—objetó Lucas, mirando á su compatriota con el rabo del ojo.

—No, señor, lo dicho no significa que sea yo rebelde á los naturales impulsos del organismo humano; todo lo contrario, me agrada observarlo y estudiarlo todo.....

Y como en ese momento acertara á pasar rozando el brazo de Don Emeterio una de esas tentadoras huríes que se recojen la falda dejando en descubierto media pantorrilla, y en cada poro del cuerpo parece que llevan un gancho con que van engarzando corazones y deseos,

—No le gustaría estudiar y observar algo así?—preguntó Lucas á su compañero, mostrándole la dama.

—Pues no sería del todo malo, si se pudiera—contestó Don Emeterio—porque hablando sinceramente, me complacería hallar la oportunidad de ver de cerca esos lugares en donde he oído decir que se comercia con el pudor; y deseo verlos porque...., en una palabra, el hombre debe conocerlo todo, hasta los antros del vicio para apreciar mejor la virtud. Hay personas que quizás van á ellos arrastradas por una naturaleza desprovista de nociones de moral; otros, como yo, irían por estudio, según dije antes.

—Pues á la hora que quiera podemos visitar la escuela—replicó Lucas con ironía.

Sorprende, verdaderamente, pensó éste para sí, hasta donde llega el espíritu estudioso de ciertas gentes. Muchas que bajo el cielo de la parroquia natal se preocupan poco ó nada por entregarse á investigaciones sociológicas y sicológicas, y se conforman con ser poseedores de los conocimientos que procura el Catecismo de la Doctrina Cristiana, tan pronto como se ven en tierras extranjeras, sienten hambre y sed de otros aprendizajes; siendo digno de notarse que tal avidez no abarca muchos ramos del saber humano, y se concreta, lisa y llanamente, á la esfera de observación y estudio que entusiasmaba á Don Emeterio.

Con inteligencia y tacto logró Lucas interesar al señor Madriñán P. en la descripción de algunos de esos establecimientos que no sirven, en verdad, de refugio á la virtud, pintándole tan á lo vivo la diversidad de tipos, trajes, costumbres y escenas que en ellos se observan, que quienquiera que sintiese simple afición á estudios sicológicos, habría advertido fácilmente en la expresión fisonómica del comerciante catalinense, algo más que sentimientos de curiosidad ó propósitos de turista.

—Hombre! hombre—exclamaba el señor Madriñán P.—eso no es posible; la depravación no puede haber escalado cimas tan altas! En qué error tan funesto se incurre en nuestros países al enviar á éste jóvenes sin experiencia para entregarlos como pasto al vicio. Si he de ser franco con Ud., amigo Lucas, aunque no pongo en duda su palabra, permítame manifestarle que sólo viendo con mis propios ojos tales cosas podría creerlas. Es ahora cuando puedo apreciar el tesoro de moralidad cristiana que poseemos en nuestra tierra. Nueva York podrá tener más gente y más ferrocarriles y más casas y más luz eléctrica y más hoteles y más teatros que Santa Catalina, pero qué vale todo eso si no tiene nuestra virtud?

—Pues, precisamente, para que le sea dado á Ud., señor Don Emeterio, consolidar mejor sus ideas en el particular, sería conveniente que examinara de cerca esos antros; puede hacerlo sin dificultad; la entrada es gratis, y un hombre como Ud., que regresará mañana al suelo patrio á abrir los ojos á tantos infelices como los tienen cerrados y viven quejándose de su suerte, está obligado á cumplir con un deber que imponen la salud de la sociedad y el honor de las familias.

Sin darse cuenta del tono burlón con que Lucas se expresaba, el señor Madriñán P. interrumpióle diciendo:

—Estoy perfectamente de acuerdo con Ud.; se hace indispensable que tan pronto como sea posible estudie yo esas depravadas condiciones; y no le quede duda que ello redundará en provecho de nuestros compatriotas.

En virtud de lo cual quedó acordado que en la noche del siguiente día, Lucas procuraría á Don Emeterio la manera de practicar las investigaciones que deseaba. Y embebido en la contemplación mental del desconocido panorama que se alzaba en su fantasía y que, trocado en carne y hueso, iba á palpar al cabo de veinticuatro horas, una vez que se despidió de Guevara, á quien encareció que no faltara á la cita dada, dirigióse al hotel, y tanto, mientras gustó de la comida, como durante el tiempo que tardó en conciliar el sueño, por consagrarse á pensar en los frutos que cosecharía del estudio en proyecto, es lo cierto que en el campo de sus recuerdos y de sus afectos conyugales, se esfumó la imagen de la virtuosa compañera que su ausencia lloraba, y á la cual, el incorruptible Don Emeterio, había hecho juramento de improfanable fidelidad.

XXXII

No eran ya los estableci-
mientos al estilo de aquel en
que, años atrás, Lucas Guevara hizo, mediante la iniciativa de su amigo Peñuela, su
extreno en la vida alegre y licenciosa de Nueva York los
que ahora lo sugestionaban.
Prefería, por varias razones
que no hay necesidad de mencionar, otros centros sociales
que él calificaba de "más de-
centes y menos peligrosos"; y
era á ellos á donde acostum-
braba llevar de preferencia
para iniciar, como fue él ini-
ciado, y sobre todo tratándose de estudiantes como
Don Emeterio Madriñán P., á los recién llegados con
quienes, por uno ú otro motivo, entraba en relaciones
amistosas tan pronto como hacían su aparición en la
gran metrópoli.

Eran esos los institutos que asumen carácter más

privado, menos expuestos á los mandobles de la policía y acaso menos opuestos á las leyes de la salubridad pública; instituciones regidas por matronas que se sujetan mejor á las prescripciones del buen gusto; no arrendatarias de un edificio entero, sino de un departamento que, por falta de capacidad suficiente, no permite que dentro de sus muros se alojen permanentemente más de dos ó tres inquilinos, pero sí preparado para dar hospedaje transitorio á tres ó cuatro parejas, con la circunstancia que si hay ocasiones en que la concurrencia pasa de tal número, existe la manera de habilitar el comedor en dormitorio, merced á esos ingeniosos muebles americanos que, de angostos sofás, se transforman, con solo comprimir un resorte, en lechos confortables y mullidos.

Aparato indispensable en estas viviendas es el teléfono; sin él trabajosamente podrían subsistir. Es el mensajero siempre á la mano, pronto siempre para poner en comunicación á la matrona con las amistades íntimas que contribuyen á hacer llevadera á ésta la carga de la vida y á dar oportuna satisfacción á las exigencias sociales.

Por regla general estos departamentos, constituidos por un saloncito, dos ó tres dormitorios, comedor, cocina y cuarto de baño, cuentan con elevadores que manejan complacientes mestizos, quienes conocen en todas sus intimidades á los moradores del edificio y disponen de rara habilidad para definir á los visitantes y conducirlos al piso que desean.

Un pequeño botón colocado sobre el marco de la puerta, pone en contacto, al comprimirse con el dedo, los polos de batería eléctrica; el timbre suena, la puerta se abre, y el saloncillo, apaciblemente iluminado, ofrece al visitante cómodos sillones y anchos divanes colmados de cojines. Sobre la mesa de centro, que artísticos *bric-a-brac* adornan, vense igualmente ceniceras y cajitas de cigarrillos turcos, con los que entretiene sus ocios la dueña de la vivienda, y los que tienen derecho, en cierto modo, á fumar gratis los visitantes. Listas siempre á recibir las caricias de manos aficionadas al arte de Mozart, se exhiben las blancas teclas del piano, la testera del cual coronan sugestivas figurillas de terracotta; en tanto que de los muros penden no tan sólo fotografías de mujeres más ó menos hermosas y provocativas y de galanes cuyos rostros llevan acaso á la memoria de la matrona el recuerdo de lejanos y felices días, sino cuadros en los que el pincel idealizó, ó trató de idealizar, carnes desnudas con más atrevimiento que las que palpitar pudieran en la paleta de Rubens ó Bougereau.

El ojo investigador del visitante no se satisface con el simple panorama del salón, y quiere siempre descubrir los misterios ó intimidades ocultas por gruesas cortinas de damasco que velan la entrada á la habitación siguiente; y á menos que no haya transeuntes que en ese momento la ocupen, no es difícil satisfacer la curiosidad. Es un retrete coquetamente arreglado, como para dar asidero á fugaz luna de miel. Un lecho con barandaje de cobre pulido y brillante como espejo; una ó dos sillas con asiento de terciopelo, y un tocador de arrogante luna veneciana, en el cual se amontonan almohadoncillos para alfileres, cajitas y frascos de perfumes, cepillos, peines, abotonadores de botas y acaso tal cual retrato de amigos preferidos,

eso, y nada más constituye el mobiliario; bien que por
regla general resalta entre la seda rosa-pálida del co-
bertor de la cama y los tonos delicados de la alfombra,
un par de zapatillas rojas exornadas con lentejuelas
de oro.

Y á esa habitación siguen una ó dos más, análogas
á la descrita, todas comunicadas entre sí; y en el fondo, que mechero de gas abierto á medias alcanza á
iluminar, se divisan en los compartimentos de maciso
sideboard, los artículos de cristalería que muy á menudo, en noches de jolgorio, están sentenciados á
convertirse en añicos y se hace preciso que los almacenes los repongan al siguiente día.

La cocina, con su estufa negra y lustrosa, sus ala-
cenas para viandas, el lavadero de hierro galvanizado
y la colección de zartenes, parrillas y otras vasijas
diversas colgadas de la pared, sirve de asilo á la mulata que desempeña los complejos oficios de ama de
llaves, portera del departamento, administradora de la
bodega y correo de gabinete cuando, por razones especiales, no se cree prudente hacer uso del teléfono.

Al lado del cuarto del baño, en el que deslumbra
en primer término la blancura nivea de largo y hondo
tazón de porcelana y la de otro pequeño depósito no
destinado á baños de inmersión, y en donde abundan
toallas de diferentes tamaños, numerosos frascos con
líquidos desinfectantes y aparatos para duchas locales, se encuentra el refrigerador ó depósito de hielo.
En las interioridades de éste, además de los bloques
de agua congelada, se guardan conservas alimenticias,
restos utilizables de la merienda de la tarde, botellas
de whiskey, de cordiales, y, sobre todo, del licor que

ha inmortalizado el nombre de la Viuda Clicquot y
principia hoy á inmortalizar también los de Mumm y
Moet y Chandon.

Para el ya educado gusto de Lucas Guevara, eran
centros de esta naturaleza los que mejor satisfacían
sus aspiraciones y los que sin vacilación prefería para
las nocturnas excursiones con los compatriotas que
por primera vez visitaban á Nueva York, los que, por
regla general, antes de averiguar por la dirección del
templo más á propósito para cumplir con los preceptos
de su religión, solicitaban sin pérdida de tiempo el
más expedito y fácil camino para tener la honra de
relacionarse con las matronas de los citados departamentos.

Como medida, si no de seguridad á lo menos de
precaución, llegado el caso poníase Lucas en comunicación por teléfono con la ama del establecimiento, á
quien de antemano conocía, ó bien á la hora del crepúsculo ó bien pocos minutos antes de la visita; indicaba cuál sería el número de los futuros huéspedes, y
llegaba en ciertas ocasiones hasta dar idea de los caprichos estéticos de los compañeros que iba á procu-
rarse la satisfacción de relacionar con la amable y
complaciente matrona.

Esta, sin dilación alguna, ponía á funcionar el aparato telefónico; daba cita á la correspondiente cifra
de damas que deseaba la favoreciesen con su presencia; hacía que la mulata tuviese listas para el momento
oportuno, copas, botellas y tirabuzón; atendía al abas-
tecimiento de toallas en las habitaciones; mejoraba
su tocado haciéndolo más vaporoso y artístico; encendía un cigarrillo, é impaciente dedicábase á esperar

á los anunciados visitantes, sin que la proximidad de
la visita fuese obstáculo para que si inesperado amigo
se presentaba, lo acogiese con sobra de galantería, lo
pusiera en relación con alguna de las damas que había
invitado y se había anticipado á la hora de la cita; y
en caso de que considerase que ésta no alcanzaría á
estar lista oportunamente para atender al primer objeto que dió margen á la invitación, ó volvía á ocupar
á la oficina de teléfonos ó despachaba á todo correr
á practicar diligencias invitativas al ya enunciado
correo de gabinete.

Una vez que en torno de la gentil matrona se hallaban instalados los visitantes, la campana de la puerta
principiaba á funcionar, y á entrar empezaban las invitadas: rubias unas, trigueñas otras; si en invierno,
cargadas de lujosos abrigos y costosas pieles; si en
verano, vestidas con trajes aereos y vistosos; las manos calzadas con finos guantes y en la cabeza llevando sombreros en los que diestro artífice supo com-
binar plumas y cintas y flores.

Con el objeto de evitar fórmulas empalagosas, la
ceremonia de la presentación entre los que esperaban
y las que iban llegando se verificaba de un modo sencillo, sin apretones de manos ni banales frases. Casi
puede decirse que al primer vistazo se comprendia
cuáles eran los caracteres homogéneos, de lo cual resultaba que fuese también asunto de duración corta
la organización de las parejas, el acercamiento y contacto de los dos sexos y el puede decirse simultáneo
estallido de las primeras caricias osculatorias.

Como la prudencia de la matrona hubiese llegado
al punto de invitar á la *soiree* mayor número de damas

de las que pudieran corresponder á la cifra de varones
que se le había anunciado, resultaba, como es de suponerse, que algunas de ellas quedasen sin galán; y es
así que limitaban sus esfuerzos á dirigir miradas pica-
rezcas y sonrisas á quienes creían que podían cambiar
de parecer y gusto en la elección que habían hecho—
lo que en varias ocasiones daba el resultado apetecido—
y solamente cuando se convencían de que eran impo-
tentes para cautivar con sus encantos, estimaban por
conveniente retirarse de la reunión, lo que llevaban á
cabo mediante cortés, aunque fría y desdeñosa incli-
nación de cabeza.

A la rápida y satisfactoria armonización sexual, seguían las sugestiones de la matrona ó de alguna de las
presentes, en lo relativo á lo grato que sería á las
damas mojar los labios en espumoso *champagne;* y los
galanes necesariamente no podían permanecer sordos
al reclamo de ordenanza.

Llegaba para la mulata el supremo instante de hacer su aparición en el escenario; y desempeñaba su
papel con maravilla y talento tales, que no se equivo-
caba ni en el número de las copas ni en la cantidad
de las raciones. Excusado es decir que mucho menos
cometía error en los cobros, sabiendo, como de antemano sabía, que cada botella era preciso facturarla
por doble valor del precio á que se compran al detal
en los almacenes de licores.

Mientras el espumoso vino corría y se vaciaban y
volvían á llenar las copas, las lenguas de los circunstantes se animaban; á Lucas correspondía con frecuencia desempeñar el oficio de intérprete, pues rara
vez sus relacionados maltrataban el inglés; y en oca-

siones algunos de ellos, arrebatados por la arrogante armazón osea y la tentadora contextura muscular de sus compañeras, evocaban las nueve del Parnaso y prorrumpían en declamaciones de género netamente romántico, que las damas no comprendían ni les interesaba comprender, y daban pábulo más bien á justa y burlona hilaridad, que los declamadores juzgaban ser aplausos al talento, y sentíanse satisfechos y enorgullecidos de haber logrado poner de manifiesto ante auditorio tan selecto y afable los quilates de su genio poético y recitativo.

Ya cuando la mulata presentía que era llegada la hora en que las parejas debían dispersarse, atenta á las indicaciones de la matrona procedía á encender las lámparas de gas en los dormitorios, preparaba el diván del comedor si lo estimaba necesario; sacaba del salón las copas vacías ó á medio vaciar y se retiraba discretamente á la cocina.

Correspondía á la matrona la tarea de señalar á las parejas sus respectivas habitaciones; y una vez cerradas las puertas y aminorada la luz de las lámparas, entregábase aquélla á llevar su contabilidad mental, en cuyos no escritos libros no figuraba partida alguna que tuviese relación con el ramo de "Pérdidas." Reinaba entonces en el departamento tranquilidad apacible, turbada acaso por el eco ahogado de tal cual alegre risotada ó por ruidos indefinibles y vagos.

Al cabo de cierto tiempo, ordinariamente no de larga duración, las puertas volvían á abrirse, y por el angosto pasillo, sumido en melancólica penumbra, se escurrían y cruzaban en camino para el local del baño y de este recinto para los dormitorios, figuras blancas

cuyos contornos no podían ser fijamente precisados
en aquella discreta semioscuridad.

Más tarde, cuando la vibrante voz de los gallos comienza á anunciar la madrugada, volvía el saloncillo
á verse invadido por las parejas que pocas horas antes
lo habían abandonado; las damas se despedían con
relativa amabilidad de sus nuevos relacionados y se
daba por terminada la *soirée,* mediante, eso sí, indispensable y reglamentario epílogo, traducible en la
ofrenda monetaria con que los caballeros estaban mo-
ralmente obligados á demostrar su gratitud por las
bondades que les había dispensado la matrona del
departamento.

XXXIII

Nervioso é impaciente esperaba Don Emeterio á su amigo
Guevara, recorriendo á grandes
pasos el corredor del hotel. Había llegado la hora fijada para
la cita y Lucas no aparecía. Encaminóse á la puerta y allí aguardó varios minutos; ya principiaba
á sulfurarse sintiendo sus ilusio-
nes desvanecidas; y cuando se dedicaba á buscar la
manera cómo podría, sin la protección de Guevara, ir
á practicar el estudio en proyecto, sudoroso y jadeante
se presentó éste, excusando su tardanza con un accidente acaecido al vehículo de locomoción que lo trajo
desde su casa hasta la hospedería, excusa que de mal
grado aceptó el señor Madriñán P., pues él, como la
casi totalidad de sus coterráneos, recién arribados á
Nueva York, no había podido aún formarse idea de las
distancias, é ingenuamente creía que en esta ciudad
todo se encuentra á la vuelta de la esquina, como,
para comodidad de la vida, mancomunidad de intereses
é inspección del vecino, acontece en Santa Catalina.

Pidió Lucas permiso á Don Emeterio para usar el
teléfono del hotel, advirtiéndole que para mayor seguridad y no exponerse á perder el viaje, era conveniente notificar con anticipación á la ama de la
casa á donde pensaba llevarlo, á fin de que tuviera
listas cuatro ó cinco amigas de manera que los visitantes tuvieran campo para la selección; y una vez
dado este paso que la prudencia aconsejaba, detuvie-
ron el primer tranvía que pasaba por la esquina y
lanzáronse á la buena de Dios: el señor Madriñán P.
preparándose al estudio, y Guevara, como persona
práctica, entablando coqueteos con una alegre *miss,*
de cabellera rubia y mejillas eminentemente rubicun-
das que acertó á quedarle al frente, la cual, bien sea
por capricho ó bien por amativo impulso, parecía
corresponder á las insistentes miradas del inesperado
Tenorio. Fugaz idilio, igual ó semejante á los que á
diario se observan en los vehículos de locomoción de
que dispone la ciudad, y en los cuales se caracterizan
especialmente, hasta hacerse insoportables muchas veces, los individuos, jóvenes ó maduros que, proceden-
tes de los países hispano-americanos, llegan á Nueva
York con la idea de que rara hembra es capaz de
resistir á sus embites pasionales y en los cuales fijan
éstas los ojos, no tanto porque las seduzcan las formas
varoniles del galán en ciernes, sino porque no puede
menos que llamarles la atención el modo como con-
versan á gritos, en un idioma que para ellas es extraño, y porque cada palabra la acompañan con toda especie de gesticulaciones y una gimnasia incansable de
manos, brazos, piernas y pies.

Al llegar el carro á la calle á donde Lucas se diri-

gía, los dos pasajeros salieron de él, y al cabo de
pocos minutos, después de haber ascendido en elevador al quinto ó sexto piso de un edificio, detuviéronse
en frente de una puerta, en la cual, encerrada en dimi-
nuto marco dorado, había una plaquilla de aluminio y
estampado en ella con negras cifras este nombre:
Mrs. Armstrong. Comprimió Guevara el botón eléctrico y la puerta se abrió sigilosamente. Cerrando el
paso á los visitantes, apareció en el dintel una apuesta
dama, quien, al reconocer la fisonomía de Lucas, dejó
asomar en sus labios jovial sonrisa é hízose á un lado
para que entraran.

Amable y generosa la señora Armstrong, dueña de
la vivienda, saludó á sus huéspedes con sendos ósculos, les indicó que pasaran al salón y se apresuró á
presentarlos á tres compañeras que habían tenido la
condescendencia de acudir á la invitación que les había
hecho. Vestían éstas traje de calle; conservaban puestos los sombreros y calzados los guantes porque, probablemente, ninguna de las tres estaba segura de verse
obligada á permanecer allí por largo rato. En cambio,
la indumentaria de Mrs. Armstrong revelaba que se
había preparado á larga noche de vigilia, y aspiraba
á gozar de todo género de comodidad echando á un
lado el martirizador corset y otros empalagosos admi-
nículos.

Sobre una camiseta de olán, que no ofrecía sostén
alguno á los robustos senos, flotaba ancha bata de
seda color crema, sujetada en la cintura por un lazo
de cinta azul, sin que esta sujeción fuera suficiente
para impedir que con ciertos movimientos quedasen á
la vista del público dos redondas pantorrillas cubiertas

por fina media, dos pies aprisionados en sandalias de tafilete gris y la silueta de las provocativas formas que á la vista humana es regla establecida que esconda la honestidad.

Lucas explicó á las circunstantes que el señor Madriñán P. no poseía el idioma y les suplicaba ser paciente con él y tratarlo con toda suerte de consideraciones. Una de ellas, la más lista, sin duda, ó la mejor dispuesta á ceñirse á las indicaciones de Guevara, levantóse del asiento que ocupaba y se situó al lado de Don Emeterio envolviéndolo en una caricia larga, expresiva y lujuriosa.

—Qué hembra tan real!—exclamó el comerciante de Santa Catalina, dirigiéndose á Lucas.

—Pues dé principio á sus estudios—respondió éste— á tiempo mismo que, para estupefacción de Don Emeterio, la señora Armstrong encendía un cigarrillo y arrellanándose en un sillón permitía que las traviesas manos de Guevara se perdieran debajo de los pliegues de la bata, á la vez que las otras dos damas tampoco oponían resistencia al anatómico examen que aquél les hacía.

—Preciso es ver estas cosas para creerlas—volvía á exclamar Don Emeterio—quien comenzaba también con cierta aparente timidez á practicar tanteos ó palpaciones en el busto de su compañera y con tierna solicitud le tomaba con los labios la temperatura bucal.

Después de media hora de tocamientos y retozos, llegó el momento en que la sombra de Baco debía hacer su aparición en el escenario. La joven que seducía á Don Emeterio manifestó deseos de apurar una copa de vino, y valiéndose de Lucas para que in-

terpretara su justo anhelo, supo el señor Madriñán P.
de lo que se trataba.

—El asunto es serio—contestó.—No querrán conformarse con una cervecita?

—Ni lo proponga—replicó Guevara—; estas mujeres no aceptan la cerveza ni como medicina.

—Pues, qué diablo, entonces, el día de gastar se
gasta—dijo Don Emeterio, con acento de conformidad.

—Evidentemente—respondió Lucas.—No queda otro
recurso que el de aumentar en $10 más los gastos del
viaje.

Y antes que Guevara hubiese pronunciado la palabra sacramental, como la Estatua del Comendador,
brotada de no se sabe dónde, apareció en el centro de
la sala una corpulenta mestiza y descargó sobre la
mesa ancho azafate plateado, sobre el cual se desta-
caba, gentil y airosa, con su capacete de tela de plomo
dorado, una botella de champaña, y en torno suyo,
redondas, de contornos dilatados y sostenidas por del-
gado vástago, seis copas, no manufacturadas seguramente con cristal de Bacarat, pero en todo caso apro-
piadas al objeto á que se las destinaba.

Una vez que el contenido de la botella quedó agotado, la señora Armstrong tuvo á bien poner de manifiesto que era conveniente no desperdiciar más tiempo en improductivos manoseos; en virtud de lo cual
excitó á Don Emeterio, mediante la intervención hablada de Lucas, para que condujese á su compañera
al retrete que estaba dispuesto á recibirlos. El señor
Madriñán P. no se hizo de rogar; y precedido de la
complaciente pareja, quien ya para esa hora había
creído oportuno despojarse de sombrero y guantes, se

perdieron en el tortuoso pasillo que conducía al discreto dormitorio.

Guevara, por motivos personales que no juzgó necesario mencionar, explicó á la ama del departamento que no se sentía con deseos de consagrarse á los estudios que iba á practicar Don Emeterio, declaración ésta suficiente para que las otras jóvenes, presa de natural contrariedad, juzgasen oportuno dar las buenas noches é ir, seguramente, en pos de otros lugares más propicios á sus labores profesionales.

Lucas y la señora Armstrong quedaron solos en la sala; ella fumando cigarrillos y aquél tendido, cuan largo era, en el diván.

Algo más de media hora había transcurrido, cuando la silenciosa tranquilidad de la vivienda interrumpida fue por voces destempladas que pedían auxilio. Y antes de que persona alguna hubiese tenido tiempo de correr hacia el lugar de donde tales clamores partían, con la cabellera desgreñada, los ojos congestionados y sin la bíblica hoja de parra siquiera que le pusiera á cubierto ciertos órganos, entró precipitadamente al salón la amiga de Don Emeterio.

—Qué pasa? Qué ha sucedido?—preguntó la señora Armstrong, visiblemente preocupada.

—Ese hombre—contestó á medias palabras—después de haber hecho cuanto se le antojó, quiere obligarme á indignidades que no cometería por todo el oro del mundo, y mucho menos con un viejo tan hediondo.

—Don Emeterio no es persona que gusta hacer estudios superficiales, pensó para sí Lucas, quien por mucho que hubiese podido sospechar acerca de las virtudes patriarcales de su compatriota, jamás logró imaginarlas tan fervorosas y exaltadas. La señora Armstrong, cuando tuvo conocimiento de los hechos, se esforzó por calmar á la joven; y entre tanto que discutían y comentaban el incidente, apareció en la puerta la figura del señor Madriñán P. Es de suponerse que para poder llevar á cabo sus investigaciones de turista con precisión y comodidad, había creído prudente despojarse de las ropas exteriores inclusive los botines, y es así que sólo velaban sus masculinas formas, una camiseta interior, blanca primitivamente, pero ahora un tanto amarillenta, sobre la cual resaltaban una camándula y un escapulario; calzoncillos de tela cruda, algo más amarillosos que la camiseta, provistos en el extremo inferior de las piernas, de delgadas fajas de hiladillo destinadas á sujetar las medias, en partes blancas, en partes grises y en partes con manchas achocolatadas, cuyos talones habían soportado más de un remiendo y en cuyas puntas exhibían agujeros por los que la uña de los dedos gordos asomábase resueltamente. El cabello de Don Emeterio también estaba desarreglado, y los mismos bigotes, húmedos al parecer, habían asumido una forma que no era la normal; caído y como sin vigor el uno, erecto y como soberbio el otro.

Advertido el señor Madriñán P. de las acusaciones de que era víctima, quiso excusarse con Lucas asegurándole que la mujer exageraba y que sólo pretendía sacarle más dinero del reglamentario, pues así lo comprendió por señas que le había hecho, y como él se negó á satisfacer sus pretensiones, de ahí nació el escándalo que formara. Guevara aparentó aceptar la explicación, y deseoso de asistir al desenlace de la tragicomedia de que era espectador, logró convencer á la compañera de Don Emeterio que no era prudente cortar de ese modo relaciones que habían comenzado bajo tan buenos auspicios y podrían serle beneficiosas en más de una ocasión, puesto que era evidente que los estudios del señor Madriñán P. necesitaban de más de una sesión para medio completarse. La señora Armstrong fue de la misma opinión de Lucas, bien que siempre creyó oportuno advertir que la joven debería recibir una extracuota, condición que Don Emetrio, en atención, sin duda, al predicamento en que se hallaba, resolvió aceptar.

Atenta á razones tan convincentes, convino la dama en volver á la alcoba y en pos de ella siguió Don Emeterio. Que la reconciliación fue completa, lo demostró el hecho de que no se sintieron nuevos gritos, y que al cabo de tres cuartos de hora varón y hembra se presentaron en el salón, no como en la vez anterior, sino debidamente acicalados ó, mejor dicho, cubiertos con las ropas de calle que vestían cuando en aquel mismo sitio cambiaron los primeros ósculos.

El epílogo fue corto. De la cartera de Don Emeterio salieron varios billetes formando un montante de $25 que iban á distribuirse del siguiente modo: $10 valor del champaña y $4 que tomó la señora Armstrong por el uso que se había hecho de la alcoba. El resto pasó á manos de la amiga del señor Madriñán P. como recompensa á sus labores de institutriz. Vino luego la despedida acompañada de caricias labiales, no tan apasionadas como las primitivas, pero sí lo bastante para demostrar que había desaparecido toda huella de resentimiento.

—Barajo con Ud. Don Emeterio—exclamó Lucas tan pronto como se vieron en la calle.—Entienda que no me lo imaginaba tan gallo como es. No hay quien le aventaje en esta clase de estudios.

—Nada, amigo—replicó el señor Madriñán P.—es que hay momentos en la vida en que se pierde la cabeza. Luego viene el arrepentimiento.

—De manera que está Ud. arrepentido?

—No, precisamente, porque estas cosas no se presentan todos los días.

—Y qué le pareció la maestra?

—Una maravilla; qué formas, qué arte! Casi me atrevo á pensar que esa mujer me ama.

—Pues como esa hay el millón: lo que aquí se necesita es dinero.

—No estará por demás conocer otras.

—Ya las conocerá.

Este diálogo fue interrumpido por el tranvía que llegaba á la esquina. Subieron á él y á poco rato dábanse las buenas noches en la puerta del Hotel Norte Americano.

Lucas regresó al lado de su amiga la señora Hendricks quien lo recibió con ceño fruncido por haberse quedado en la calle hasta horas tan avanzadas de la noche. Sin embargo, expuestos los motivos de la demora, los que, como es de suponerse, no fueron los reales, sino otros inteligentemente inventados, se restableció la tranquilidad doméstica; dispusiéronse para ir al lecho, apagaron la luz y nadie volvió á verles la fisonomía hasta las 9 de la mañana del día siguiente.

Don Emeterio, por su parte, antes de recogerse, consagró más de una hora al despacho de su corres-

pondencia para Santa Catalina porque estaba anun-
ciada la próxima salida del vapor, y los deberes conyugales le imponían el especialmente sagrado de rati-
ficar por escrito á su angelical consorte la solemne
promesa de fidelidad que le hizo cuando el torbellino
de los negocios lo obligó á desprenderse de su hogar
para venir á los Estados Unidos.

XXXIV

Don Emeterio, atento á razones de economía y á la bondadosa
sugestión de varios de sus compatriotas, quienes al tener noticia de su arribo á la ciudad, fueron á darle la bienvenida, cambió de residencia; es decir, dejó
de ser huesped del Hotel Norte Americano y se tras-
ladó á un *Boarding House* frecuentado por individuos
de la raza, en donde podía llevar vida de familia,
según suele decirse.

Como tenía la desgracia de no dominar el idioma
inglés, le era preciso á cada paso valerse de alguno que,
por lo menos, hubiese aprovechado mejor las lecciones del Olendorff ó el Robertson en las escuelas patrias, y que con el ambiente de Nueva York se creyera
poseedor de las habilidades del Visir. Y en dónde mejor que en una fonda de habla española podría encontrar tan valiosos elementos?

No fueron pocos los huéspedes masculinos á quienes el señor Madriñán P. acudió para que lo sacasen
de apuros, menos diestros acaso que él mismo en el

manejo de la lengua de Milton, pero que, sin embargo,
merced á un sentimiento de generosa y aun disculpable petulancia, por el hecho de haber precedido unas
pocas semanas á Don Emeterio en el viaje á las playas
norte americanas, se afanaban por presentársele como
avanzados peritos no sólo en ciertas intimidades sociales sino en el idioma mismo. Y este buen señor, que
todavía quedábase boquiabierto con cuanto á su alrededor pasaba, no se quedaba menos cuando cada uno
de esos sus paisanos daba alguna manifestación de
lo que él conceptuaba como exceso de pericia é inteligencia.

El *Boarding House* en que Don Emeterio halló posada, fue para él una bendecida Meca. Dentro de sus
muros no se hablaba sino la lengua castellana, y se la
hablaba á gritos, con lujo de retórica, tal como le agra-
daba. Allí había huéspedes de varias de las nacionalidades hispano-americanas: jovencillos de corta edad,
candidatos para alumnos de alguna Academia Militar
ó Colegio de Jesuitas; matrimonios religiosamente fieles á los preceptos de Himeneo, no tanto por virtud,
quizás, sino por consideraciones estéticas; matronas
respetables, por regla general pertenecientes al gremio
de las suegras insufribles; valetudinarias que, entu-
siasmadas por la fama de la Cirugía americana, se re-
solvían á venir á entregar sus órganos al filo del bis-
turí, y en muchos casos daba aviso de la clase de dolencia que padecían, algún disfrazado tufo de yodo-
formo ó ácido fénico, corriendo á menudo con la suerte
de ir á parar á manos no de afamado profesor americano, sino á las de algún perforador de vísceras de su
misma raza, menos hábil pero sí más carero y más

falto de conciencia que los cirujanos de las parroquias
natales; solteronas maduras, en quienes la crónica
mundial hallaba activos agentes y los huéspedes masculinos admiradoras ó adversarias en proporción á la
mayor ó menor suma de galanteos y atenciones que
aquéllos les prodigaran; comerciantes que por primera vez se habían ausentado de las riberas patrias
y tendido rumbo á los Estados Unidos con el propósito
de meterse á los yankees por la manga de la camisa;
políticos que aspiraban á ilustrar á los gobernantes
americanos en sabias formas de administración y gobierno, á la vez que con sobrada frecuencia actuaban
como elementos de conspiración ó revolución contra
el jefe del país de que eran ciudadanos; miembros de
la fraternidad eclesiástica, generalmente en tránsito
para Roma, quienes desvestidos de sus ropones sacra-
mentales, en vez de escurrirse por las puertas de los
templos, se colaban, como cualquier hijo de vecino y
con avidez mayor que el público ordinario, en mansiones de naturaleza idéntica á la escogida por Peñuela
en la noche memorable en que Lucas Guevara hizo
sacrificio de las primicias de su virginidad, ó por el
estilo de aquella en que la sed de estudios llevó á Don
Emeterio Madriñán P. á dar elocuente testimonio de
su fidelidad conyugal; inventores que no podían explicarse por qué no encontraban comprador para alguna
patente en proyecto, tal como, por ejemplo, la fabri-
cación de alpargatas con fibra de plátano, y regresaban al terruño patrio gritando á voz en cuello que los
yankees eran unos brutos; artistas de renombre parroquial que solicitaban que la pandereta figurase entre los instrumentos de las orquestas, y como no con-

seguían su propósito, juraban por este mundo y el
otro que, al volver á su país, harían tronar la prensa
nacional para denunciar la imbecilidad y temperamento
antiartístico de los herederos de las glorias de Washington; militares que habían desembarcado con espada
al cinto, botas de campaña y un par de pistoleras, y
costaba trabajo convencerlos que no debían salir á la
calle acicalados con semejantes atavíos; á lo menos
media docena de chiquillos, quienes con sus piruetas,
chillidos y malacrianzas, contribuían poderosamente
á la animación y bullicio de la hospedería; en una
palabra, un kaleidoscopio de figuras de ambos sexos,
tanto por la variedad de tonos de la piel, como por el
corte y color de las vestimentas.

Allí se respiraba una atmósfera característica : al olor
penetrante de guisos que la cocina despedía, mezclá-
banse emanaciones demostrativas de que el agua y el
jabón eran usados con parquedad extrema; hálitos de
menjurges en cuya confección intervino la mano de algún farmaceuta, ó de secreciones renales que, por olvido ú otra causa, permanecían en los depósitos por
más largo tiempo del que la higiene aconseja.

El panorama interior de las habitaciones no era
menos interesante. La ropa de los lechos no sor-
prendía por su blancura, y sí por el caprichoso desorden que ostentaba. Entre las sábanas y cobertores
apilonados y arrebujados, como si se sintiesen teme-
rosos del colchón y las almohadas, advertíase tal cual
corset teñido por el sudor con matices amarillentos y
grisosos, calcetines de colores diversos, pantaletas y tal
ó cual artículo de indumentaria masculina; á lo largo
de los muros, baúles a medio cerrar y maletines de via-

je; cajas de cartón hacinadas en los rincones; dispersos en el piso, botines y pantuflas, fósforos quemados, buena cantidad de papeles y escupideras rebosantes en cortezas de peras ó naranjas. Sobre los tocadores y las mesas, no era más homogéneo el conjunto: á los objetos de uso personal, usados ya ó esperando turno para ser utilizados, juntábanse frascos de medicinas, anuncios de almacenes, tarjetas de hoteles, catálogos de fábricas diversas, cajitas con polvos "Velutine", botellas de Agua Florida ó Kananga y fotografías de grupos tomados en algún establecimiento fotográfico de Coney Island.

A la hora de las comidas, el comedor se convertía en un pandemonium: el que disponía de mejores pulmones se consideraba más afortunado. Se hablaba de política, de religión, de asuntos sociales; cada cual se interesaba en narrar las proezas de que había sido actor ó testigo durante el día; las impresiones que había recogido en los lugares que acertara á visitar, de los artículos que había comprado, de los proyectos que tenía en embrión; y siempre que el nombre de algún compatriota que no se hallara presente se escapaba en la conversación, como escalpelos de estudiantes de Anatomía, caían sobre el desgraciado las lenguas de los comensales, para dejarlo convertido en algo menos que cadaver de anfiteatro.

Don Emeterio se consideró feliz al encontrarse en aquel centro; allí ensanchó considerablemente el número de sus relaciones; entró en intimidades, al parecer amativas, con una ó dos solteronas; llegó á codearse con Esculapios y dentistas de la raza que dedican las horas de sobre mesa para hacer visita á estos establecimientos y buscar clientela ponderando modestamente sus habilidades profesionales delante del tumulto de huéspedes que, con el estómago á medio llenar, invaden el salón de la fonda al terminar la merienda, y en él, hasta que el sueño los rinde y la lengua se les cansa, continuan la sesión abierta en el comedor; tropezó allí con unos cuantos turistas de su misma religión y sangre, quienes acaso como medida higiénica, ya avanzada la noche y fatigados de la tertulia, ó de bulliciosos baileteos y cantos á los cuales hacen apropiado acompañamiento pianos cuyas teclas ennegrecidas y grasientas penosamente mueven los desgonzados martinetes, se escurrían de la sala y en brazos de algún Jacinto Peñuela—que nunca faltaba— iban á poner en evidencia sus aptitudes donjuanescas á lo largo de las avenidas, y después de unas tantas vueltas y revueltas acababan al fin por enredarse en las garras de alguna ave nocturna, para ir á apagar la sed generatriz que los devoraba en los hotelillos de las cercanías, y al día siguiente, á la hora del almuerzo, relataban con aire de satisfacción y triunfo á sus compañeros de posada, la inconcebible magnitud de la conquista realizada, aunque antes de una semana se viesen obligados á frecuentar la farmacia del vecindario para combatir los resultados de aquella victoria insigne.

Excusado es decir que Don Emeterio no pudo sustraerse á estas mismas prácticas; y que no logró tampoco ponerse á cubierto de las consecuencias dañinas de los paseos nocturnos, lo reveló el hecho de verse obligado á alargar su permanencia en Nueva York, y á contribuir liberalmente al sostenimiento del Galeno

con quien había tenido la honra de relacionarse en el
Boarding House, y quien, para que fuesen mejor apre-
ciados sus conocimientos profesionales, no tuvo escrúpulo en informar al público acerca del carácter de
la dolencia, infidencias que dieron lugar á que se pusiera en duda la virtud acrisolada de Don Emeterio
Madriñán P.

XXXV

Iba ya **para** cerca de dos **años** que Lucas residía bajo el techo hospitalario de la señora Hendricks. Y si es verdad que durante todo ese tiempo no navegó en mares de aceite, puesto que á lo menos dos veces al mes, y pasados los fugaces días de la luna de miel, justificados ó no, padecía la dama violentos ataques provocados ó por su temperamento neurasténico ó por exceso de libaciones, es cierto también que aplacados tales ímpetus volvía á reinar la calma; y el lecho, eficiente componedor y pacificador en las querellas domésticas, encendía nuevos arco-iris en los horizontes nublados.

No está por demás advertir que esas interrupciones

en la armonía vegetativa de estos cuasi cónyuges, ó,
mejor dicho, estos pasajeros temporales, eran benefi-
ciosos para Lucas, pues aun cuando traían consigo
sombrío cortejo de contusiones y laceraciones dolorosas, le permitían disfrutar de un reposo sexual que le
era indispensable para no verse arrastrado á una tisis
infalible.

Apreciando las cosas filosófica y diplomáticamente,
como á Lucas le correspondía hacerlo, era evidente
que en la precaria situación en que se hallaba cuando
fue recogido por la señora Hendricks, el refugio que
se le ofrecía formaba para él un oasis en mitad del
desierto de afectos y de gentes que lo rodeaba, no
importa que de vez en cuando la cola de algún *simoun*
llegara á dar al traste con su varonil dignidad.

Durante ese tiempo le fue posible olfatear una pequeña parte, á lo menos, de la vida que se lleva en
esferas más altas de las en que hasta esa época había
girado. Podía vestir con decencia; y esto, como es sabido, constituye uno de los pasaportes para penetrar
en ciertas fortalezas y estrechar ciertas amistades. La
señora Hendricks, á quien gustaba el fasto, y se daba
el lujo de pagar á la modista $80 ó $100 por un traje
y $25 ó $30 por un sombrero, á fin de no sentirse hu-
millada ó no hacer penoso contraste con su acompa-
ñante, alargaba la bolsa para que la indumentaria de
éste no llamase la atención por raída ó escuálida. Del
propio modo lo proveía de tal ó cual billete de banco,
acentuando su generosidad en aquellas ocasiones en
que, merced á algún capricho neuropático, ansiaba pro-
curarse satisfacciones más íntimas ó más excéntricas
de las ordinarias.

Y fue entonces cuando Lucas, sin rasgos de apariencia exterior que lo hicieran avergonzar, pudo ser concurrente á los grandes hoteles, si no para figurar en el número de los huéspedes, siquiera para ocupar asiento en los sofás de los pasillos y embriagarse en esa atmósfera que el dinero botado á manos llenas alegra y embalsama, y contemplar allí, de cerca, el desfile de las sacerdotisas del refinamiento y de la moda, á cuyos santuarios no se penetra sino mediante cartera con hipertrofia de *green backs;* podía darse el placer de hallarse en centros en donde cuesta más la propina que se da al sirviente, que la copa que se apura ó el bocado que se engulle; en donde, acaso, la única nota discordante ó cómica, la dan los ricachones que arriban de playas hispano-americanas, quienes por el hecho de disponer de recursos suficientes para ceñirse á la tarifa de precios, se consideran con derecho para tomarse toda suerte de libertades, y principian por hacer sentir su presencia con estruendosa vocinglería, y acaban por ocupar asiento en las mesas de los suntuosos comedores en traje de campaña, como suele decirse, sin tener la precaución de lavarse las manos ni afeitarse, por cuyo motivo, después de dedicarse á hacer las imprescindibles pelotillas de migajón de pan y de advertir, acaso, lo negras que resultan, juzgan oportuno esgrimir algún cortaplumas ó mondadientes para practicar, sin consideración á la repugnancia que tal desenfado ocasiona, rudas y asquerosas operaciones de manicurismo; al propio tiempo que haciendo esfuerzo por entablar amores platónicos con las camareras ó las operarias del teléfono, traspasan las fronteras del más insoportable ridículo, y á quienes si se privase de la carta de crédito de que vienen provistos para entregarse á tal clase de liviandades, quedarían, por inservibles, convertidos en algo menos que personajes de estopa.

Allí pudo ver á multitud de Jimenos, de la clase que él conocía, no ya díscolos ni ensoberbecidos, sino amelcochados y complacientes, en solicitud de los recién llegados, para desempeñar con ellos, en su carácter de comisionistas, banqueros y negociantes en gran escala, oficios idénticos, pero necesariamente con rendimientos mayores, de lo que los Cesareos de Albornoz y los Jacintos Peñuela alcanzaban á pellizcar.

Allí se le ofreció la oportunidad de extasiarse en el indescriptible panorama de la turba de personajes que trayendo en las maletas del equipaje uniformes engalonados y tricornios con plumas de avestruz, ó venían á los Estados Unidos, ó iban de tránsito para Europa, á representar en las esferas de la diplomacia á sus respectivos gobiernos, y se distinguían por lo prieto del color de los rostros y por un desparpajo y una vulgaridad tan espantables, que nadie podría considerarlos ni aun como caciques de la horda parroquial cuya influencia política logró que se les dispensara tal honor: siendo de notar que, no importa el carácter comercial, político, religioso, social ó diplomático de los viajeros, en cuanto á fidelidad conyugal y sed de conocimientos, seguían, en ventajosa competencia de virtud, el ejemplo edificante de Don Emeterio Madriñán P., con la única diferencia que, dada la naturaleza bancaria del alumno, practicaban los estudios en obras mejor encuadernadas, por lo costosas, que los textos que se pusieron al alcance del negociante catalinense.

Y pudo vislumbrar de cerca la procesión de estadistas y guerreros, estos últimos esgrimidores, por lo común de sables cuya virginidad no había sido mancillada, quienes en abierta oposición con los procedimientos administrativos de los gobiernos de sus terruños respectivos, se decidían, animados por el más desinteresado patriotismo, á venir á los Estados Unidos á izar bandera revolucionaria, y aspiraban á interesar en sus proyectos redentores á los capitalistas americanos, partiendo del supuesto que éstos viven á caza de tal suerte de aventuras para aumentar sus caudales, y que con inocencia infantil hállanse siempre listos á tragar la píldora entre cuyos ingredientes figuran concesiones aduaneras, territoriales, industriales, etc., y la natural admiración que deben inspirarles estos Kosciuskos de contrabando, clasificados por la opinión pública de los países civilizados, no como redentores sino como Tartarines vergonzantes.

Y le fue dado admirar, sin auxilio de telescopio, eminentes personalidades políticas de su misma raza, las que después de haber escalado curules presidenciales y gobernado con una abnegación y un desprendimiento de tal naturaleza que, al abandonar el solio estimaban conveniente no dejar al sucesor el trabajo de contar saldo sobrante en las arcas públicas, se daban el gusto de venir á solicitar descanso y tranquila seguridad en las libres playas de Norte América, á donde, si, seguramente, no los seguían los aplausos de la posteridad agradecida, podían, en cambio, extasiarse—sin temor de que brazo vengador les marcara el pellejo—en el recuerdo de los atropellos que cometieron, de los latrocinios que escudaron y de las vícti-

mas que inmolaron en el calabozo ó el destierro. Y las
admiró en esas condiciones, no ya con túnica de Cé-
sares, sino con mansedumbre de oveja, desprovistas
de gesto olímpico y conservando, á lo sumo, los arranques neurasténicos, espanto de los gobernados, y las
contorsiones simiescas, inofensivas y provocadoras
ahora de burla, pero, en otras condiciones, ó sea, en
las del poderío, terriblemente peligrosas y graves para
los desgraciados pueblos que subyugaran.

Frecuentador de aquellos centros, no tardó en comprender que se le otorgaba el derecho de figurar como
cifra numérica en el guarismo humano; pues en más
de una ocasión recipiendario fue de cartas-circulares
en las que el Cónsul participaba á sus compatriotas la
fausta nueva de que en la República de*** había ocurrido cambio de Ministerio; que los nuevos Secretarios
eran la última expresión de la sapiencia y el talento;
que el país emulaba á la vieja Arcadia—aunque pocos
días antes de aparecer la circular, se hubiesen recibido
noticias de que aquello era una merienda de negros,
en donde el garrote y la cárcel se distribuían con asom-
brosa generosidad—y que sería de desearse que los
súbditos del Presidente de la República de***, dieran
público testimonio de admiración y aplauso al gobierno, para lo cual, el Agente Comercial solicitaba que
todos sus compatriotas acudiesen á la oficina del Consulado á firmar la justiciera manifestación.

Fue allí en donde hubo de informarse que en esos
recintos del lujo y del buen tono, se habían presentado
casos en que no pocos huéspedes de su misma religión
y sangre, por ignorar el mecanismo de los inodoros,
estuvieron á punto de ocasionar serias inundaciones

en el edificio; y otros que alegando no poder usarlos
por temor de que, víctimas del paludismo ó de algún
resfriado, les hiciese daño la humedad de cualquier
inevitable salpique, exigían que, para prevenir accidentes de esa naturaleza, se les proveyera de otra clase
de receptáculos más en consonancia con los de uso
corriente en sus terruños respectivos.

Distinguido fue con invitaciones para figurar en la
lista de miembros de varios Clubs Hispano-Americanos, unos literarios, políticos ó sociales otros, que, por
lo general, aspiraban á organizar ó habían organizado
ya los furiosos adversarios del imperialismo *yankee*
quienes estiman, acaso por atavismo de raza, que basta
sólo que un ciudadano de Santa Catalina arrugue el
entrecejo para que se le contenga el resuello al Gobierno de Washington, y que valiéndose de circulares
ú otras mañas, logran reclutar unas pocas docenas de
tabaqueros ó de otros elementos análogos, para que
bajo el nombre de *"Alianza Pan Americana"*, *"Círculo
de las Naciones libres"* ó títulos por el estilo, juren
defender los fueros de la religión y de la sangre, ya
que no los del idioma por razones fáciles de adivinar;
asociaciones éstas que, por lo común, tienen el buen
acierto de disolverse antes de que se acaben de apro-
bar los estatutos, no solamente para evitarse los socios
el pago de cuotas caídas en la bolsa particular de teso-
reros anónimos, sino para no exponerse á sentir los
omoplatos hechos astillas en la atmósfera de tormen-
tosas discusiones, en las que paraguas, bastones y bi-
ceps se esgrimen sin piedad con el acompañamiento
correspondiente de insolencias y dicterios, que atesti-
guan lo exhuberante que es también en este género de
vocablos la gloriosa habla castellana.

Casi á diario experimentó el deleite de tropezar con otros Lucas, si no poseedores del mismo nombre bautismal suyo ni del mismo apellido, sí reproducción exacta del ciudadano catalinense cuando hizo éste su arribo á Nueva York; Lucas de otras nacionalidades, pero de catadura idéntica, y á quienes sendos Jimenos y Albornoces se ocupaban en amamantar y llevar por el cabestro; Lucas, como él, desvalidos, cándidos, ignorantes de las condiciones en que venían á girar, víctimas de las circunstancias y de indisculpables imprevisiones, á quienes se les despacha de la parroquia natal, como fardos, sin marca ni contraseña, en tanto que los embarcadores quedan en la playa del terruño satisfechos y seguros de que sólo por la virtud del nombre que los fardos traen, Nueva York abre de par en par las puertas para recibirlos, y las casas comisionistas á que vienen consignados, envían carruaje con postillón de librea al muelle para darles la bienvenida y conducirlos al hotel.

Hubo de cerciorarse que la señora Hendricks no era un ejemplar exclusivo, sino que, como ella, hallábanse centenares que hacían ofrenda de sus excentricidades y sus carnes á otros Lucas, obligados por motivos de hambre unos, de supina desvergüenza otros, á dar en alquiler lo único que en ellos puede ser codiciado por tales hembras: el sexo.

En una palabra, por dondequiera hallábase reproducido, en dondequiera asistía á la representación de las variadas escenas de su vida, ejecutadas por otros actores en iguales ó parecidos escenarios y sonreía muchas veces al apreciar que no constituía él el más avanzado modelo del *guevarismo* clásico.

Era, sin embargo, natural esperar que el ave negra de la fatalidad no tardaría en herir de nuevo con sus aletazos la frente de Lucas. Los rumores de no lejana tempestad principiaban á sentirse; la mano que antes se abría generosa, cerrábase arisca; de su categoría de señor iba descendiendo precipitadamente á un nivel quizás más bajo que el ocupado por la negra doncella á cuya fidelidad estaban encomendados los oficios domésticos; el lecho mismo tenía para él esquiveces incomprensibles, y no despuntaba alborada alguna que no viniera acompañada de celajes amenazantes, traducibles, al correr del día, en zalagardas que convertían la bóveda craneal de Lucas en una exhibición dolorosa de chichones.

Mas llegó la hora en que la evangélica sumisión de Guevara tocó á su fin. Medio ahogado por una catarata de improperios y golpes, osó, una noche, levantar el brazo y descargar un soplamocos furibundo sobre la arpía que lo maltrataba. Quién hizo tal? No acababa la vengadora mano de castigar la boca maldiciente, cuando una silla, alzada á lo alto por los herculeos músculos de la africana, reventó sus atravesaños en las espaldas de Lucas, quien anonadado por el inesperado y violento golpe, rodó al suelo, sin que le fuera posible ponerse en pie, porque ama y sirvienta se precipitaron sobre él y con un diluvio de coces y pescozones lo dejaron convertido en una masa insensible, sin aliento siquiera para implorar clemencia.

En esa condición, despojado fue del reloj, de la sortija, del alfiler de corbata y de los pocos cuartos que llevaba en el bolsillo. No lo despojaron de la vestimenta, porque probablemente advirtieron que había quedado en tal estado de ruina, que no valía la pena tomarse tal trabajo. A empujones arrastráronlo hasta la entrada del departamento, y allí, con un último poderoso empellón, lo lanzaron contra el barandaje del pasillo y cerraron con violencia la puerta, por cuyas rendijas continuó escapándose el eco apagado de las más abominables insolencias.

La baranda cedió al peso del cuerpo de Lucas, y al caer éste á la escalera, rodó hasta el descanso con tal alboroto y estruendo, que casi todos los inquilinos del edificio, armados unos con pistolas y otros con garrotes ó con cuanto utensilio contundente hallaron á la mano, en traje de cama abrieron cautelosamente las puertas de sus respectivas viviendas, encendieron los faroles de gas de los pasillos y usando toda suerte de precauciones, procuraron descubrir la causa del estrépito.

Los más arriesgados tropezaron al cabo con una forma humana, inconciente, bañada en sangre.

—Es un ladrón—exclamaban unos.

—Está borracho—decían otros.

—Se está muriendo—argüían los más compasivos.

—Llamen la policía—gritaban desde el fondo de sus aposentos las mujeres aterrorizadas.

Y, en efecto, el policía de ronda, despertado de sus reflexiones nocturnas por aquel alboroto que turbaba el solemne mutismo de las sombras, llegó en carrera precipitada, jadeante, nervioso, haciendo centellear en una mano un revólver de grueso calibre y esgrimiendo con la otra la cachiporra clásica. Una vez cerciorado de que no había enemigo que acometer, enfundó el arma, se abrió paso á codazos por entre los espectadores y atento á la indicación de uno de éstos, tornó á salir del edificio y se dirigió al vecino poste para llamar una ambulancia.

Al precipitado trote de brioso corcel llegó el lúgubre carro; el facultativo que en él venía, practicó un rápido examen y sin perder un minuto colocó en la camilla el cuerpo desgonzado de Lucas, y con la misma prontitud que vino partió de nuevo en dirección al hospital.

Aun cuando todo esto ocurría ya en horas de la madrugada, el tumulto de curiosos que se agrupaba á las puertas del edificio se hacía á cada momento más numeroso y compacto. Escasamente quedó ventana del vecindario que no se iluminara y no permitiera ver las siluetas de personas de ambos sexos, quienes despertadas de un sueño tranquilo, y sin preocuparse de la cuasi paradisáica indumentaria que vestían, no habían podido sustraerse á la tentación de formar concepto acerca del suceso.

En el hospital se puso en claro que las heridas de Lucas no eran de gravedad y que la condición semicomatosa en que fue hallado, se debía á un golpe recibido en la base del cerebro, probablemente cuando rodó escaleras abajo y se estrelló contra el pilarete del pasamanos. Al siguiente día, recobrado el conocimiento, procedió la policía á tomar las declaraciones de ordenanza, lo cual dió lugar para que el nombre de la señora Hendricks apareciera en las actas y se la citara para comparecer ante el Tribunal respectivo. Por suerte para ella, pudo exhibir una hinchazón del labio superior y algo más grave aún: la plancha de dientes postizos en la cual faltaban los dos incisivos.

Lucas permaneció en el hospital en calidad de prisionero mientras duraba la convalencia. Sin embargo, no todo debía ser rigor, y una vez más brilló para él estrella compasiva. El facultativo á cuyo cargo estuvo el paciente, se interesó en éste con mayor solicitud de la que generalmente se observa en tales casos, y por ese motivo, tuvo la paciencia de escuchar la suscinta narración que Guevara le hizo de las peripecias de su vida. El médico comprendió, sin duda, que no se trataba de un criminal vulgar, ni de uno de tantos caracteres depravados como en Nueva York pululan; y hombre de buenos sentimientos, tuvo el generoso de pensar que si se le tendía mano piadosa al caído, podía regenerarse y convertirse en miembro útil de la sociedad. Y movido por tal impulso, fue su primer paso tener una entrevista con la señora Hendricks para convencerla que no era misericordioso ni conveniente para ella misma dar lugar á que el hecho se hiciera público y se castigara, más de lo que castigado estaba, al desgraciado mozo.

Y aunque no sin dificultad, la agredida convino en que no se presentaría en la fecha ya señalada por el Juez para decidir de la causa; y como cumpliera con su palabra, el día en que Lucas fue dado de alta en el hospital y pasó á manos de la policía, como no ocurrió á dar denuncia contra él persona alguna cuando compareció ante el Tribunal, y el estrago de que fue víctima la señora Hendricks fue fácilmente reparado por un dentista, se puso en libertad al prisionero.

XXXVI

Existe sobre la faz del globo un lugar que parece haber dado razón á los sicólogos para afirmar que la mujer es uno de los problemas más difíciles de ser resueltos; y aunque es posible que semejante afirmación haya obedecido á impresiones en cierto modo personales, puesto que no faltan quienes participan de contraria idea, es evidente que el medio ambiente en que la mujer nace y se desarrolla contribuye á poner en el camino de la verdad á los sicólogos citados.

Nueva York podría darles la razón para el desconsolador acerto. En efecto, la mujer neoyorkina ó, mejor dicho, la que es víctima de determinadas condiciones y peculiaridades inherentes á la vida febril de esta ciudad, más que problema irresoluble es un mito: carece de definición moral posible, y si hubiese medio alguno de obtener tal definición, buen cuidado tendría ella de dejarse definir.

En materia de hermosura, puede afirmarse que pocas ó, mejor dicho, ninguna la supera; amable, lo es como ninguna, si tiene alguna disculpa para serlo; voluptuosa, es la voluptuosidad perfeccionada; alegre,

es el resumen de la alegría, especialmente cuando tres
ó cuatro copas de vino le excitan el sistema nervioso;
es amiga del lujo, idólatra del aseo, fecunda en la dialéctica, apasionada por los *bons-bons,* entusiasta por
la lectura de novelas, toda sonrisas con la niñez, toda
compasión con la ancianidad y con los animales, y, en
una ú otra forma, débil con el sexo opuesto.

El vocablo "amor" lo conoce por las letras con que
se escribe, y no exactamente por las fibras que agita;
no ama, porque no podría convenir en esclavizarse á
nada ni á nadie; la esclavitud murió aquí para ella
desde los tiempos de Lincoln, y hoy aprecia sólo un
sentimiento: el de la libertad, el cual la gobierna con
más rudeza y vigor, desde el momento en que el escultor Bartoldi modeló la efigie de la diosa con proporciones colosales y al Gobierno francés se le ocurrió regalarla á los Estados Unidos para que fuese
erigida en la bahía de Nueva York.

Saber lo que piensa aquel espécimen de mujer, equivaldría á tener en la punta de los dedos el secreto para
resolver la cuadratura del círculo; estar seguro de que
hombre alguno puede cautivarla, sería lo mismo que
garantizar el descubrimiento de la piedra filosofal. Todo en ella es cuestión de cálculo y capricho. Finje
amor, porque en ese finjimiento se retuerce un *arriere-
pensée.* Cuál puede ser éste? Dios, que está en el cielo,
y ella que está en la tierra, serían los únicos capaces
de saberlo. Realiza los supremos deleites del amor,
porque realizarlos significa para ella la consagración á
un *sport,* como se juega *long-tennis,* ó se pasea en automóvil, ó se ejercitan los músculos en una partida de
base-ball. La que se resuelve á incurrir en el matrimo-

nio, lo hace porque casarse significa para ella un acto que le suministra compañero para ir á los teatros; para comer en los restaurantes; para despertar envidia y codicia en sus relacionados; para deleitarse en las perspectivas de un divorcio que pueda permitirle ver figurar su nombre en los periódicos, y obtener así un anuncio gratis de suma utilidad para el futuro, y le da, en fin, libertad autorizada para dotar al marido de suplentes, cuando las exigencias de la carne lo requieren, con toda la inmunidad indispensable en caso de que llegara á sufrir las consecuencias de la vida matrimonial.

La mezcla de sangres, de religiones, de gustos, de aspiraciones, de necesidades y hasta de idiomas, ha hecho de esa mujer un abismo. En medio del más apasionado de los deleites, en el calor de la fiesta que mejor parecía cuadrar á sus caprichos y á su temperamento, voltea la espalda y se aleja y huye y no vuelve á dejarse ver de sus viejos compañeros ó camaradas, sin que la ausencia le ocasione el más ligero pesar, ni la descortesía el menor rubor, ni el placer recibido deje el más leve surco en su memoria. Cambia de impresiones con el mismo desenfado con que un actor muda de disfraces; va en pos de nuevos horizontes con el mismo desembarazo con que giran las aspas de un molino de viento; no teme al "qué dirán", porque vive en un centro en que el tumulto todo lo ahoga, en que la ley la cobija con su manto, y porque abriga la seguridad de que una vez perdida de vista por quien no quiere que la vea, ni la lámpara de Aladino sería capaz de descubrirla de nuevo; y aun dado el caso que la descubriera, su característica indiferencia la haría inmune.

En esta clase están comprendidas las que representan en tal esfera la aristocracia del dinero y la democracia de la pobreza. Desde el momento mismo en que las condiciones de la época, llena de mayores exigencias cada día; en que los caprichos de la moda, cada año más agresiva, y las necesidades consiguientes que de aquéllas y de éstos se derivan, abrieron á la última de las gerarquías citadas la aspiración al salario, y vió en el trabajo no la religión que redime sino el elemento que puede satisfacer ciertas imposiciones sociales, que le asegura la independencia del hogar doméstico, le da pretexto para permanecer fuera de la casa desde las 8 ó 9 de la mañana hasta horas avanzadas de la noche, y convirtiendo la morada paterna en una especie de fonda la disculpa para trabajar en una oficina bajo la férula de un solterón libertino ó de un viejo casado de apetitos libidinosos, y para acaparar el sueldo semanal le es preciso ensayar antes que el teclado de la máquina de escribir la elasticidad de los resortes del diván, sería el mayor de los absurdos y la más insólita de las pretensiones querer adivinar los profundos misterios, las vaguedades, inconsistencias, sabidurías, sutilezas, intemperancias y peculiaridades que constituyen el alma de la generalidad de tales mujeres.

Cuando se las ve sujetas á ese apretamiento indecoroso y excitante á que las condenan los elementos de locomoción, en los cuales no puede evitarse, por más que se desée, el rozamiento íntimo de los dos sexos, y hombres y hembras se comprimen, se estrujan y mutuamente ensanchan las narices con los diversos olores que se desprenden de los poros de naturalezas que pasiones heterogéneas mantienen en actividad exudatriz, tienen que llegar, por fuerza de las circunstancias, esas caras mitades del género humano, á tal estado de indiferentismo que apague en ellas cuanto sentimiento delicado y noble pudieran guardar; esteriliza las raíces que podrían dotar de vida y savia á la planta de afectos generosos, y les convierte el corazón en una esponja que no altera su constitución histológica ni moral, no importa que se la mantenga seca ó se la empape en líquidos distintos.

Es ésta la clase ordinaria, común y corriente de mujeres con quienes el extranjero, y sobre todo los hispano-americanos, logran ponerse en contacto en Nueva York, cuando buscan amistades é impresiones en centros que exigen, como los teatros ó los circos de volatines, boleta comprada de antemano para tener el derecho de asistir al espectáculo.

Una vez que con las clases altas que privanza más ó menos estricta hace inaccesibles y no pueden ser dominadas sino con el poder del dinero; que con dinero ocultan sus tragedias sombrías, sus dramas patéticos, sus comedias pasionales y sus sainetes de desvergüenzas, la generalidad de los extranjeros no puede competir, ó porque los recursos no se lo permiten, ó no encuentran el camino que los conduzca á tales alturas, se ven obligados á tender la mirada á la otra esfera y en ella giran en una ú otra forma. Las amas de determinados *Boarding Houses;* ciertas madres de familia que se sienten satisfechas de verse libres de cuidados porque cuentan con que el salario obtenido en una oficina, cuya naturaleza por regla general ignoran, procura á la hija ó las hijas medios para contribuir á los gastos de la casa, al pago de la modista y á la asistencia á los coliseos, sin que aquéllas se vean precisadas á subvenir á tales necesidades distrayendo de su propia bolsa billetes de banco que les son indispensables para gastarlos como bien les acomode; las obreras de ésta ú otra industria, que destinan el día al trabajo rudo, aceptan complacidas el continuo manoseo de sus compañeros de labor y consagran la noche á cuanta diversión les viene á la mano; las esposas que sienten la nostalgia de la soledad cuando el marido se ausenta en la mañana para ir á atender á los negocios y salen en pos de él á matar las horas del día pasando revista á los almacenes y cafés, acudiendo á citas que si aquél sorprendiera entablaría sin vacilar demanda de divorcio ó sirviendo de tierra de conquista para los desocupados; las viudas dóciles al llamamiento de las pasiones humanas; en una palabra, todo ese montón, inmenso por el número, variado por la calidad, adorable por las facilidades que presenta para poseerlo, más al alcance de las fortunas ordinarias, menos exigente y menos dado á etiquetas ridículas y fórmulas sociales impiamente costosas, es el que está en todas partes, va á todas partes y contribuye, por lo mismo, á hacer que en todas partes se presente siempre al solícito tenorio, algún camino para estrechar lazos de amistad que del mismo modo fácil y expedito con que se atan, así también se rompen y se arrojan luego á los mares sin fondo del olvido.

Por qué extrañar entonces que el drama pasional á que Lucas Guevara había asistido con carácter de primer galán, tuviera desenlace semejante? Ni era la primera vez que se representaba en este escenario, ni la primera en que los artistas habían logrado caracterizar mejor sus papeles respectivos.

La amiga de Lucas, satisfecho su capricho, no tardó en envolverse en la túnica del hastío; soñó con nuevos horizontes; aspiró á nuevos deleites, y, sin asomo de pesadumbre, echó á pasear á su transitorio amante.

Nueva York, roto el prisma de venturas al través del cual Lucas Guevara la había contemplado en los últimos meses, se le ofreció de nuevo ante los ojos como un fantasma implacable, asesino y sombrío.

XXXVII

Alejado del tumulto mer-
cantil de Nueva York, pe-
ro al mismo tiempo ani-
mado por nerviosa efervescencia de carnaval, hay un
vasto girón de playa, que
las olas del mar acarician
y que, durante los calores
de fuego del Verano, es re-
frescado por fuertes brisas saturadas de olor de ma-
risco. Este alegre sitio, conocido con el nombre de
Coney Island, reviste las proporciones de ciudad: se
ha desarrollado merced al patrocinio de las muche-
dumbres que encuentran en él toda suerte de incentivos. Allí nada habla al espíritu; sólo lo rudo, lo
sensacional, lo que distrae y no deja recuerdos que
martiricen, lo que impresiona y no obliga á pensar ni
da campo á la mortificación y al sobresalto, encuentran cabida. Puede decirse que Coney Island es una
mascarada sin disfraz; un vértigo que no termina sino cuando se agotan las fuerzas y el bolsillo; una su-

cesión no interrumpida de sensaciones distintas, de escenas cómicas, de diversiones de todo género, de carcajadas y alegrías, sin que oculta se derrame, quizás, alguna lágrima. Aquel conjunto heterogéneo podría sintetizarse en un solo estado de alma; locura. Y, con todo, por una parte es la locura de la especulación que raciocina y cuenta, que estudia y analiza; y, por otra, la que ajena á las preocupaciones, se deja especular, y no raciocina, ni estudia, ni cuenta; dos géneros diversos que no podrían hallar asilo en los grandes centros del comercio serio porque en ellos se les hostilizaría, y reclaman para existir, ambientes que les sean propicios, claridades de sol que no disipen la intensidad de ciertas sombras, y tinieblas que no se ruboricen al dejar que la luz penetre en el laberinto de sus misterios.

Unicamente quienes han soportado los veranos de Nueva York pueden apreciar lo que es una atmósfera de fuego. En calles y plazas, en terrazas y parques, se busca un soplo de brisa y se le busca en vano: la naturaleza parece mostrarse indiferente á las agonías de quienes sienten las angustias de la asfixia, y el calor hace mayor número de víctimas que una epidemia. Las habitaciones son estufas en donde las energías vitales se escapan en chorros de sudor. Se hace preciso buscar algún sitio cuyo ambiente sea más benigno, y Coney Island es uno de los que satisfacen tal requisito.

A despecho del sin número de elementos de locomoción de que el público dispone, es siempre empresa difícil, si no se cuenta con medios propios, hacer con comodidad el viaje, pues trenes, vapores, tranvías, escasamente dan á basto para trasportar las multitudes.

Al fin la paciencia y la práctica hallan alguna vía más
ó menos expedita, y después de recorrer varias millas,
á la vista de los viajeros aparece Coney Island ostentando la silueta de sus múltiples y variados edificios,
su arboleda vestida con todos los matices del color
verde, sus anchas avenidas y sus callejuelas estrechas;
y mezclado á los ecos de músicas, á voces alegres y á
estruendosa gritería, se siente el rumor confuso é
imponente de la ola humana que allí se mueve, se
apelmaza y agita en un tumulto nervioso é imponderable.

Y se penetra en el corazón del torbellino. Al lado
del café cantante, se mueve el *carrousel,* en el cual, la
vocinglería que levantan los que de él disfrutan, lo
apaga el estruendo de las montañas rusas. Y siguen
alternados el restaurante atestado de comensales; el
salón de baile en donde centenares de parejas se entregan á los deliquios de un kan-kan pudibundo; el establecimiento fotográfico en donde se hacen retratos aun
en las más inverosímiles posiciones; el escenario en
donde se presenta un cuerpo coreográfico formado por
bailarinas que para teñirse el rostro han gastado libras
de bermellón y han dado morbidez á sus formas relle-
nando medias y corsets con algodón ó estopa, y que
á medida que brincan y hacen piruetas y levantan á lo
alto el faldoncillo de tarlatán, cambian picarescas sonrisas y frases de doble sentido con los espectadores
que les quedan más próximos. Y sigue el lujoso hotel
en cuyas terrazas se aglomeran miles de parroquianos
que no reparan en los exorbitantes precios que se les
cobra; y á continuación se abre el saloncillo de la ni-
gromántica vestida á estilo oriental, aspirando á pene-

trar en los secretos de la vida y á descubrir las lobre-
gueces del porvenir; y el local de tiro al blanco en
donde se permite, mediante la respectiva cuota, hacer
cinco disparos contra una serie de figurillas que se
mueven, y si alguno de los proyectiles las hiere, se
premia la habilidad del tirador con un cigarro infu-
mable, pero, en cambio, acicalado con todos los distintivos y contraseñas de los mejor elaborados en las
fábricas de la Habana; y la cascada que con el torrente
de sus aguas oculta el enrielado por el cual, en un de-
clive violento, se precipitan atestados de excursionistas,
botes que al llegar al término del descenso, golpean la
superficie de las aguas estancadas, y á manera de ma-
sas elásticas, saltan dos y más veces arrancando de
sus asientos á los navegantes que en esas embarcaciones se aventuran, y quienes con los estupendos barqui-
nazos de éstas, muestran á los espectadores que se
agolpan en las orillas, perfiles de vedadas formas que
las sacudidas faldas se niegan á ocultar; y el circo de
acróbatas; y la fonda en donde se obtienen á bajo
precio comidas incomibles y habitaciones para transeuntes momentáneos; y el tinglado en donde tropas
de italianos acicalados con raros arabescos, bailan ciertas danzas y ejecutan piruetas capaces de hacer rubo-
rizar hasta á los agentes de la seguridad pública; y el
cinematógrafo, y las ruedas giratorias de diámetro colosal, de cuyos radios penden canastillas que dan asidero
á los curiosos, y después de encumbrarlos á inmensa
altura los traen de nuevo á la superficie de la tierra; y
el corralón en donde se exhiben monstruos humanos y
animales monstruosos; y el jugador de manos que con
la misma facilidad que ejecuta suertes escamotea bol-

sillos; y la cantina en donde cerveza y whiskey se
consumen á cántaros; y el mostrador en donde por
toneladas se expenden á la hambreada concurrencia
los característicos chorizos de Coney Island, con su
buena dosis de pimienta y mantequilla y su envoltura
de pan recién horneado; y los vendedores ambulantes
de toda especie de cachivaches y golosinas; y el am-
plio coliseo, refugio de artistas de segundo y tercer
orden; en una palabra, cuanto la imaginación, sedienta
de impresiones, puede concebir.

Y allí se ofrece á la muchedumbre el fantástico espectáculo de *Luna Park,* en donde no hay diversión
que no se encuentre, y en donde el derroche de luz,
en todas las formas imaginables, parece haber dicho
la última expresión acerca de los prodigios de la electricidad. Y se hacen excursiones en ferrocarriles sub-
terráneos en miniatura; se experimenta la ilusión de
ascender á la luna en viaje panorámico que dura pocos minutos; se desciende al Infierno por entre llama-
radas de luces de bengala y bajo la custodia de Luci-
feres de carne y hueso, que no pierden ocasión de
catequizar almas femeninas dispuestas á dejarse arrastrar al fondo de otras pailas una vez terminada la
función; y se penetra al recinto en donde, como una
especie de mueca de desprecio á la muerte y consola-
dora enseñanza á la ciencia de la maternidad, se exhiben los incubadores de niños, dentro de cuyas paredes
de cristal, vense criaturillas microscópicas que piden
á una máquina lo que la ubre maternal hubo de ne-
garles, esto es, el derecho á la vida, para llegar á ser
más tarde, mediante un calor artificial y no el cariñoso
de las entrañas que las enjendraron, almas superiores
ó mengua de la sociedad.

En Coney Island se halla todo cuanto la inventiva humana ha podido idear para llamar la atención y ganar dinero; y allí se agita, en una competencia pavorosa, formando de aquel indescriptible laberinto, un conjunto heterogéneo, un dibujo sin perfiles, una figura sin contornos. Aglomeración informe, que hiere los sentidos, deleita, cansa, marea, fastidia y enloquece.

Y los espectáculos que se ven en una Avenida se ven en las otras con no grandes diferencias; y semejantes son los que ocupan las calles laterales.

Quien no dispone de recursos ó no se siente con disposición para instalarse en un café cantante, penetrar en un hotel ó un teatro ó contribuir al sostenimiento de alguno de los miles de industriales que asedian á la concurrencia, va á la extensa playa en donde se aglomeran los bañistas, es decir, los millares de Adanes y Evas de toda clase y categoría, quienes después de haber retozado entre las olas horas enteras y de haberse revolcado á más y mejor en las arenas de la orilla, con un desparpajo capaz de ofender los más triviales preceptos de la castidad, con las camisetas pegadas al cuerpo y brazos y pantorrillas al descubierto, sin preocuparse del concepto público y en ocasiones hasta gala haciendo del desarrollo de provocativas formas, resuelven cambiar por el traje de la ciudad, el algo más que deficiente que las leyes del pudor exigen en los balnearios.

Lucas Guevara, debido á las relaciones del facultativo que lo atendió en el hospital y lo libró luego de caer de nuevo en las garras de la justicia, con el empresario de uno de los centros de recreo de Coney Is-

land, obtuvo un empleo que le deparó techo, comida
y un exiguo salario, obligándose, en cambio, á consa-
grar al trabajo diez y seis horas diarias, al cabo de
las cuales, rendido de alma y cuerpo, no tenía otra
ambición que la de encargar al sueño la labor de repa-
rarle las extenuadas fuerzas.

Sabedor de que el empleo no sería permanente,
puesto que Coney Island sólo vive durante el verano,
se esforzó en hacer algunas economías, con las que
contaba para soportar la existencia por pocos días al
finalizar la temporada.

XXXVIII

Con la estación del Verano, terminó la vida febricitante de Coney Island. Los lugares de recreo cerraron sus puertas á las multitudes, y los empleados de todos esos centros de diversión quedaron cesantes. Allí sólo se trabaja durante cinco meses; las brisas destempladas del Otoño y las escarchas del Invierno alejan la concurrencia de las playas del mar: ya no se buscan auras que refresquen, sino estufas que calienten.

Como organismos fatigados que necesitan descanso para volver al año siguiente á la faena loca, quedan todos los sitios que en Coney Island se agitan con plétora de vida en la época del calor. Las enormes construcciones en cuyo seno desbordaba la alegría, aparecen ahora solitarias, sombrías, desmanteladas; los grandes hoteles se entregan al cuidado de algún perezoso guardián; en los comedores de los restaurantes, sólo se ven sillas apiladas sobre hileras de mesones; en los teatros, lóbregos y oscuros, se tropieza á cada paso con bastidores desarmados y telones maltrechos; las cantinas sólo exhiben estantes vacíos y mostradores cubiertos con hojas de papel de estrasa ó periódicos para protegerlos contra la humedad y el polvo; en las avenidas y callejuelas transversales, pocos son los lugares que dan asilo á seres humanos, y los montones de desperdicios que quedan arrojados en las playas, pronto los arrastran y devoran las oleadas del mar.

Coney Island en esos momentos, se presenta á la imaginación como la casa de familia de donde acaba de sacarse un cadaver: en el suelo dispersos pétalos y hojas y el ambiente saturado con el eco apagado de músicas y el olor de cirios extinguidos.

Lucas Guevara corrió la misma suerte de los millares de almas que, en Coney Island, mientras el verano dura, ganan la vida prestando sus servicios en una ú otra forma. Le era forzoso volver á Nueva York á hacerle frente á nuevas luchas. Los pocos cuartos que pudo economizar, le bastarían apenas para asegurarle techo y comida por breves días. Tenía que conseguir cuanto antes alguna ocupación productiva; el invierno se acercaba con todos sus rigores, y ante necesidad tan urgente, no halló otro camino abierto que el de recurrir una vez más al bondadoso apoyo del médico, á quien en balde no acudió.

Provisto de una expresiva carta de recomendación del facultativo para el Gerente de un establecimiento comercial patrocinado por viajeros hispano-americanos, tuvo la fortuna de encontrar la propicia oportunidad que buscaba; y es así que, en calidad de intérprete, se contrataron sus servicios asignándole un salario semanal que escasamente le permitía vivir en amigables términos con la ama del *Boarding House* en donde residía desde su regreso de Coney Island, y más escasamente aún conservar aspecto exterior que correspondiera á la visible posición que entraba á ocupar. Sin embargo, esa gran genitora de las industrias: la necesidad, ya por un camino, ya por otro, le proporcionó medios para salir con relativa felicidad de penosos trances.

Obligado á estar en contacto casi diario con parroquianos de su raza que frecuentaban el almacén, no solamente llegó á ponerse al corriente de peculiaridades que desconocía, sino que seleccionado fue por muchos como mentor ó lazarillo; en una palabra, entró á figurar, hasta cierto punto, en el número de los competidores de Jacinto Peñuela.

Uno de sus nuevos relacionados, Don Armando Talavera, recién arribado á Nueva York con la cabeza atestada de esa serie original de crónicas americanas que, en su tierra natal, había oído de boca de viajeros que, con alta dosis exagerativa, se empeñan en narrar á cuanto complaciente auditorio tiene la paciencia de escucharlos, llegó al extremo de exigirle que se procurara dos de las jóvenes empleadas en el almacén, para invitarlas á comer y obtener de ellas, en cambio del obsequio, determinada clase de favores, pues según lo había oído á muchos turistas que regresaban á su patria con mil relatos de sus conquistas estupendas, estas invitaciones eran cosa corriente en Nueva York y todas las empleadas vivían esperando la llegada de personajes como Don Armando para colmarlos de satisfacciones y agazajos. No quería hacerlo él solo—manifestóle el viajero—por la simple razón de que no conociendo el idioma, era paso imprudente y aun peligroso arriesgarse en tal suerte de aventuras.

No fue difícil empresa para Lucas complacer al señor Talavera; y es así que pocos días después de formulado el proyecto, se reunieron en el lugar designado con anterioridad, dos de las modestas obreras que no juzgaron exótica la invitación, y los dos varones que á compartir los goces de Epicuro las habían invitado.

Habiendo hecho Don Armando á Guevara la oportuna indicación de precaverse contra exagerados derroches de dinero, ó, en otros términos, que el obsequio debería ceñirse á extrictos principios de economía, tuvo este último el buen cuidado de seleccionar un restaurante de precios módicos pero de apariencia general bastante aceptable. Comisionado fue, igualmente para que, de acuerdo con su experiencia, y por el hecho de conocer el idioma para saber qué confecciones gastronómicas se ofrecían en la *carta,* ordenara los respectivos manjares y eligiera los correspondientes vinos.

Bien que para la hora en que llegaron al restaurante estaba el negocio en el más alto grado de efervescencia, después de dar unos cuantos revoloteos por los diversos comedores, encontraron desocupada una mesa preparada para cuatro cubiertos y ante ella cómodamente se instalaron.

Pasados algunos momentos, jadeante, sudoroso, con la cara afeitada, saco negro cuya falda remataba en la cintura, delantal blanco, y larga servilleta colgada del brazo, presentóse el sirviente á quien correspondía la tarea de atender á los nuevos comensales. Organizó las copas, distribuyó cucharas, tenedores y cuchillos,

trajo servilletas y platicos con mantequilla, abasteció
la fuente del pan y puso en manos de Lucas una hoja
de papel de Bristol, impresa por los dos lados; en el
uno figuraba la lista de las comidas que se preparaban
en el día, y en el otro, la de vinos y licores almacenados
en la bodega, cada artículo marcado al margen con el
precio respectivo en inequívocos y visibles caracteres.

Con seriedad de esfinge se dispuso el sirviente á recibir la orden. Lucas, con el *menu* tendido sobre la
mesa, apoyada la cabeza en una de las manos y con
los dedos pulgar é índice de la otra comprimiéndose el
labio inferior, revisaba la lista de arriba á abajo y de
abajo á arriba, tratando de elegir aquellos platos cuyo
valor no atacase violentamente el bolsillo de Don Armando. Las muchachas seguían con ojos ávidos el
trabajo de selección, á fin de calcular, sin duda, por el
precio del artículo, la magnanimidad del anfitrión, en
tanto que el sirviente, con no menor curiosidad, aguardaba la palabra definitiva para saber á qué atenerse en
cuanto al probable montante de la propina, y, según
sus deducciones, desempeñar su oficio con más ó
menos eficiencia.

Mientras Lucas consagraba su atención á la labor
seleccionista, Don Armando dedicaba todos sus esfuerzos á cautivar á la doncella que atraía la mayor corriente de sus simpatías, con señas casi intraducibles y
con románticas frases habladas en un lenguaje para
ella desconocido; lo que daba lugar á que estallaran en
risotadas las dos mujeres, el sirviente sonriera con
sorna y Guevara tuviese que prescindir de cálculos y
selecciones para interpretar la exhuberante verborrea
y las gesticulaciones de aquel Pigmalión de nuevo
cuño.

La ya adquirida práctica de Guevara dió el resultado que se proponía: satisfacer los estómagos de los comensales con un costo relativamente pequeño, sin preocuparse cosa mayor por lo que pensar pudieran las muchachas y el sirviente. No dejaron las primeras de poner en evidencia el excelente apetito de que disfrutaban, apetito nunca escaso en esta clase de invitadas, y el cual daría envidia al más aventajado colegial.

La influencia del vino y la aproximación en que se encontraba con su compañera, aproximación que debía ser bastante íntima, pues muy á menudo la muchacha se esforzaba en apartar con una de las manos probablemente alguna de las rodillas del señor Talavera que pugnaba por ejercer presión indebida contra las suyas, se traducían en nuevos arranques oratorios de éste y en tentativas osculatorias que atraían sobre los cuatro comensales las miradas, ora escandalizadas, ora curiosas y burlonas de los demás concurrentes.

Terminada la comida y pagada la cuenta, que el sirviente se apresuró á presentar á Lucas y que éste discretamente traspasó á Don Armando, muy escaso debió ser el montante de la propina ofrecida al sirviente, pues es lo cierto que miró al anfitrión con el más insultante desprecio, no se preocupó por devolverles sombreros y abrigos, y al ver que se ausentaban, dirigióse á otro de sus compañeros de oficio y le dejó escurrir en los oídos palabras tales, que si Lucas las hubiese escuchado, es indudable que el deslenguado mesonero se habría visto obligado á hacer uso del delantal no para secar platos sino para prevenir los estragos de una hemorragia nasal.

Y clavados como dos estátuas, los dos sirvientes,

tapándose instintivamente la boca con la servilleta y lanzando oblícua visual, expresión de rabia y desprecio, no se movieron del sitio hasta que las dos parejas traspasaron el umbral de la puerta del comedor y salieron á la calle. Sonrieron con sonrisa indefinible, mascujearon el vocablo *"cochon"* y volvieron á prepararse para atender á nuevos parroquianos.

Don Armando, Lucas y sus respectivas compañeras echaron á andar á lo largo de la Avenida; pero las muchachas, en vez de mostrarse dóciles á la nueva invitación que se les hiciera para ir á concluir la velada en algún recinto privado, protestaron enérgicamente contra la desvergonzada insinuación, alegando que no eran personas de "esa clase"; sin que toda la dialéctica de Lucas y todas las gesticulaciones del señor Talavera pudieran convencerlas de lo contrario. Y sin el menor escrúpulo, ni preocuparse por el qué dirán, al llegar á una esquina subieron al primer tranvía que pasaba, y dejaron á los dos Tenorios plantados allí, con el dolor de la ilusión tronchada y la perspectiva de una noche de soltería.

Naturalmente Don Armando descargó sobre Lucas la responsabilidad de lo ocurrido. Y si es verdad que la armonía que había reinado entre ellos, no terminó en desastrosa pelotera, en cambio, ante los ojos de Don Armando, Lucas, en su categoría de *cicerone*, descendió al más bajo peldaño de la estimación y del aprecio.

XXXIX

En condiciones en
que hubiese podido
Lucas vivir más aleja-
do de sus coterráneos,
es indudable que los
medios con que entonces contaba para sostenerse y aun
para mejorar de fortuna, no le habrían faltado; pero
como los empleados no tienen derecho de sacrificar al
ocio y á la disipación las horas que reclaman las imperiosas exigencias del negocio sin exponerse á que los
jefes los pongan de patitas en la puerta, sucedió al
cabo lo que era resultado natural de la falta de cumplimiento en los deberes que el subalterno contrae con
sus superiores. La permanencia fuera del almacén por
más tiempo del que se permite á los dependientes y los
repetidos descuidos en que incurren quienes no prestan
debida atención á sus obligaciones, fueron causa de
amonestaciones primero, de serias reconvenciones más
tarde, y, por último, de cesantía.

Despedido del almacén, creyó al principio que le sería posible continuar ejerciendo con provecho el soco-
rrido oficio de *Corredor de Comercio;* pero además de
lo competida de la profesión, tropezó con la mala suerte de que los candidatos que tenía en mira, varios de

la misma clase de aquellos á cuya perniciosa amistad debía la situación en que se hallaba, le volvieron la espalda dejándolo abandonado á sus propios recursos. El elemento masculino, que antes lo solicitara como colaborador en sus francachelas, no satisfecho, probablemente, de la pericia que se requiere en esta clase de camaradas, buscó más expertos conductores; en tanto que las damas, cuyas impertinencias y excentricidades se había visto en la necesidad de soportar, conceptuandolo como corruptor público, desataron las tempestades de su lengua contra Lucas en los comedores de los *Boarding Houses*.

Y entonces comenzó á recorrer una nueva Vía Crucis. El espectro de la desolación tornó á golpear á su puerta, y se halló sin techo y sintió hambre y la mano de la piedad se negó á estrechar las suyas, trémulas y abatidas. Habría ocurrido otra vez á su antiguo benefactor, pero éste se había ausentado en viaje á Europa y no regresaría antes de varios meses. Dispuesto á ejecutar cualquier trabajo, iba por todas partes ofreciendo sus servicios en cambio de cualquier irrisoria recompensa. En ocasiones la fortuna le sonreía y lograba algún transitorio empleo, cuya retribución era suficiente apenas para depararle dolorosa subsistencia.

Así le fue dado conocer otro aspecto de la vida de Nueva York, el cual, con sus espantables caracteres quedó grabado en el fondo de su alma. En noches de intensas heladas, se vió obligado á solicitar albergue en esas instituciones que abre la caridad á los menesterosos y á formar en la interminable fila de hambreados que, en las horas de la madrugada, tiritando de frío, se agolpan á la puerta de los establecimientos en donde se distribuyen gratuitamente tazas de café y hogazas de pan; en otras ocasiones, cuando era poseedor de algunos cuartos y la plétora de desvalidos le hacía imposible la entrada á los asilos benéficos, buscaba refugio en esos antros pavorosos que, designados con el nombre de hoteles, existen sobre todo, á lo largo de la Tercera Avenida, en la sección del *Bowery*.

Es módico el precio que se cobra por la cama; allí no se suministran alimentos; con diez ó quince centavos se satisfacen las aspiraciones de los empresarios, quienes, por lo general, son miembros de la raza hebrea, lo que equivale á decir que manejan las operaciones mercantiles con lujo de escrúpulo.

La primera experiencia de Lucas en una de esas hospederías fue desesperante. Era una noche fría. Había caído sobre la ciudad una copiosa nevada, la que duro por varias horas, paralizando el tráfico y ocasionando serios trastornos al movimiento comercial. Parecía que el inmenso volumen de nubes que flotan en el espacio, en un momento dado se desmenuzaron, como si fuesen vellones de lana, en otras tantas nubes de copillos níveos, y éstos, amontonándose unos sobre otros, formaron un espeso tapiz por dondequiera, levantando á la vez murallas blancas é imponentes en calles y avenidas.

La fatigada ciudad parecía tiritar de frío bajo aquel sudario de nieve. Era un espectáculo lúgubremente fantástico, con pinceladas de idealismo y poesía. Los edificios, en cuyas aristas y cornizas y ventanas se prendían, espesándose y solidificándose, las plumillas de agua helada, semejaban mutilados túmulos de marmol apiñados en la esplanada de una necrópolis gigantesca;

en tanto que los esqueletos de los árboles, que las garras del invierno despojaron de su verdura, imitaban eflorescencias de espuma de mar surgiendo de entre los bancos de arena calcinada de una playa inclemente. En todo aquel conjunto palpitaba una gloriosa majestad de albura, bajo la cual se escondía otra aterradora majestad de negros fangos y espantosas podredumbres.

Hacia cualquier punto que se tornaba la mirada, veíase sólo una sábana blanca, como llena de arrugas producidas por los remolinos del viento, por los vehículos que la hollaban y por las pisadas de la muchedumbre que se aventuraba á desafiar la inclemencia del temporal.

El viento, que soplaba con violencia y se estrellaba contra los techos y altos paredones de los edificios, entonando una á manera de salmodia fúnebre, un dolorido *miserere,* arrastraba en los pliegues de sus alas miriadas de los más livianos copos de la nevada, los dispersaba en todas direcciones y hacíalos aparecer como una lluvia de partículas de cristal que flotaban en la atmósfera, y al través de las cuales, con raras fulguraciones y nimbos irisados, pugnaban por imponerse sobre las tinieblas nocturnas los innumerables focos de luz eléctrica del alumbrado público.

Los lugares de beneficiencia á donde acudió, se hallaban atestados; le era imposible continuar violentando el sueño después de haber estado privado de él por largas horas, y más imposible aún soportar el rigor de la helada; decidió encaminarse al *Bowery;* recorrió varias cuadras y examinó la entrada de más de media docena de hoteles; deseaba juzgar por la apariencia exterior las condiciones interiores; el frío, el

hambre y el cansancio lo rindieron al fin; compró en
un ventorrillo cercano una tajada de jamón entre dos
rebanadas de pan, y con este fiambre en el bolsillo entró resueltamente á la hospedería que menos mal lo
había impresionado.

Al rematar la escalera que conduce al primer piso,
tropezó con un mostrador mugriento, detrás del cual,
en el estrecho hueco que dejaban libre una pesada caja
de hierro, un estante, una mesa y una silla, se movía
la pletórica figura del propietario, individuo de avinagrada catadura, hosco, soez y hediondo de modo insoportable á tabaco de mascar, con el que mantenía continuamente rellenos los carrillos, obligándolo á vaciar
en una enorme escupidera de hierro colado frecuentes
bocanadas de saliva, á la vez que hacía uso para lim-
piarse el bigote después de cada escupida, de la manga
de la camisa ó del dorso de la mano izquierda, en cuyo
dedo anular exhibía una sortija de oro con diamante
de considerables proporciones.

Clavó el industrial los ojos inquisitivos y groseros
en el recién llegado; y entregándole una boleta de pase, extendió la mano para recibir las monedas con que
Lucas satisfacía el precepto reglamentario de hospedaje. No se dignó el hotelero pronunciar palabra alguna,
quizás porque era cuestión sobrentendida que cada
parroquiano debía saber con anticipación lo que allí
se va á buscar y lo que cuesta el servicio que se solicita.
Cumplido el ineludible requisito, abrió al cabo la boca,
repleta con la pelota de tabaco, y con voz ronca, despreciativa, le indicó el dormitorio á donde debería dirigirse y el número de la cama que podía ocupar.

En larga fila, como se ven en las enfermerías de los

hospitales, á uno y otro lado de los muros del salón, separados por estrecho espacio, y melancólicamente iluminados por dos mecheros de gas que pendían del techo; enumerados con sus correspondientes cifras pintadas en la pared, más de veinte lechos llenaban la habitación que se señaló á Lucas. Un vigilante ó guardián recogió la papeleta que le presentara el nuevo huesped, y si no con más indiferencia que la característica del propietario, sí con mayor grosería, le mostró desde la puerta la cama que se le asignaba, la cual, como todas las demás, era un simple armazón de hierro con un jergón cuya cobertura dejaba entrever diversos apelmazamientos de la paja de que estaba hecho; una almohada en análogas condiciones, y una frazada de color gris mugriento que hacía, tanto por el color primitivo como por el uso constante, juego natural con el jergón y la almohada.

Algunos de los huéspedes no tenían á bien desvestirse, y aun con el sombrero calado hasta las orejas se entregaban al sueño; otros se despojaban apenas de los zapatos, los que, para mayor seguridad, escondían debajo de la almohada; y, por último, otros, sin duda más partidarios de la comodidad, se quitaban el saco, lo doblaban para formar más confortable cabecera y se arrebujaban en la frazada. Nadie se preocupaba del vecino, ni oído alguno parecía sentirse afectado con las interjecciones y blasfemias que cerca ó lejos escuchara.

Jamás conjunto más híbrido, repugnante y lúgubre se había ofrecido á los ojos de Lucas; era un cuadro de desolación, de ruina moral, de congojas indecibles. La miseria se descubría allí en todas sus formas enlo-

quecedoras: desde la que consume al picaruelo que
principia á descender á los abismos del vicio, hasta la
de la ancianidad abyecta, que sin valor para cortar el
último hilo frágil que la ata á la vida, se empeña en
continuar haciendo frente á la lucha, porque imagina,
acaso, que todavía la degeneración humana tiene simas
más hondas...

Aquí, en la hosca almohada, hundía la cabeza y el
rostro hinchado y pletórico, el alcoholizado cuya respi-
ración gutural y violenta podía hacer pensar que agonizaba en un ataque apoplético; allí, sentado en el borde del lecho, un anciano de barba patriarcal, flaco y
tembloroso, devoraba bocados de comida que alguna
alma piadosa le regalara; en otro sitio se debatía, ahogado por violentos espasmos de tos, un personaje que
prefería llevar esa existencia abominable, antes que
someterse á los reglamentos de los hospitales; en un
rincón sostenían animada conversación tres camaradas
cuyas fisonomías y aspecto exterior infundían miedo;
más allá aparecía un mocetón que trataba de ocultar
el semblante con la viscera de la cachucha, y lanzaba
al soslayo, hacia uno y otro lado, miradas escudriñadoras, como si abrigara la idea de hacer provecho del
sueño de los vecinos para escamotearlos; al propio
tiempo que no dejaba de advertirse en uno que otro
lecho el extremecimiento de organismos que parecían
rebelarse ante tamaña degradación y tanta horrura.

Y allí, mezclado á aquella turba, expresión última
de física y moral degeneración, Lucas hubo de resignarse á pasar la noche. Se acomodó en su cama lo
mejor que pudo, y conciliando á intervalos un sueño
amargado por tenaces pesadillas, no había acabado la

luz del día de disipar la lóbrega neblina que oscurece
y hace tardío el despertar de las mañanas de invierno,
cuando Guevara salía de aquel antro de miseria y
ruina y se lanzaba á la calle, á la buena de Dios, para
hacer frente á nuevas luchas arrastrado, acaso, por un
nuevo torbellino de desengaños y dolores.

XL

Las plazas públicas y los parques constituyen en la estación de verano, especialmente, centro de solaz para los vagos y refugio hospitalario para los menesterosos.

Allí pasan los primeros horas enteras del día y de la noche sumidos en reflexiones profundas, ó leyendo, con ojos soñolientos, las interminables columnas de los diarios; en tanto que los segundos, menos aficionados á la lectura, acaso por exceso de debilidad estomacal, duermen á pierna suelta en una atmósfera de inmunidad contra la cual no atenta la severa reglamentación de la policía.

El *Central Park,* ó Parque Central de Nueva York, con sus cascadas artificiales, sus lagos pintorescos, sus anchas avenidas, sus kioskos misteriosos, sus emparrados de verdura en cuyo ramaje trinan los pájaros en el día y bajo cuya sombra se abrigan las parejas de enamorados en la noche, es uno de los lugares que posée la gran Metrópoli y en el que tanto nativos como extranjeros hallan deleites especiales y son actores ó espectadores de las más heterogéneas y febriles escenas.

Allí cuanto el capricho, en maridaje con el dinero y con el auxilio de una naturaleza exhuberante haya podido idear, resalta en la estación del calor con toda la pompa y lozanía de un paisaje de los trópicos.

Es el lugar en donde se dan cita la elegancia y el lujo, y en donde al mismo tiempo busca asilo la miseria. Los arrogantes troncos de caballos normandos arrastran el lustruoso *landeau,* en cuyo pescante, cocheros de rica librea, tiesos y con aire de satisfacción y orgullo, llevan al millonario que va á pasear su hastío recostado sobre mullidos cojines y contempla con indolencia á la multitud que se comprime en los bancos extendidos á lo largo de los camellones; allí la lijera *volanta,* conducida por alegres mozos, se cruza con la elegante *victoria* en que hermosas *demimondaines* van repartiendo sonrisas y soñando en conquistas futuras; y el automóvil y el velocípedo y la ágil amazona, forman el tumulto estruendoso que marea, la catarata de animación y vida que no se comprende ni explicarse puede sino cuando se la ve y se siente su poderoso rumor. Y como formando marco á tal tumulto, palpita el otro, el de un mar humano que se precipita por los callejones laterales, invade los templetes, se derrama sobre las plazoletas y los grandes tapices verdes; surca los lagos en embarcaciones frágiles; se agolpa en torno de las fuentes, penetra en los jardines, llena los restaurantes, se escurre por las encrucijadas, y halla, en fin, escasos á su anhelo de diversión los numerosos y alegres sitios de recreo.

Y allí van también los afligidos y los tristes; los que

pasean el hambre y la miseria por entre aquel derroche de satisfacción y dinero; los que, como los buhos, anhelan sólo la llegada de la noche para pedir á la sombra del árbol amigo techo que los proteja contra la lluvia y atmósfera de sosiego que les ayude á conciliar el sueño. Allí van los desesperados, los que sienten la vida como fardo y buscan sitio oculto y solitario para poner término á la que ellos conceptúan imbecilidad augusta de la existencia, con un tósigo activo ó la bala de un revólver.

El Parque Central, en las noches de verano, sirve á la vez de asilo de beneficencia á los desheredados de la suerte, y de retrete de lubricidad y amor á las parejas de enamorados.

Lucas Guevara, en esta época de infortunios y dolorosas sorpresas que á diario experimentaba, iba allí en solicitud de refugio en frecuentes ocasiones. Hambreado y lleno de fatiga, después de un día de vagar, inútil en la mayor parte de las veces, pues no muy á menudo tropezaba con mano liberal que aliviase sus necesidades urgentes, llegaba á la entrada del Parque al cerrar la noche; se internaba en él hasta encontrar el sitio que consideraba propicio para el descanso; y ora llevando la imaginación hasta los arrabales de Santa Catalina, ora sintiendo el áspid de la amargura y la venganza en el fondo del alma cuando pasaban por su memoria nombres como los de Jimeno y Don Cesareo, entornaba los párpados y disfrutaba de algunas horas de sueño reparador.

Había, sin embargo, ocasiones en que la naturaleza, rebelde y excitada no le permitía dormir, y aguijoneado por la curiosidad y por la misma necesidad de distraer la imaginación, echábase á vagar por las alamedas del Parque, las que, á pesar de los numerosos focos de luz eléctrica que se esfuerzan en iluminarlas, hállanse siempre sumidas en una cuasi tiniebla que no precisa los contornos de los objetos y burla las miradas investigadoras de la Policía. Y aquí, y allí, dondequiera que la penumbra es más densa, donde el ramaje de los árboles se extiende más tupido, en los recodos de los camellones que complacientes arbustos hacen aun más misteriosos, en hilera continua, sin tributar mayores homenajes al pudor; con cierto cinismo y cierta desvergüenza bastantes para ofender espíritus castos, pero no tan enteramente de bulto como para escandalizar á los agentes de la ley, las parejas de enamorados ocupan cuanto banco ha puesto la Municipalidad al servicio del público en el gran paseo de Nueva York.

En una parte se escucha el estallido de besos en rápida sucesión; en otras se siente el crujir de enaguas de seda que se arrugan; en otras risas apagadas, respiraciones anhelantes, rumor de caricias y extremecimiento de bancos. Y á un lado se divisan siluetas de mujeres que se dejan caer en somnolencia desmayada sobre el pecho de los galanes que se estrechan contra ellas ciñéndoles la cintura con el brazo; ú hombres que se adormecen teniendo por almohada el robusto seno de la compañera cariñosa; en otro lado grupos cuyos exactos contornos no es posible apreciar; raros entrelazamientos de pantorrillas, extraña posición de manos; rostros ocultos tras el ala de los sombreros....

Y en un momento dado, cuando los cascos de la cabalgadura de algún alguacil ecuestre resuenan en las cercanías, ó las pisadas características de algún guardián indican que viene aproximándose, se oyen y presienten movimientos rápidos y simultáneos para aparentar compostura, sacudida de faldas, normalización de manos, apartamiento de sombreros alcahuetes. Y al alejarse los agentes del orden público, esto es, los encargados de velar por los fueros de la moral y las buenas costumbres, vuelven á sentirse vibraciones de ósculos, arrugamientos de faldas, respiraciones excitadas; y manos y sombreros y pantorrillas y brazos tornan á sus anormales primitivas posiciones. En tanto que como bandadas de mariposas, revoloteando en todas direcciones y por todos los sitios, ansiosas de hallar asiento vacío ó lugar conveniente á sus caprichos, centenares de parejas recorren las avenidas y se escurren por las encrucijadas; lanzan miradas escudriñadoras al interior de los kioskos y asaltan con ansiedad febril el primer banco que encuentran vacante; sin que deje de presentarse el caso de que aun los mismos centinelas del orden público aprovechen, como lo aprovecharía cualquier hijo de vecino, los recodos discretos para ungir con sus labios los de alguna nodriza que haya podido, voluntaria ó involuntariamente, extraviarse en la complicada red de callejuelas ó camellones del parque.

En una de esas noches de insomnio, en que Lucas Guevara, pensativo, nervioso y hambreado, vagaba sin rumbo por los laberintos del parque, al pasar por delante de un banco que se ocultaba bajo la rama caída de un álamo frondoso, creyó reconocer un rostro de hombre que le era familiar. Instigado por la curiosidad, y con toda la prudencia que el caso requería, situóse en el lugar que creyó conveniente para observar el grupo. La oscuridad no le permitía precisar sus recuerdos, y creyendo que era inútil continuar en la acechanza, se disponía á alejarse del escondite, cuando la pareja abandonó el asiento y tomó camino á lo largo de una de las avenidas.

Lucas siguió detrás de ella, apresuró el paso y consiguió adelantarla. A poca distancia, uno de los focos eléctricos baño con fuerte luz la fisonomia de los dos amantes y á Lucas le fue dado entonces fijar sus recuerdos.

Al lado de una rubia, bien parecida y en pleno desarrollo de edad, caminaba Don Arnulfo Jimeno, el comisionista, banquero, socio de la casa mercantil de Jimeno, Marulanda & Co., el maestro de moral, acudiente celoso y honorable de unos cuantos educandos.

Y la dama á quien acompañaba no podía ser su esposa, si se iba á juzgar por la clase de retozos á que se habían entregado bajo la sombra protectora de la rama del álamo.

XLI

A tiempo mismo
que todas estas des-
gracias afligían á Lu-
cas Guevara, uno de
los grandes vapores
trasatlánticos que ha-
cen la travesía entre
el Havre y Nueva York, desembarcó en este último
puerto á Don Martiniano Esparragosa J., vástago ilustre, á juzgar por sus propias declaraciones, de una
de las acaudaladas familias de la República de***

Este caballero, en vísperas de estallar la guerra civil en su patria, había tenido la feliz idea de hacer
una correría por el extranjero, no tan sólo para em-
paparse en el carácter de las modas europeas á pie
de fábrica, según la expresión vulgar, sino también
con el objeto de instruirse en horizontes probablemente más dilatados que aquellos en donde había res-
pirado las auras de la vida por más de 30 primaveras.

Permaneció en el Viejo Mundo cerca de sesenta

días; visitó varias capitales europeas; gozó de las
aguas de Vichy por 48 horas; perdió dos ó tres luises
en Monte Carlo; durmió una noche en Venecia; cruzó el Canal de la Mancha y frecuentó los hoteles de
Londres por una semana; dió un brinco á Madrid;
asistió á misa mayor en la Catedral de San Pedro;
atravesó la Francia en ferrocarril expreso que lo llevó
de la frontera española en las riberas del Mediterrá-
neo hasta París; en esta ciudad se entregó por espacio de cuatro semanas á pasear en los *boulevares,* en
el Bosque y los Campos Eliseos, generalmente en
compañía de alguna amiga que había conquistado en
Moulin Rouge ó en *Folie Bergers,* pues de otro modo
no habría desempeñado cumplidamente su misión de
turista. Un día se instaló en el Museo del Louvre
por espacio de dos horas; recorrió á pasi-trote los salones del Luxemburgo; pasó por frente á la Catedral
de Notre Dame; subió una vez á la Torre de Eiffel y
asistió á dos representaciones en la *Grande Opera.*

Compró seis fluxes de diversos cortes y pintas; una
docena de corbatas, bastón y paraguas con empuñadu-
ra de plata y algunas otras menudencias, entre las cuales figuraban en primer término un estuche de viaje,
y para obsequiar á miembros femeninos de su familia,
dos docenas de botellitas vacías acicaladas con membretes en los cuales aparecía, pintada en colores, la
efigie de la Virgen de Lourdes y un retrato de la
fuente milagrosa.

Concluída esta peregrinación recreativa é instruc-
tiva, pensó regresar al solar nativo por vía de Nueva
York; y fue éste, por lo tanto, el motivo que procuró
á la gran metrópoli americana la honra de contar en

el número de sus huéspedes á Don Martiniano Esparragosa J.

En el estado anárquico de la literatura moderna, á cuya sombra se ha desarrollado la benéfica sociedad del *bombo mutuo,* Don Martiniano se consideraba aventajado apóstol del modernismo; pulsaba la lira, y había introducido en la poesía un célebre adelanto: producía ó enjendraba poemas de doble acción, es decir, que podían leerse de arriba para abajo, ó viceversa, con resultados idénticos; y, por virtud de la hermandad á que pertenecía ó aspiraba á pertenecer, se creía con derecho á que su nombre fuera empujado por los demás socios de la fraternal institución hasta las ariscas fronteras de la fama.

Para colmo de sorpresa del viajero, supo, por las averiguaciones que hizo, que los periódicos neoyorkinos no anunciaron su llegada á las playas americanas, desatención que, con justicia, calificó de malacrianza yankee y contra la cual juró vengarse en las páginas del libro que se preparaba á escribir.

Aunque la idea suya era la de permanecer en Nueva York por una semana, á lo más, pues su patriotismo se rebelaba á honrar con su presencia á una nación que tantos atropellos ha cometido con los países de Hispano-América, la maldita revolución que azotaba á su patria lo obligó á modificar sus planes, y, bien á pesar suyo, se vió obligado á prolongar su estadía en esta ciudad por más largo tiempo, en virtud de las noticias que llegaban del teatro de la guerra, y por las cuales se colegía que no sólo no había facilidad para desembarcar en puerto alguno, sino que las vías de comunicación en el interior no ofrecían

seguridad ni garantías á los viajeros, aun cuando éstos llevaran, como el señor Esparragosa J., las maletas atestadas de botellas para envasar agua de Lourdes, tomada en cualquier arroyuelo de la parroquia
natal, y obsequiar con el milagroso líquido á su numerosa parentela.

En vista de esta inesperada circunstancia, juzgó
conveniente el señor Esparragosa J. dedicar las horas
que pasara en Nueva York, no sólo á convertirse en
obrero de la socorrida labor de corresponsal neoyorkino del periodismo de la República de***, con la noble intención de ilustrar á sus compatriotas en los
grandes problemas económicos y sociales de la gran
nación del Norte, ios cuales juzgaba que debía por intuición conocer más á fondo que el más experto estadista de Washington, pues para ello bastaba sólo haber mamado la primera leche bajo el mismo cielo que
arropa á Santa Catalina, sino que haría provecho de
la ocasión para trasladar al papel sus impresiones de
viaje. Pero como á pesar de sus condiciones de literato decadente, parece que sus conocimientos en ortografía y caligrafía corrían parejas con la excelsitud
de sus elucubraciones, y además gustaba de darse humos de personaje de alta gerarquía, creyó indispensable buscar un secretario que pusiera en forma legible
para ser llevadas á la imprenta, las cuartillas que iban
á constituir la obra llamada á ser orgullo y sorpresa
de sus compatriotas, y á dar alimento á los ratones en
las oficinas de redacción de los periódicos á cuyos
directores el autor honrara con el envío de sendos
ejemplares.

Aun cuando el señor Esparragosa J. no era oriundo

de Santa Catalina, lo era de otra población vecina de ésta, por cuya razón Lucas Guevara lo conocía no sólo de nombre y fama, sino hasta casi de trato y comunicación. Y habiendo sabido que Don Martiniano se hallaba en Nueva York, no vaciló en ir á visitarlo, no solamente para darse el gusto de estrechar la mano de uno de los radiantes soles de la literatura nacional, sino para ver si lograba que el excelso literato le ofreciera algún apoyo práctico en las penosas circunstancias por que atravesaba.

El señor Esparragosa J. se dignó recibir á Lucas; mostróse muy condolido al oir la historia de éste; y después de preguntarle por la familia, de hablarle de su viaje, de su proyecto bibliográfico y de expresarle sus ideas acerca de los países que había visitado, saturando la conversación con cierta fraseología ininteligible. penosamente rumiada en los predios exhuberantes del decadentismo, acabó por proponer á su interlocutor que desempeñara las funciones de amanuense, mediante la correspondiente remuneración que, según él, le ayudaría, á lo menos por algún tiempo, á tener asegurado el pan de cada día.

Con íntimo regocijo y demostraciones del más profundo agradecimiento, aceptó Lucas la proposición que se le hacía; y á tal punto llegó su entusiasmo que casi casi llegó á reconciliarse con sus compatriotas.

Quedó convenido en que se principiaría el trabajo al día siguiente á las diez de la mañana; y con esta promesa se dió por terminada la visita, la que, desgraciadamente, procuró á Lucas seria contrariedad, pues éste exigió á Don Martiniano le diera un pequeño auxilio monetario, en calidad de anticipo, para tomar

algún alimento, y el literato se excusó manifestando
que no tenía cambio en ese instante, lo que sentía
mucho, pero que en otra ocasión las cosas pasarían
de distinto modo.

Exactamente á la hora acordada el día anterior, se
presentó Lucas en el hotel donde se hospedaba Don
Martiniano, para dar comienzo á sus labores de amanuense. Conducido á la habitación de éste, hallólo vestido en su traje de dormir (vulgo *pajamas*) y sentado
delante de una mesa sobre la cual aparecían en confuso
desorden varios libros á la rústica.

Cambiadas las salutaciones matinales, el señor Esparragosa J. señaló á Lucas el escritorio *ad hoc* que
tenía preparado para el Secretario.

—Tome Ud. la pluma—le dijo—y vamos por el principio. Uno de los puntos de mayor importancia y que
ha sido causa de desvelos para mí, es el título de la
obra. Creo haber escogido el absolutamente adecuado
al objeto, pues define de preciso modo los heterogéneos
asuntos de mi libro. Escriba Ud. en letra clara en la
primera línea:

"*Cardos y Arbustos*"

ahora en la siguiente, entre paréntesis:

"(Páginas íntimas del album de mi vida)"

y en renglón aparte:

"Por Martiniano Esparragosa J."

Don Martiniano tomó en sus manos la hoja escrita
para apreciar mejor el comienzo.

—Al primer tapón, zurrapas!—exclamó con visible
contrariedad.—Ha incurrido Ud. en un error, omi-
tiendo la J de mi nombre.

Evidentemente Lucas había perpetrado tal abuso.

—No comprende Ud.—añadió—que con semejante
mutilación, el público puede ser engañado. Suponga
Ud. que los periódicos de los Estados Unidos y los de
Europa, reproduzcan, como reproducirán, algunos capítulos, pues es claro que sólo hablarán de Esparragosa
á secas y habrá quienes imaginen que existen dos es-
critores con el mismo nombre, cuando no existo sino
yo, á quien el público conoce con la inicial del segundo
apellido. En estos asuntos, amigo mío, es preciso tener mucho escrúpulo para conservar siempre una misma individualidad. Añada Ud. la J.

Y Lucas hizo la añadidura.

Luego Don Martiniano principió á dictar párrafo
tras párrafo, tomados de un cuaderno en el que, según
manifestó, guardaba los apuntes principales, un interesante capítulo sobre la excelencia de las aguas de
Vichy para la curación de la dispepsia. Mas si algún
visitante hubiese penetrado en la habitación del escritor momentos antes de la llegada de Guevara, habría
encontrado al señor Esparragosa J. copiando en el ci-
tado cuaderno de apuntes, los principales datos de es-
tadística copilados en el respectivo *Bedecker;* que *Guías*
ó *Bedeckers* de los lugares que había recorrido, y no
otra clase de literatura, era la contenida en los libros
á la rústica que antes se han mencionado.

Por espacio de seis días duró Lucas consagrado al
ejercicio de secretario, y en ese tiempo escribió varios
capítulos, todos abundantes en datos estadísticos, que
revelarían á los futuros lectores de *"Cardos y Arbustos"*, el espíritu, observador, inteligente y estudioso del
autor, y serían heraldos de admiración y lauros para
él mismo en aquellas frases de su propio caletre, unas

llenas de sal ática, no en verdad proveniente de salina alguna, y otras de giros retóricos y pensamientos magistrales, entre los cuales descollaban, en la critica que hacía de los cuadros que exhiben las galerías del palacio de Luxemburgo, incomparables y expresivas metáforas con que los calificaba, como la siguiente, por ejemplo: "indigestiones cromáticas de pinceles dispépticos", con lo cual quería significar, sin duda, que dichas obras habían chocado terriblemente contra su gusto estético, disgusto éste que, estaba cierto el literato Esparragosa J., llenaría de desconcierto y amargura á los artistas que las habían ejecutado, sobre todo al disparar el dardo de la censura una autoridad tan competente como la del autor de *"Cardos y Arbustos."*

Ya cuando el viajero-literato no pudo ordeñar más de los *Bedeckers* y había escritas y apiladas más de ochenta cuartillas, esto es, al terminarse el sexto día de trabajo, Esparragosa J. anunció á Lucas que suspendería la labor, pues iba á dedicarse con más empeño de lo que podía hacerlo como corresponsal, al estudio de los Estados Unidos para decir de los yankees las lindezas que merecían, resuelto como estaba á desafiar las iras de este pueblo de amasadores de oro y *parvenus* de la civilización, como él los apellidaba. Amenaza que, á manera de la espada de Damocles, ha quedado colgada sobre la nuca de los americanos, pues hasta hoy, que se sepa, no ha trasladado al papel tales impresiones la pluma magistral de Don Martiniano Esparragosa ·J., sin duda porque el tema no estaba á la altura del brioso escritor, y porque el libro *"Cardos y Arbustos"* se publicó más tarde sin exhibir en sus páginas ninguna agresiva consagrada á la patria de Washington y Lincoln.

No tuvo Lucas la precaución, cuando designado fue
como amanuense, de estipular el precio de su trabajo,
contentándose con dejar á la caballerosa conciencia de
Don Martiniano el montante de la recompensa; y porque, como era natural pensarlo, un compatriota rico,
aficionado á las Bellas Letras y con otras campanillas
más, no podía desperdiciar la ocasión de auxiliar con
liberalidad y sin causar humillaciones, á un paisano en
desgracia que, con sumisa contracción, había tenido la
patriarcal paciencia de masticar, sin quejarse, los diversos capítulos de *"Cardos y Arbustos."*

Contrariamente á las ilusiones y cálculos de Lucas,
cuando llegó el momento de recibir el valor de su trabajo, Don Martiniano, creyendo escalar la cima de la
generosidad, sacó de la cartera tres billetes de á peso
y los dejó escurrir en uno de los bolsillos del escribiente, agregando á la dádiva el ofrecimiento de que
al estar publicado el libro lo distinguiría obsequiándole
un ejemplar.

Si no hubiese sido porque buena estrella agolpó en
el acto á la memoria de Guevara el recuerdo de los
amargos días de su arresto, es evidente que todos los
pergaminos del señor Esparragosa J. no lo habrían
librado de un excelso soplamocos. Sin embargo, la
mansedumbre no fue tanta que le permitiese á Lucas
velar su enojo; tentado estuvo á botarle á la cara el
dinero y soltarse en catarata de insultos y denuestos;
mas la necesidad tuvo mayores fuerzas que la dignidad, y contentóse con voltearle la espalda y expresar
con el silencio algo más elocuente que todas las interjecciones juntas; lo cual dejó á Don Martiniano
profundamente desconcertado y rabioso, á tal extremo

que juró cien veces por la memoria de su difunto padre, no abrir en lo sucesivo el corazón al beneficio, sobre todo cuando tuviera que habérselas con sus compatriotas.

Y no se serenó su enojo, hasta que decidió, en són de venganza, seguramente, escribir un luminoso artículo sobre las causas y efectos de la ingratitud humana.

A despecho de la amenaza literaria que el señor Esparragosa J. fulminó sobre Lucas, la estrella de éste no se había eclipsado por completo. Así, á lo menos, demostrólo el hecho de que una nueva puerta de salvación se le presentó abierta: esto es, volvió á asegurar el pan de cada día mediante la influencia y oportunas indicaciones de un antiguo conocido con quien acertó á tropezar en uno de esos días de hondas tribulaciones, y á quien no vaciló en hacer confidente de sus cuitas.

Era este inesperado protector que le deparaba el destino, un personaje oriundo del Oeste de los Estados Unidos, y como todos los americanos *pur sang*, servicial y bondadoso cuando de amigos ó conocidos se trata; con quien en años anteriores se había relacionado en uno de los *boarding houses* de que fue huesped, y quien, debido á una consagración y paciencia ejemplares, había ido asegurando más sólida y lucrativa posición en un taller de maquinaria que empleaba considerable número de brazos.

Bastó una sola indicación de este buen señor para que Lucas hallara trabajo allí. Se le asignó el puesto de ayudante en uno de los departamentos de la fábrica, con un sueldo semanal algo más que módico, pero que en todo caso era suficiente para salvarlo de

las privaciones á que había estado sometido por tan
largo tiempo.

En cuanto á aplicación y conducta, trató Lucas de
corresponder tan esmeradamente á la recomendación
que de él se hizo, que al cabo de pocas semanas lo
sorprendió un aumento en el salario y la esperanza
de seguir mejorando si continuaba observando con fidelidad los estrictos reglamentos del taller.

Sin embargo, dió la desgracia de que, provocados
por los instintos descarriados de Guevara, otros irremediables y desgraciados acontecimientos aparecieran,
como fantasmas asesinos, en el tortuoso sendero de su
existencia.

XLII

Aun cuando en Nueva
York los *Boarding Houses*
abundan tanto como los caracoles en las orillas del
mar, y, como los caracoles,
presentan todas las catego-
rías que se hallan en el reino de los moluscos, lo que
significa que pueden obte-
nerse tales como se deseen
de acuerdo con la localidad,
con el cuarto que se elija y las gollorías culinarias que
ofrezcan, hay ocasiones, y no pocas, en que, por la
sencilla razón de que el presupuesto de entradas no
garantiza el de las salidas, no es prudente descargar
sobre una bolsa escuálida el compromiso de pagar se-
manalmente á un mismo empresario cuarto y comida,
y en condiciones semejantes, á fin de mantener asegurada la entrada al templo de Morfeo á expensas de
las imperiosas exigencias de Lúculo, se hace indispensable contar con facilidades para dar práctica solución á tal problema. De ahí que en los Estados Unidos prevalezca también el sistema de los cuartos de
alquiler, que en el preciso idioma inglés se designan
y anuncian con el nombre de *Furnished rooms,* ó sean
habitaciones amuebladas.

Las que se consiguen á precios bajos, si bien es
cierto que ofrecen grandísimas desventajas en cuanto á aseo, sobre todo, no carecen de alicientes para
naturalezas refractarias á la esclavitud y al bullicio.
Vivir en una de esas habitaciones, equivale á residir en
un cuasi desierto; sólo una vez á la semana, y eso
poco rato después de haber amanecido, se le ve la cara
á sér viviente, es decir, la de la propietaria que se presenta á cobrar el pago anticipado del alquiler. Si desgraciadamente el inquilino no está en aptitud de llenar
tal formalidad, no le queda sino un camino expedito
para evitar molestias: trastear; mas si tiene la fortuna de poder sostener el crédito, ó, en otros términos, si religiosamente cumple, al principiar cada semana, con el impretermitible requisito, disfruta no tan
sólo de paz y tranquilidad, sino de un beneficio mayor: el de libertades excepcionales; se le concede hasta el derecho de acompañamiento, ó sea derecho para
no dormir solo, puesto que como no hay curiosos que
se preocupen por la vida del vecino, es, además de
natural y fácil, perfectamente aceptable, que las amigas de los inquilinos ó los amigos de las inquilinas
puedan, si lo tienen á bien, convertir en lecho conyugal los que, aparente ó efectivamente se destina-
ran á soportar las nostalgias de la soltería. Y bien que
si en la mayor parte de los casos para hacer uso de
esas libertades se pidiera permiso á la dueña de la
casa, levantaría protesta colosal y haría escándalo formidable—ya que á nadie le es permitido patrocinar
públicamente atentados contra la moral—si se procede
cautelosamente y se deja á la oportunidad complaciente de las sombras nocturnas la verificación del he-

cho, á buen seguro que nadie se sorprende ni escan-
daliza, no importa que la misma propietaria despierte
al ruido de pasos que suben las escaleras—pues para
subir á los pisos superiores se las ha construido y cada
inquilino tiene el derecho de entrar á su habitación á
la hora que le cuadre—ó de bamboleo de cujas, puesto que éstas, por macisas que sean, no pueden eximirse
de trepidaciones cuando las personas que de ellas se
sirven padecen de insomnio ó no disfrutan de sueño
reposado.

Contando con el salario que se le asignara en la
fábrica, buscó Lucas albergue en una de esas casas
desapacibles, oscuras, con olor á humedad y á comida
trasnochada. Por dollar y medio semanal contrató
habitación, muy semejante, por el tamaño y condiciones higiénicas, á la que ocupara en la *Pensión de
Familia*. Con lo que le restaba, después de hecho este
gasto, tenía que subvenir á sus otras necesidades, no
siendo la menor de ellas el pago, semanal también,
que tenía que hacer al hijo de Israel á quien compró
la vestimenta de segunda mano que llevaba puesta,
obligación que si dejaba de cumplir, lo condenaria á
quedar reducido al primitivo traje del padre Adán.

Ni la experiencia adquirida, ni los infortunios pasados y presentes habían sido bastantes para modificar
el temperamento y las inclinaciones aventureras de
Lucas. Las mujeres continuaban ejerciendo en él una
influencia irresistible, un dominio de cuyas garras no
podía librarse por más propósitos de enmienda que
hiciera y por más espíritus angélicos que, en las regiones celestes, se afanaran por conducirlo á más segu-
ras playas. Sin embargo, no sería enteramente justi-

ficado echar íntegro el peso de la culpa sobre el desgraciado mozo, sobre todo si se tiene en cuenta que en el medio avasallador en que giraba, se hace preciso tener nervios de estopa para estar á prueba de incendio contra las miriadas de tentaciones que asedian á los mortales, y que, como las ninfas del sueño de Fausto, no hay rincón en que no pululen ni halagadoras sensaciones que no brinden.

Hasta el humilde zaquizami en donde, merced al más violento sacrificio de su bolsa, hallaba asilo en esos momentos, la tentadora serpiente hubo de rastrearse, y llevada por los colmillos de ésta, pasó á figurar en el número de las conquistas de Guevara nada más ni menos que la única hija de la dueña de la casa, zagaleja que, según lo aseveraron más tarde mamá y doncella, no había escalado aún la cima de los diez y ocho abriles, ni incurrido en falta que exigiera la absolución del confesor.

Los retozos idílicos á que los enamorados se entregaban, burlando—lo que no era difícil en una casa como aquella—la vigilancia maternal, habrían podido pasar inadvertidos ó no ser piedra de escándalo, si no da la desgracia que la prole humana presentó síntomas inequívocos de que iba en camino de aumento, y de que por tal motivo al cabo de pocos meses las sienes de Don Andrés Guevara se ceñirían con la corona del abuelo.

Fue la primera intención de Lucas, al darse cuenta del siniestro, obligar á la muchacha á ir en solicitud de alguno de esos tocólogos no registrados, desprovistos de toda huella de sentido moral, que confían á la sonda asesina la inícua labor de destruir lo que aun las garras de las hienas se afanan en respetar, y cuyos instintos criminales son aventajados únicamente por aquellos seres que, sin valor para despedazarse el cráneo contra un murallón, á falta de otro elemento mejor adecuado al objeto, tienen, en cambio, el que infunde la más abominable degeneración para empeñarse en que desaparezca lo que, tal vez, podría contribuir á regenerarlos.

Por suerte para el evangélico mandato de acrecentar la especie, los profesionales que prestan tal género de servicios, por no estar éstos sancionados por la ley y tener que dispensarse en condiciones excepcionales que les garanticen, hasta donde ello sea posible, que no cambiarán el salón del consultorio quirúrgico por la celda de una penitenciaria, han establecido una tarifa que no se halla al alcance de todas las fortunas; y aunque la mamá en ciernes se sentía dispuesta á seguir las indicaciones de Guevara, como no fue posible á ninguno de los dos interesados reunir la suma necesaria, y los recursos terapéuticos caseros á que se tuvo á bien apelar, probaron una vez más su total ineficacia, el proceso de la maternidad siguió su curso natural, con el inevitable acompañamiento de fenómenos sintomáticos inocultables.

Tan pronto como la dueña de la casa cayó en cuenta de lo que ocurría, hubo las de Dios es Cristo. Y á completar por una parte la indignación maternal, y á llevar, por otra, á Lucas al extremo final del pavor y la desesperación, entraron en escena tios y sobrinos y primos é igualmente un abogado, decididos todos á hacer con el bueno de Guevara escarmiento ejemplar si no salvaba el honor de la familia echándose al cuello la coyunda de marido; esto es, ofreciéndose como víctima expiatoria, pues no otra cosa significaba para él meterse en el bolsillo una suegra de tal calibre y cargar con un collarete de parentela semejante.

Callada, sigilosamente, como es de usanza en tales casos, quedó remendado el descocido aquél: la mamá con yerno, la doncella con esposo, la familia con nuevo é inesperado pariente, y el abogado con unos cuartos más obtenidos en recompensa de sus atributos profesionales.

Empero, en su condición de marido cuál iba á ser la futura suerte de Lucas? Los acontecimientos que principiaron á sucederse desde el momento mismo en que la ley ató el lazo conyugal, auguraban desenlace más trágico que el que había tenido su ilegal consorcio con la señora Hendricks. Una cosa era contemplar á la suegra, festiva y acaramelada con las personas que aspiraban á ser sus inquilinos, y otra verla transformada en berberisco con el desventurado mozo, á quien desde un principio no sólo negó toda prerrogativa, sino que le impuso como condición inapelable para continuar disfrutando de albergue, que si no pagaba también por el de su consorte tendría que irse con la música á otra parte, toda vez que, en opinión suya, casados los hijos las responsabilidades y deberes de los padres cesan, y de vergüenza y pundonor carecen los que pretenden vivir á costillas de los suegros.

El exiguo salario que ganaba, y que ni aun le permitía el lujo de comprarse un par de zapatos, menos aún podía satisfacer exigencia semejante. El problema se habría resuelto con facilidad si le hubiera sido posible independizarse de consorte y suegra: de la última podía naturalmente hacerlo, y ello constituiría la mayor de las satisfacciones para ella; pero de la primera no había modo: la protegían la ley y las iras incontenibles de la parentela. Llegaba, pues, al extremo en que la vida pierde cuanto de amable y generoso puede ofrecer; en que hasta las naturalezas más vigorosas y resistentes sienten en el alma el hálito de la derrota, y en que pensar en continuar la lucha sería la más suprema de las insensateces.

Entre amenazas, improperios y zalagardas transcurrieron las primeras semanas de vegetación matrimonial; aquello era un infierno contra el cual el mismo Lucifer habría protestado. La muchacha, á quien no se ocultaba que tal situación era insostenible y comprendía que no sería discreto ni práctico salir á soportar pobrezas ó á parar en un asilo si se obstinaba en cumplir con sus deberes de esposa, optó por el partido de hacer causa común con la madre, de modo que Lucas acabó por hallarse á la merced de los fuegos de dos baterías á cual más implacables y mortíferas.

Sintióse de pronto atacado como por un vértigo de locura, y decidió tomar una resolución suprema. Había recorrido la via-crucis del martirio en una atmósfera de caídas, de zozobras y miserias; y víctima del medio á donde fue lanzado por la ignorancia ó imprevisión paternal, sin brazo honrado y cariñoso que lo sostuviera, sobre todo cuando le fue preciso dar los primeros pasos y sentirse protegido en ese medio, el torbellino acabó por arrollarlo, y en el estertor profundo de su angustia infinita, surgió ante sus ojos la silueta de la augusta Libertadora, señalándole, con dedo trágico, la senda al abismo redentor.

XLIII

El puente de Brooklyn
es considerado, y con ra-
zón, como una de las ma-
ravillas del globo. En efecto, quién que haya venido
á Nueva York no conserva el recuerdo de la pasmosa
impresión que se apodera del espíritu, cuando al entrar en la bahía divisa el viajero desde la cubierta del
buque, esa vasta red de alambre que al través de la
distancia y de la bruma en que se envuelve, semeja
finísimo encaje de acero que flota en el espacio sos-
tenido en sus extremos por titanes de granito, en cuyas aristas se quiebra la luz y cuyas frentes elevadísi-
mas se coronan con plumajes de nubes cenicientas?

Quién no ha experimentado ante este prodigio de
la inteligencia humana puesto al servicio de la industria, esa sensación extraña que produce todo lo grande, todo lo majestuoso, todo lo que por su magnificencia difícilmente puede concebir la imaginación?

Y al caer la tarde, cuando se arropan los últimos
arreboles vespertinos con el manto de la noche; cuando las dos ciudades con sus infinitas luminarias semejan incendios gigantescos, y el Río del Este, cual cris-

talina lámina de mil colores vagos, parece la brecha
que ha abierto la piqueta del bombero para impedir
que las dos llamas se junten; quién no ha contemplado
con arrobamiento esa doble parábola inmensa que resalta sobre el firmamento oscuro con su diadema de
luces ambarinas y con el incesante reflejo de trenes
iluminados que por sobre ella se precipitan en no interrumpida sucesión? Y quién no ha escuchado la
solemne sinfonía que, al estrellarse contra los hilos
metálicos del coloso, preludian las alas del huracán
que se despereza y se sacude?

No brota, acaso, del fondo del alma un himno de
admiración y entusiasmo que no puede traducir el
lenguaje humano, pero que golpea en los labios, zum-
ba en los oídos con todas las modulaciones de la gama
y despierta las inteligencias dormidas con vibraciones
misteriosas?

El puente de Brooklyn es una de las más altas manifestaciones del esfuerzo humano; el testimonio más
elocuente del atrevimiento y poderío de esta raza en
cuyo cerebro tienen cabida las concepciones más audaces; la misma que ha llegado en menos de treinta
lustros de existencia á competir en civilización y progreso con las naciones que cuentan siglos de vida y
que hoy, atónitas y sobrecogidas de asombro, contemplan con respeto á este gigante del Norte, árbitro,
sólo por sus fuerzas de titán, de los destinos del universo.

Para poder apreciar lo que es en sí el puente de
Brooklyn, para formarse siquiera vaga idea de esta
obra atrevidísima, es indispensable aproximarse á ella;
atravesarla por sus diferentes vías; situarse al lado de

los estribos que la sostienen en las extremidades; examinar la prodigiosa trabazón de sus piezas; el enlace de sus cables, la majestad de sus curvas y, más que todo, el maravilloso engranaje de esa red de delgados alambres que, vista desde lejos, semeja, por lo vaporosa y aérea, un inmenso girón de tul.

Hay dos horas en el día en que el viajero que llega á Nueva York debe situarse en el puente de Brooklyn para comprender mejor la grandeza del coloso: de siete á nueve de la mañana y de cinco á siete de la tarde.

En la primera de dichas horas se dirige de Brooklyn á Nueva York en apiñada multitud el incontable número de personas de toda edad, sexo y condición, que van á contribuir al movimiento comercial de la gran Metrópoli, á dar actividad á esa colmena humana que comienza la labor cuando las primeras claridades de la aurora tiñen el horizonte y no descansa sino cuando ya las sombras de la noche cobijan la naturaleza.

De las calles, de los tranvías, de los automóviles, de los coches, afluyen incesantemente á las distintas entradas del Puente oleadas de muchedumbre; los ferrocarriles recorren la vía á ellos destinada minuto por minuto; los tranvías eléctricos se precipitan uno en pos de otro en fila no interrumpida; los carretones, carros y carretas se empujan, chocan y se atascan con febril impaciencia en los caminos laterales, y por el centro, las personas que, por capricho ó economía, lo atraviesan á pie, en masa compacta se estrechan y avanzan atenidas, más que á sus propias fuerzas, al empuje de las que vienen detrás.

El tumulto ensordece. En ese trayecto de mil quinientos metros no se escucha sino un ruido confuso,
solemne, enloquecedor: el resoplido de las locomotoras, la trepidación de los wagones, el estruendo de las
carretas, el continuo golpear de las campanas de prevención, el rechinar de las ruedas, la estentórea gritería de los cocheros y el rumor profundo, en fin, de
seiscientas mil almas que circulan por sobre aquella
mole de acero.

Y si en todas direcciones se extiende la mirada; si
desde la mitad del Puente se contempla el panorama,
qué indefinible sensación experimenta el espíritu ante
el cuadro magnífico que se proyecta de uno á otro
extremo del horizonte! De allá, del lejano término
que velan las brumas, avanza el Río del Este el caudal
de sus aguas turbias y serenas; desvanecidas por la
distancia, ostentan sus pálidas siluetas las altísimas
construcciones de las dos ciudades; millares de embarcaciones cortan los cristales del río; vese por dondequiera profusión de gallardetes y banderas; la luz
misma, como exaltada por la imponderable animación
humana, tal parece que se agita en ondas que tiemblan y se sacuden con reflejos vivaces y deslumbradores; aquí cerca se siente el torbellino de Brooklyn y
Nueva York y se divisa el espectáculo siempre nuevo
y siempre grandioso de sus gigantescos edificios; y
más allá, en el término opuesto, tras el reguero de
islas que se enseñorean en la bahía, dilátase la franja
azul del océano, esmaltada á trechos por velas fugitivas y por espirales de humo.

Si en todos los semblantes de la innumerable procesión de gentes que pasan el puente en aquella hora, no hay destellos de alegría, en cambio palpitan emanaciones de esperanza. Van en pos del trabajo que habrá de asegurarles elementos de bienestar; van á la diaria lucha de la vida á quebrantar obstáculos, á reñir con aspiraciones encontradas, á no dejarse abatir por las contrariedades, á realizar las ilusiones forjadas en la dulce tranquilidad de la noche, á ser víctimas de la suerte ó á salir victoriosas en la pelea.

Después de diez horas de ruda tarea, ya cuando la luz solar principia á apagarse y los agobiados miembros piden descanso, torna el Puente de Brooklyn á presentar igual animación á la de la mañana; tornan el atronador bullicio, la nerviosa impaciencia, el amontonamiento, la confusión. La cinco vías son estrechas para la multitud; por las plataformas no es posible caminar sino á fuerza de empellones; para ganar la portezuela de alguno de los carros, es preciso un esfuerzo sobrehumano; para llegar á las ventanillas donde se venden los billetes, es forzoso formar en una fila que á la ansiedad del tumulto parece interminable.

Y uno tras otro se precipitan los trenes; la claridad del día es reemplazada por inconcebible profusión de focos eléctricos; sobre las ondas del Río se refleja la iluminación de las ciudades; de las embarcaciones que lo cruzan no se distingue sino una sombra negra salpicada de farolillos de colores; en la vaga lejanía del mar dibújase indecisa la última raya de oro del crepúsculo, y como mudo testigo de aquel espectáculo solemne, confusamente delineados sus contornos, la estatua de la Libertad alza en la diestra la gigantesca antorcha, y desde tal altura difunde sus resplandores, que pudiera creerse que aquella mano inmortal yérguese atrevida para arrebatar al firmamento el más hermoso de sus astros.

A la estación de Brooklyn llega sin cesar la concurrencia: invade la escalera de los elevados; llena los tranvías; se dispersa por las calles, y este tumulto que marea no se sosiega un poco, hasta que han trascurrido las primeras horas de la noche y las oficinas se cierran, y las calderas se apagan, y los volantes dejan de girar.

Y al lado de la aspiración realizada, de la especulación provechosa, del esfuerzo recompensado, vienen pupilas enrojecidas por el llanto, ilusiones desvanecidas, corazones desalentados...

Y el coloso de acero responde por igual al gozo de los unos y á la angustia de los otros, con la misteriosa sinfonía que preludian las alas del huracán al estrellarse contra los hilos metálicos de su prodigiosa armadura.

————

En esa hora solemne del crepúsculo, cuando se convierte el Puente en hormiguero humano, llegó Lucas Guevara á la estación; paseó una mirada indescifrable y vaga, de cerebro enloquecido, por sobre la inquieta multitud; se encaminó á la plataforma de uno de los tranvías y en ella instalóse y permaneció de pie.

El carro echó á andar, lentamente, haciendo escalas á cada instante, porque los que le antecedían no avanzaban con rapidez debido á la plétora de vehículos en los rieles.

A dónde iba?... Si persona alguna hubiese podido penetrar en el fondo de los pensamientos de Lucas, quizás lo habría adivinado. Su naturaleza, extenuada por largas noches de vigilia y escasa alimentación, sentíase desfallecer, y habría desfallecido allí, en la plataforma del carro, si la fiebre nerviosa que lo devoraba, no precipitara con violencia ondas de sangre en sus arterias, suministrándole así un caudal engañoso de fuerzas que no tardarían en agotarse al pasar el período álgido de la excitación.

Cada recuerdo del pasado, cada impresión recibida, cada golpe sufrido antes, se agolpaba en esos momentos á su memoria, en sucesión rápida, como el paso por la lente de las películas de un cinematógrafo.

Allá lejos, el hogar abandonado; la madre cariñosa llorando el amor ausente, perdido ya para el calor de sus besos; la blanca cabeza paterna, doblada no tanto por el peso de los años cuanto por la pena intensa á que el hijo sin entrañas quiso condenarlo; los crepúsculos patrios, antes llenos de luz y colores, esfumados ahora en una tiniebla impenetrable; los afctos íntimos de la niñez, ya casi olvidados por completo; todo el conjunto, en fin, de los primeros años de su vida sepultado por largo tiempo en una como penumbra de indiferencia y hastío, pugnando ahora por alzarse en lo íntimo de su sér con todos los lineamentos de la infantil intensidad. Aquí, á su alrededor, la ciudad formidable y arisca; una aglomeración de condiciones adversas, de realidades pavorosas, de seres humanos ajenos á todo sentimiento noble; un caudal de odios brotando de su alma, sorda ya á la voz generosa del perdón; la amargura de la esteril lucha, el desaliento de la voluntad vencida, la noche de una desesperación espantable y el espectro de un porvenir aterrador sin miraje alguno de esperanza... En el seno de ese torbellino de rudas sensaciones se debatió el alma de Lucas á medida que el carro avanzaba.

Al llegar á la mitad del puente, Lucas, sin que nadie pudiera advertir su intención ni nadie fuera capaz de impedirlo, se lanzó del carro á la vía lateral; con pasmosa agilidad saltó por sobre la baranda apoyándose en los cables y desde la vertiginosa altura se arrojó al río.

Un grito de horror, que no ahogó el estruendo de los trenes ni de los carros, escapóse de los labios de la ola humana que presenció el trágico suceso. Centenares de gentes se precipitaron á la balaustrada movidas por un instinto de curiosidad y asombro; acudieron los policías de guardia; hicieron sonar sus pitos de alarma: de las orillas del río partieron botes en dirección al lugar en que el cuerpo había golpeado el agua; pero como si el caudal de ésta no tuviera fondo, la líquida lámina mostróse serena, y horas transcurrieron sin que cadaver alguno apareciese en la superficie.

Y los vehículos siguieron su interrumpida marcha; los pasajeros volvieron á engolfarse en la lectura de los diarios de la tarde; muy pocos comentaban el suceso; una cifra no contada del guarismo social acababa de desaparecer; los periódicos registrarían al siguiente día el nuevo suicidio, y no se sacudiría alma alguna con extremecimientos de dolor.

Pronto el último grupo de curiosos separóse de la barandilla del Puente merced á la intimación de los policías; los botes exploradores volvieron al ancladero;

el río continuó sereno é impacible, y el sol poniente, como una inmensa bomba de bermellón, desplomóse sobre la franja gris-oscura del océano, tiñendo el horizonte con fulguraciones de incendio.

OBRAS de DÍAZ GUERRA

PUBLICADAS:

Ensayos Literarios (poesías).
La Madre Cayetana (poema).
La Inundación y Rosalía (poemas).
Alberto (poema).
Poesías.
Ecce Homo (poema).
Nuevas Poesías.
Lucas Guevara.

PARA PRENSAS:

May (Novela—Estudio social).
De los periódicos (artículos varios).
Ultimas Rimas (poesías).

EN PREPARACION:

Libro de las Canciones.